1. fragilité
André
(Anna)

2 gloire p. 102, 131, 132, 177, 234

toutes les photos prises

3 destruction : p. 31, 73, 112-113, 118 et + (Shackelton)
127. p. 129-131, p. 143, 196-199 Pyrenées
204 (ours) 208 (nature) 222 (fille), 298
p. 302
1 fragilité 163 (André reconnaîtra en sommet)
212 p. 237 (trace dans le ballon)

Nils mort
p. 267-268
mort autre
p. 271

André p. 165

fragilité

1. Physique aveuglement : (pour la lumière) et psychologique (p. 57, 58)

- ignorant (volontairement) la mort qui les guette

  ↳ refuse de voir le danger (ex : les avertissement (p.51) et ballon (237)

2. Maux physique (limites corps humain) p.136

3. Orgueil

- visage digne (p.115-116)

  ne voulait pas avoir l'air amoché, ~~pour~~ ne pas perdre la face

- andré gonfle le ballon, il est au courant qu'il est défectueux

4. manque de préparation

- habit élégant, matériel inadapté (p.127)

héroïque

1 exploit remarquables

2 désir de se démarquer, d'être unique, voir immortel « Icare p.(102) »

3. persévérance, optimisme

4. curiosité,

- banquise = adversaire de taille, mais leur

UN MONDE SANS RIVAGE

héritage qu'ils transmettent :

1. fascination depuis + de 120 ans
- le voyage de l'ingénieur Andrée (roman d'Olof

2. Solitude extrême : besoin de tisser des liens
- avec le reste du monde, leur société
- entre eux (moment de plaisir, anniversaire, guitare de Shackleton)

3. volonté de transformer l'échec en autre chose
- repousser les limites de la connaissance (p.126)
- témoigner, laisser leur trace p(111 et 274)

Menace polaire

1. Eau, noyade (p.138)
2. Lumière p(262)
3. froid p194)
4. ours

destruction de l'environnement

1. Domestication (asservissement) du territoire
- Domination de la nature : survol en ballon
- Sentiment de supériorité humaine (p210)

2. Prédation, chasse
- tuent sans raison, par démonstration de force (205)
- « boucherie circulante » (tache sang dans la neige ?)

3. désir de possession = destruction
- photo de l'oiseau (p.206)
- empaillement (p.207)

DU MÊME AUTEUR

Romans

VUES SUR LA MER, Les Impressions nouvelles, 2006 ; Babel n° 1681.

SI RIEN NE BOUGE, Le Rouergue, 2009 ; Babel n° 1233.

PLEIN HIVER, Actes Sud, 2014 ; Babel n° 1631.

UNE ÎLE, UNE FORTERESSE, Inculte, 2016 ; Babel n° 1482.

GRANDS LIEUX, Joca Seria, 2017.

UN MONDE SANS RIVAGE (prix François Billetdoux), Actes Sud, 2019 ; Babel n° 1765.

Jeunesse

ATRABILE, Le Rouergue, 2007.

EN PLEIN DANS LA NUIT, Thierry Magnier, 2011, 2016.

QUAND J'ÉTAIS CAGIBI, illustrations d'Émilie Harel, Le Rouergue, 2013.

L'ART DE L'AILLEURS (Pépite du livre d'art du Salon du livre et de la presse jeunesse de Montreuil), Palette, 2013.

JE VEUX ENLEVER LA NUIT, illustrations de Simone Rea, Cambourakis, 2013.

LET'S ROCK, illustrations d'Émilie Harel et Xavier Mussat, Philharmonie de Paris, 2016.

LUBIN ET LOU, LES ENFANTS LOUPS-GAROUS, tomes 1 à 9, illustrations de Marion Duval, Gallimard-Jeunesse, 2016-2021.

MON TOUT PETIT PAYS, illustrations d'Anne Beauchard, Cambourakis, 2016.

MINUIT LE CHAT DU BOIS PERDU, illustrations d'Elenia Beretta, Cambourakis, 2019.

ISBN 978-2-330-15362-5

HÉLÈNE GAUDY

UN MONDE SANS RIVAGE

roman

Conclusion : du désir de posséder à l'urgence de préserver
(P. 130-131) (P. 302)

BABEL

Le lecteur trouvera en fin d'ouvrage une bibliographie des livres dont des extraits sont cités en italique dans le texte.

Tout plonge dans un monde sans rivage, qui ne tolère aucune définition et face auquel, comme beaucoup l'ont déjà dit, toute affirmation est une solitude, une île.

H. G. ADLER, *Un voyage.*

CONTACT

Copenhague, novembre 2014

Ils sont debout devant une forme sombre : un immense ballon tombé, immobile comme un animal échoué. On sent, dans le tissu tendu, le souffle d'un vent, comme si une bouche immense le gonflait encore. L'un d'eux amorce un mouvement, l'autre est immobile, déjà. Ils étaient en plein ciel et maintenant ils sont là, à contempler la masse inerte de leur rêve.

L'image porte toute l'étrangeté des débuts de la photographie, des premiers portraits d'anonymes et de spectres. Une multitude de points sombres la criblent comme des insectes. Sa surface est d'un gris velouté, moirée de reflets vagues laissés par la lumière, lisse comme un tissu, profonde comme l'eau d'une mer, semée de constellations abstraites, taches, crépitements charbonneux, bords qui bavent comme de l'encre, traces d'une clarté trop violente rayant le paysage ou vapeur qui dissipe toutes les nuances du noir.

Si l'on omet ces scories, si l'on tente de les soulever comme un voile, il reste, noir sur blanc, près de la masse du ballon, deux silhouettes, comme tenues dans le vide par une main invisible. On ne sait où est le sol, où est le ciel, que parce que leurs pieds sont posés quelque part. Sans elles, on pourrait aussi bien croire à une falaise de glace qu'à un morceau de sucre tenu entre deux doigts.

Rien ne dit leur sexe, leur âge, juste ce qui permet, dès l'enfance, de représenter une forme humaine : deux bras, deux jambes, un corps massif, une petite tête. Pourtant, on pressent vite que ce sont des hommes – l'arme, peut-être, trait noir à leur ceinture, ou bien le peu de femmes photographiées, à l'orée du XXe siècle, ailleurs que devant un décor peint ou les tentures d'un salon. S'ils sont deux sur cette image, c'est qu'un troisième devait tenir l'appareil, un autre homme, invisible, à qui nous la devons.

Elle s'impose, parmi d'autres, au musée Louisiana de Copenhague – élégante bâtisse blanche, colonnades et balcons rappelant la Louisiane, dont on pourrait croire que ce lieu a emprunté le nom alors qu'il a été choisi en hommage aux trois épouses successives de son fondateur, toutes appelées Louise, et qu'on imagine aisément arpenter, l'une après l'autre, le parc aux pelouses grasses qui tombent sur la Baltique.

En face, il y a la Suède. On en devine la côte, les jours de beau temps.

Parfois, une image rompt l'accord tacite passé avec toutes les autres – les voir comme des surfaces, comme des souvenirs, accepter que ce qu'elles montrent n'ait plus d'existence que dans un cadre de verre ou de papier. Il arrive que l'une d'elles brise l'habitude qu'ont prise nos yeux, pour leur repos, pour leur tranquillité, de s'habituer à toutes, de n'en saisir aucune. Parfois, on s'arrête. Pour regarder.

Les vastes salles du musée libèrent alors l'espace entamé par la photographie, la rumeur de la mer se fait plus présente, entraînant des fragments d'un Nord aussi inconnu que familier, d'une zone blanche qu'on porterait tous en soi comme une île. Il y aurait un lac, un glacier, des sapins et des rennes, puis de moins en moins d'arbres, rien que le froid et la clarté.

Les choses ont changé d'échelle, l'image prend toute la place. L'amorce d'un récit semble s'y tenir cachée, quelque chose en déborde, quelque chose d'inachevé, l'ébauche de trajectoires qui vont s'écrire de nouveau, à l'envers, puisqu'elle vient d'en devenir le nouveau point de départ.

L'œil est une plaque photographique qui se développe dans la mémoire. D'autres images résident, quelque part, entre la lentille et la trace.

I

LES DISPARUS

RÉVÉLATEUR

Institut royal de technologie de Stockholm,
septembre 1930

L'image n'est pas encore tout à fait une image, juste un fragment, englué parmi d'autres, d'une pellicule qui a passé des années sous la neige, dans l'un des territoires les plus reculés du monde. Elle est si imprégnée d'eau que sa substance sensible reste sur le doigt qui l'effleure. Elle a subi des altérations multiples. Sa date de péremption est dépassée depuis longtemps. Il y a, c'est sûr, très peu d'espoir de lire, dans ce qui reste, quelque chose d'une histoire.

Un homme la tient entre ses mains timides, expertes mais timides, se retient de trembler. Il s'appelle John Hertzberg. C'est un photographe et technicien émérite. Ce jour-là, il se tient face à un cas de figure inédit : dans ce film dort un mystère qui agite la Suède depuis plus de trente ans. Il l'a entre les mains mais ces mains peuvent aussi, au moindre geste inconsidéré, le rendre à son obscurité. Il lui appartient, a-t-il écrit lui-même, de préciser les traces, de redonner vie aux scènes qui y demeurent cachées.

Il y a quelque chose de solennel à ce moment précis, au cœur des murs épais de l'Institut royal de technologie de Stockholm. Hertzberg déroule avec le plus grand soin les pellicules agglomérées entre elles.

En plus de celles, vierges, dont l'une est enveloppée dans un lambeau du sac de la chambre noire, il a bientôt devant lui une pellicule sortie du ventre de l'appareil et, dans des tubes de cuivre, sept autres rouleaux, dont quatre sont impressionnés.

Chaque bande renferme quarante-huit images de format 13 × 18 cm. Il en sauvera quatre-vingt-treize.

On a souvent peu de confiance dans le caractère durable de la photographie – à l'air libre, les matériaux s'altèrent et l'ombre pourrait bien s'envoler, se perdre, sans rien laisser. Elle n'a pas le caractère noble et pérenne de la peinture, dont la substance dévoile les étapes, les repentirs, signature du peintre derrière le paysage, traces des dessins préparatoires, strates inscrites pour qui veut bien les voir.

La photographie, on dirait presque qu'elle se génère toute seule, surgit telle quelle, et ce n'est que quand on la développe soi-même, qu'on plonge dans les bains le papier, qu'on la regarde y prendre plus ou moins de contraste, d'intensité, qu'on expérimente ses multiples manipulations possibles, que l'on comprend l'importance des gestes qui la révèlent : son caractère aléatoire, soumis aux volontés, aux accidents.

Hertzberg connaît bien le pouvoir qu'il a sur les images. Il a acquis la maîtrise d'un tout nouveau procédé, les plaques autochromes, sur lesquelles, à l'aide de minuscules grains de fécule de pomme de terre, on peut recréer toutes les couleurs du monde. Il sait filtrer la lumière et faire naître les teintes sur la plaque par ce jeu de poudres subtil, comme le font les peintres pointillistes. Il sait créer l'empreinte la plus fidèle possible de ce qui a été vivant, voire lui donner après coup, par des manipulations délicates, la précision dont elle était dépourvue. Mais ce qu'il s'apprête à apprendre, c'est qu'elle peut aussi réserver des surprises.

Hertzberg est délicat, intimidé. Il ne faut pas dénaturer le message qu'à travers l'épaisseur du temps on lui a adressé. Il cherche un produit qui révèle sans altérer, dépouille du superflu sans effacer l'essentiel. Il opte pour la pyrocatéchine, qui oxyde le bromure d'argent, absorbe les rayons bleus, violets, intensifie les sels.

Il a bientôt sous les yeux des dizaines de photographies. De ces traces, il est le premier dépositaire et restera le seul à avoir été à leur contact quand quelque chose en elles était encore vivace, quand on pouvait les détruire comme les faire apparaître – une flamme, que le moindre geste pouvait souffler. Plus tard, les négatifs, mal conservés, se dégraderont, emportant avec eux les ombres les plus profondes, les zones restées floues, les indices minuscules que ses méthodes pourtant soigneuses n'ont pas permis de mettre au jour. Des images, il ne reste que ce qu'Hertzberg y a vu. Si quelque chose lui a échappé, ce quelque chose est définitivement perdu.

Certaines sont beaucoup trop pâles, d'autres solarisées. Bientôt, on y devine la matière de la glace qui révèle des ravines, des rides qui usent le blanc, le brisent en blocs compacts. Parfois, c'est une montagne mais ce pourrait être, aussi, un animal couché. Et puis, ils apparaissent : trois hommes qui le regardent. Trois hommes qui, bientôt, vont nous regarder.

Il faut ces techniques précises, ces heures de solitude, ces gestes mesurés pour rendre visibles les traces du mouvement ample des corps dans la neige, de l'énergie, de l'épopée. Trois hommes reprennent vie dans le silence, l'obscurité : réduits comme têtes réduites, transformés en signes sur le papier.

Ils ont disparu trente-trois ans plus tôt alors qu'ils tentaient d'atteindre le pôle Nord en ballon. Ils s'appelaient Nils Strindberg, Knut Frænkel et Salomon August Andrée.

De ces trois hommes, l'absence avait fait des créatures mythiques, pirates fantômes, marins engloutis dont les spectres ne cessaient de sillonner les mers. La Suède ne s'en était pas remise, le reste du monde non plus. Pendant trente-trois ans, les hypothèses s'étaient multipliées comme fleurissent aujourd'hui les théories sur les avions qui échappent aux radars.

On éprouve souvent plus d'intérêt pour ceux qui s'éclipsent que pour ceux qui reviennent, surtout quand le lieu où ils se perdent ressemble à une absence changée en paysage. C'étaient exactement ces hommes-là qui devaient disparaître – certains allaient jusqu'à dire qu'ils l'avaient bien cherché. Il en faut quelques-uns à chaque époque, chaque siècle, pour passer les frontières et tomber de l'autre côté, et on a beau louer leur courage, acclamer leurs exploits, ce qu'on retient surtout, c'est la confirmation rassurante que les limites ont leur raison d'être, que ceux qui les franchissent finissent par sombrer dans un lieu où ils ne connaîtront jamais le repos puisqu'on ne cessera de leur inventer des vies, des échappatoires.

On a comparé courants océaniques et courants d'air, on les a baladés sur la courbe des vents, vers la Sibérie et au-delà, on a trouvé une bouée flottante, intercepté un pigeon voyageur, déterré des os, exhumé des restes : on les a mille fois tués et ressuscités, on ne voulait croire à leur mort.

Et maintenant, ils sont là. Enfin visibles. Révélés.

Hertzberg remonte le long processus qui a vu la banquise absorber leur chair et leur sang, ôte comme des peaux mortes les jours blêmes où l'on s'enfonce, la neige, la lumière qui brûle comme brûle la glace, tout ce qui a masqué leur image à mesure que leurs corps, lentement, disparaissaient.

Dans les bains révélateurs se dessinent d'abord les formes les plus sombres – leurs silhouettes puis celles de la tente, d'une embarcation retournée, les roches qui affleurent et, parfois, un troisième corps plus flou, plus foncé : celui du photographe revenu précipitamment se placer dans le champ après avoir actionné le retardateur.

Ils sont saisis dans diverses poses, près du ballon échoué puis seuls sur la banquise ou touchant du fusil le cadavre d'un ours. Impossible de les différencier à leur posture, leur façon de se tenir, leurs visages mangés par la lumière. Ces clichés semblent dire qu'ils sont interchangeables, que leurs existences n'ont pas d'importance, tout entières tendues vers le but qu'ils se sont fixé.

En cette même année 1930, un certain Gunnar Hedrén réalisera l'autopsie de ce qui reste de leurs corps, acheminés dans des caisses jusqu'à Tromsø, à l'extrême Nord de la Norvège. Pendant deux jours, dans la cave de l'unique hôpital de la ville, il examinera, avec un petit groupe de médecins, les os juste couverts par les plis durcis des vêtements qui toujours survivent aux hommes, sacs vides singeant leur forme, à peine différents d'un amas de roche, de sable. Ils tenteront de déterminer de quoi ils sont morts, de déchiffrer les traces.

Il fait la même chose, Hertzberg. Il ouvre les images comme on ouvre les corps, en expose l'intérieur. Mais les images, elles, ne se refermeront jamais. Chaque jour, chaque année leur donnera une carnation différente aux yeux de ceux, de celles qui vont les regarder.

ANNA

Stockholm, septembre 1930

Bientôt les images seront là, en une du journal, mais pour l'instant les mots suffisent, les gros titres qui soudain la figent.

Elle s'arrête. Anna Charlier. Anna à la bouche fine, ourlée, sourire de chat, cheveux qui bouclent autour du visage, mèches qu'on devine derrière les oreilles et contre la gorge couverte d'un haut col de dentelle. Anna a quelque chose de Milena Jesenská, l'amoureuse impossible de Kafka, féministe, communiste, résistante, morte à Ravensbrück en 1944 – même regard brun et doux, même découpe précise, animale, du nez et de la bouche.

Anna a l'air plus sage que Milena. Ses yeux ont toujours eu une lueur un peu vague qui s'est lentement changée en une forme lourde de tristesse malgré le maintien qu'elle garde, ce corset trop serré.

L'immobilité soudaine de son corps dans la ville, la fluidité insolente de la vie tout autour tandis qu'elle est frappée. Elle s'arrête. Jambes coupées. Ou peut-être qu'elle continue sa marche, que les mots en elle ont besoin d'infuser, de s'ouvrir pour qu'elle puisse en saisir le sens. Ces mots qui tournent en boucle dans sa tête désormais : on a retrouvé les corps de Nils Strindberg, de Knut Frænkel et de Salomon August Andrée.

Elle s'arrête, ou peut-être qu'elle continue à marcher. Peut-être la douleur laisse-t-elle Anna marcher dans les rues de Stockholm comme si de rien n'était, aux yeux des passants juste une femme plus si jeune, à la démarche précautionneuse, une lourdeur dans les membres, le regard.

Peut-être a-t-elle, cette douleur, déjà pris trop de formes pour être encore capable de se métamorphoser – celle du doute, d'abord, de l'attente, la douleur impatiente, quand tout est un signe, une lance, impossible fourmillement qui peu à peu s'accorde au temps qui passe, chaque jour éloignant davantage la perspective d'une issue heureuse, puis la douleur d'après, quand enfin on renonce, sans se l'avouer vraiment, sans se le pardonner, douleur sans cesse ravivée par les sursauts que les journaux attisent, que les proches entretiennent, que les étrangers nourrissent de leurs regards compatissants.

Peut-être ne sait-elle plus, la douleur, en quoi se transformer, le corps d'Anna étant déjà rompu à toutes ses ruses, à moins qu'elle profite d'un interstice, d'un appel d'air, d'une trouée entre les côtes et la poitrine pour s'enfuir, s'échapper.

Quand Anna verra les photographies, sans doute cherchera-t-elle, entre les deux silhouettes, laquelle pourrait être celle de Nils, avant de réaliser qu'il s'est sans doute tenu derrière l'appareil, troisième homme dévoué à la gloire des deux autres, et peut-être se sentira-t-elle d'abord, par cette absence supplémentaire, doublement dépossédée, avant que son désir, son attention extrême, ne fasse de cette absence une présence plus intime, plus prégnante : ces images lui sont offertes par l'acuité de son regard à lui, la position de son corps, son talent pour le cadrage, son endurance dans l'attente et le froid qui a pris ses phalanges sur la longueur du temps de pose. Elle saura qu'il est là, davantage encore que les autres, derrière ces décors où il est invisible, et l'ombre où il se tient, le hors-champ où elle le devine, accueilleront l'étendue des lieux que le manque a construits, que l'absence a créés.

Si Anna s'est arrêtée, j'aimerais savoir dans quelle rue, sur quelle île, à quel croisement, si cela s'est passé dans Gamla Stan, dédale de rues enchâssant des places aux façades hautes, aux couleurs douces – vieux rose, terre de Sienne, vert pâle –, aux fenêtres desquelles on devine les feuilles cireuses des plantes en pot et les lumières des chandeliers, ou bien, peut-être, sur l'île de Södermalm, plus abrupte, accidentée, parce que Stockholm est une ville où toujours percent le roc et la forêt, où des pierres grises hérissent les bordures des ruelles, le sombre des arrière-cours où se profile, parfois, une minuscule maison de bois derrière un buisson d'églantiers.

Quand on suit Götgatan, l'artère principale de Södermalm, arrive toujours un moment où l'on se retrouve à surplomber la mer, gris ardoise en automne, et au milieu, les îles, dans le vent qui prend le visage. On peut alors passer des heures à détailler les toits vert-de-gris et les silhouettes trapues des églises, à s'étonner de la manière dont ces architectures raffinées habillent une terre sauvage, éclatée, chapelet d'îles soudées en hiver par la glace que devient la mer. J'aimerais savoir, oui, au détour de quelle rue, devant quel panorama elle a été plongée dans l'un de ces instants étranges où le retour sur un lieu aimé semble en bouleverser l'équilibre, faire advenir ce qui, depuis longtemps, restait en sommeil. Savoir où elle se tenait quand elle a aperçu, en une d'un journal, les mots qu'elle avait peut-être renoncé à redouter.

Quand le ballon s'est envolé, quand elle a attendu des nouvelles, quand elle a, peu à peu, perdu jusqu'au dernier de ses espoirs, elle ne s'est pas laissée mourir comme, peut-être, elle l'aurait cru. Elle a traversé l'Atlantique, s'est établie en Amérique avant de revenir en Europe, tout cela aux côtés de Gilbert Henry Hawtrey, son nouveau mari tentant vainement de remplacer un absent qui jamais ne pourrait vieillir, s'empâter, se laisser aller à ces facilités qui transforment les amours les plus vives en douceurs un peu blettes pour lesquelles Anna aurait pourtant, j'en suis sûre, donné sa vie et sa jeunesse.

Elle ne s'est pas laissée mourir mais elle n'est jamais vraiment revenue pour autant, elle non plus, semblant toujours flotter au-dessus ou en dessous des choses, dans sa maison de Torquay sur la côte anglaise, où naquit Agatha Christie et dont les palmes alanguies, la mer turquoise, les demeures victoriennes semblent tout à fait propices au réconfort comme au crime.

Souvent, Anna suivait la route vers la mer, éprouvait la transparence de l'air dans l'odeur des plantes grasses, du sable chauffé au soleil, s'approchait de la jetée jusqu'à ce que les nuages s'écartent, que le bleu aspire, que la mer élargisse, saisie par l'illusion que ce qui est loin se rapproche, le voyage et la nostalgie soudain à portée de main : il n'y aurait qu'à claquer des doigts et l'étendue se ferait flaque à enjamber en relevant sa robe, et Nils reviendrait.

Dans l'arbre généalogique de la famille du disparu, les hommes sont seuls à figurer. August, l'auguste Strindberg, mais aussi les frères de Nils, Tore, Sven, Erik. Quelques autres encore : tous des ingénieurs, des musiciens, des artistes. Des femmes, on ne sait rien. Alors qu'elle n'a jamais porté le nom de Nils, qu'elle est restée son éternelle fiancée, Anna est la seule à n'avoir pas été tout à fait oubliée. Pas parce qu'elle fut ingénieure, artiste, ou musicienne : parce qu'elle fut malheureuse. Si seul ce trait saillant semble nous rester d'elle, de quoi peupler son corps ? Comment trouver Anna ?

Peut-être en cherchant d'abord les sensations, les gestes, en se rappelant l'étrange solidification de l'air que produit la présence de l'être aimé, encore amplifiée par l'absence – au début, du moins, parce qu'après quelques mois à se sentir ainsi le cœur à l'air libre, viennent les jours où cette densité de tous les membres, ce peuplement de la poitrine se creusent de trous d'air, et avant même que les sensations s'affaiblissent, surgissent les vides qui les séparent, de plus en plus nombreux, de plus en plus amples, et c'est un soulagement, d'abord, de recommencer à s'appartenir, juste avant la panique que l'autre en vienne à déserter ce corps qui reste seul à s'en souvenir.

C'est à ce moment-là, peut-être, que le regard d'Anna a pris la fixité étrange qu'on lui voit sur les photographies, les commissures des lèvres traçant un léger sourire quand ses iris bruns, brillants, ne laissent passer ni ombre ni sentiment.

Elle est devenue professeure de piano. Elle a donné des concerts. Mais ses mains se sont mises à trembler, de plus en plus fort, jusqu'à ce qu'elle doive arrêter de jouer. Entre deux de ses partitions, la différence est claire : une écriture harmonieuse, régulière, marque la première page d'*Aïda* de Verdi, sur laquelle on peut très distinctement lire son nom de jeune fille, Anna Charlier. Sur la partition de *Carmen*, acquise des années plus tard, c'est une écriture heurtée, anguleuse et tremblante, qui laisse deviner son nom de femme mariée : Anna Hawtrey.

Mais malgré la vibration de ces lettres cursives, leur maladresse, quelque chose de volontaire sourd de cette écriture, de ce H imposant, de ce T tracé d'un mouvement nerveux, de ce Y qui déborde sur la dernière lettre du titre. Son écriture de jeune fille, harmonieuse et sage, suivait, docile, le bord du cahier. Celle des années d'après dépasse et s'égare, griffe profond le papier.

Elle a bien été musicienne mais cela a laissé peu de traces. Ce qui a été écrit, ce qu'on garde en mémoire, c'est le tremblement de ses mains.

Anna est venue seule en Suède, sans son mari avec qui elle vit désormais en Angleterre, pour passer quelques jours dans cette ville quittée il y a plus de trente ans. Stockholm a changé, bien sûr, comme changent les villes en notre absence. Son flux familier, charriant les lieux que l'on connaît, les magasins où l'on a ses habitudes, ce flux d'un coup s'est dévié et la ville est un film où elle n'a plus de rôle, un décor dont toutes les portes lui sont fermées.

La ville de sa jeunesse, la ville close désormais, déroule ses artères élégantes, le poli de ses pavés, dans la rousseur glaciale de l'automne suédois. Sans doute Anna est-elle étonnée de sa modernité, du nombre de voitures et de passants pressés alors que le temps passé loin d'elle avait figé Stockholm comme sous une boule à neige. L'air d'ici, c'est un vent creux, cruel, c'est une bouffée amère de ce qui s'est perdu.

Les funérailles sont prévues pour le 5 octobre. Une cérémonie nationale, à laquelle elle ne se rendra pas. Elle ne les verra pas transformer la mort de Nils en sacrifice. Ils fêteront sans elle la fin funeste de son mystère. Elle échappera à la multitude de parapluies abritant les badauds – masse noire dont s'extrairont quelques têtes couvertes de fichus clairs –, à la lumière anthracite qui nappera les pavés et les murs des bâtiments officiels, à la ferveur populaire, aux costumes apprêtés des curieux entourant la tranchée qu'ouvre le passage des corps.

Elle ne se noiera pas dans la foule massée pour accueillir les héros ou bien ce qu'il en reste – personne ne sait exactement ce que renferment les cercueils ni à qui sont les os mais on a levé l'essentiel du mystère, ôté ce caillou de la chaussure d'une nation en mal de conquête et d'histoires bien écrites. Elle n'entendra pas le vacarme des avions escortant les navires ni les coups de fusil tirés en leur honneur, ne verra pas du haut des ponts les couronnes funéraires chuter dans la mer tandis que le cortège funèbre creusera en grande pompe le sillon de l'histoire, le gravera bien profond dans les imaginaires, celui des présents, des absents, de ceux qui liront le journal et se répéteront la nouvelle, imprimant sur la ville sa marque au rythme militaire des pas multipliés afin de réécrire, pour la rendre lisible, cette épopée qui pourtant n'a mené nulle part – puisqu'il n'est jamais inutile de rappeler au peuple qu'on meurt toujours pour quelque chose.

Elle ne verra pas les drapeaux pendre dans le vent, trempés.

Elle préférera envoyer une couronne portant, sur un large ruban blanc, en lettres d'or élégamment penchées, cette simple inscription : *En sista hälsning till Nils – från Anna**.

Une fois rentrée chez elle, dans sa maison aux murs couverts de photographies du visage du disparu, de ses joues pleines, de ses yeux clairs, de sa moustache bien taillée, Anna mûrira lentement son propre souhait, décidera que son cœur sera, à sa mort, arraché à son corps et enterré près des cendres de Nils, résolution contre laquelle son mari ne pourra rien, une volonté de fer, Anna, dans sa douceur, et quand elle mourra en Scanie, à la fin des années 1940, son corps sera ouvert, son cœur sorti de sa poitrine et brûlé, ses cendres déposées dans une urne d'argent tout contre les restes de Nils, dans la même tombe, au cimetière Norra Begravningsplatsen de Stockholm.

Il n'y aura pas de drapeaux pour elle, pas de haie d'honneur. Il n'y aura que l'odeur de terre et de vieille sève qui imbibe les cimetières, les arbres aux troncs centenaires et les haies de buis taillées en labyrinthe, il y aura, à quelques mètres de la tombe de Nils, celle de Salomon August Andrée qui les aura menés, par la glace et le ciel, à cet immense cimetière

* "Un dernier salut à Nils de la part d'Anna."

aujourd'hui longé par une autoroute émergeant des échangeurs routiers à la sortie de la capitale, où les voitures filent trop vite pour qu'on puisse distinguer ce qui repose derrière le rempart des arbres, quelles tombes, quels porches, quels caveaux de famille, quels corps dans cette masse sombre au cœur de laquelle on perçoit, derrière les lumières crues des phares, les lueurs tremblantes qu'on vient offrir aux morts, furtives comme des feux follets.

EXHUMATION

Kvitøya, 5 août 1930

Un mois plus tôt, il s'est passé quelque chose sur l'une des terres les plus proches du pôle Nord, l'une des îles les plus reculées de l'archipel du Svalbard.

Tout est parti d'un éclat de lumière qui cogne le métal quand le soleil s'y prend, d'une brillance inhabituelle avec laquelle les bêtes ont appris à vivre, où elles ont fait leur nid, leurs habitudes.

Là-bas, tout semble uni, monochrome, pourtant tout est plus vif et étonnant qu'ailleurs. Au bord de l'eau, sur la dernière île, les rocs sont noirs, humides. Plus loin gagne le gris grêlé par la clarté. Des aréoles rosées marquent les pierres. Les mousses font la terre élastique. Les fleurs sont un duvet qu'une mouette aurait perdu en vol.

Un accroc, un gouffre, une anomalie : c'est ce que vendent les premières agences de voyages qui viennent d'ajouter l'Arctique à leurs catalogues. Un voyage vers l'oubli. Ici, vous serez loin des préoccupations quotidiennes. Le blanc est un bandeau qu'on vous pose sur les yeux. Un large paysage qui ressemble à l'attente, au sommeil, une terre vierge qui saura prendre la forme de ceux qui la fouleront les premiers, nommeront ses embouchures, ses golfes, ses montagnes. Une glaise à pétrir, dont extraire les richesses puisqu'en dessous du blanc, il y a du noir, en dessous de la neige, du charbon.

Quel paysage laisserait voir l'Arctique si on le dépouillait de la neige ?

En août 1930, personne, encore, ne le sait.

Pourtant, la montagne a déjà été percée, harnachée de colonnes de bois, des câbles pendent contre la roche, le noir affleure sous l'herbe rare, mais il suffit de s'éloigner des mines, de leur vie souterraine, pour trouver un territoire vaste, vierge, survivant à ceux qui l'ont arpenté, un lieu dont on pouvait mourir et dont la seule existence suffisait à prolonger le monde, par l'ignorance qu'on en avait.

Pour s'y rendre, il faut laisser défiler les routes rabotées comme pierre ponce, frottées au blanc, au noir, il faut traverser la mer, suivre les chemins qui peu à peu se défont de tout ce que l'on connaît, maisons, passants, bêtes familières, et jusqu'aux arbres, aux plantes, à la plus petite herbe, peu à peu dilués dans l'espace.

Il faut arracher, renoncer, dépouiller.

Olav Salen a dix-sept ans. De lui, on ne sait rien d'autre, aucune photographie, pas une ligne de biographie, juste que, ce jour-là, il part pour la première fois vers le pôle sur le *Bratvaag*, bateau en mission scientifique vers la terre François-Joseph à bord duquel on chasse aussi le morse.

À l'été 1930, les glaces se sont mises à fondre à une vitesse inhabituelle – dilatées, liquéfiées comme un glaçon qu'on réchauffe dans une main. Des rigoles se sont formées, l'eau a dévalé les flancs des monts sans arbres, des glaciers, petit à petit le blanc a viré au jaune, couleur fourrure d'ours dans les replis des membres, puis au fauve, au brun, au vert.

Il n'y a plus de brouillard, peut-être, en ces journées.

Cet été-là, c'est sûr, on pourra aller plus loin qu'on a jamais été. Le *Bratvaag* file depuis dix jours sur une eau soyeuse dont le soleil, à peine, vient de s'élever. Devant Olav Salen, dix-sept ans, le bleu s'ouvre et se fend. On pourrait croire qu'il l'ouvre lui-même, du tranchant de la main.

Peut-être a-t-il déjà pris la mer, à Ålesund d'où vient le *Bratvaag*, Ålesund qui est déjà le Nord, déjà la pointe de la Norvège, déjà les lumières uniques qui durent comme durent les obscurités, contrées lentes à plonger dans la nuit comme à sortir du sommeil, où le froid traîne jusqu'au désespoir, où les premières tiédeurs rendent fous, dans la gorge un grand souffle qui vous parcourt le corps, et sûrement que cet été-là, plus doux que tous les autres, plus chargé de promesses, traverse ainsi le corps d'Olav Salen, ses dix-sept ans.

Pour lui, ce doit être une aventure unique de prendre part à une mission comme celle-là, vers des zones où peu de bateaux ont mouillé. On peut deviner, même sans rien connaître de ses désirs, sans avoir vu son visage sur aucune image, ce que lui font l'impatience et la crainte, la fierté, le froid qui prend les mains et le craquement du sel aux phalanges. On peut l'imaginer, son visage, pâle encore ou déjà un peu rouge, les cheveux en frange drue sur son grand front d'enfant.

Il n'y a que des hommes sur le bateau. On ne sait pas ce qu'Olav a laissé derrière lui, parents, sœurs, frères, une amoureuse peut-être, serrée contre sa poitrine ou juste regardée de loin – œillade, baiser. Peut-être aussi qu'Olav, à terre, ne laisse rien que du travail à pleurer de sommeil et des mauvais souvenirs. Peut-être qu'Ålesund, pour lui, est une sorte d'enfer sur terre en plus d'être, certainement, le seul lieu qu'il connaît. Parions que devant le spectacle qui s'ouvre à la proue du *Bratvaag*, il écarquille les yeux et serre le bastingage si on lui en laisse le temps : pile devant le bateau, une montagne de glace surplombe une île posée sur le bleu et le blanc. Un sommet translucide, étincelant, à l'aspect factice de ces dômes de verre dont on affublera les villes de l'an 2000.

C'est une autre planète, cette île renommée inabordable, qu'ils ne peuvent approcher que parce que le temps est exceptionnellement doux, la mer d'huile, libre de glace.

L'île Blanche, Kvitøya. Qu'on ait dix-sept ans ou quarante, c'est une merveille, une gifle. Ils l'ont tous raconté, ceux qui l'ont aperçue comme ceux qui y sont morts – ce moment de saisissement.

Gunnar Horn, qui dirige la mission scientifique du *Bratvaag*, y voit *une immense carapace de glace, soutenue par des murailles transparentes, flottant sur la mer qui brille comme un miroir.*

Peut-être le ciel est-il devenu rose, un rose de peau, de lunule d'ongle, de matin qui n'en finit pas. Et même si Olav n'a pas le loisir de contempler l'île, même s'il ne lui jette pas un regard, même s'il obéit aux ordres, aux cris, prépare déjà les armes pour la chasse, même s'il se fiche de la banquise et des mirages, parions que l'île Blanche s'imprimera quelque part, sur sa rétine, puis dans un coin de sa mémoire.

Ils dormiront sur le bateau ce soir. Et au matin du 6 août, sous un soleil que rien ne masque, Gunnar Horn écrira : *Le silence est profond, troublé de loin en loin par le craquement de la glace ou la chute d'un glaçon dans l'eau.*

Les chasseurs s'éloignent de l'île en canot. Olav est parmi eux. Ils tombent, vite, sur un troupeau de morses qu'ils pourchassent vers le sud. Cela fait des siècles que l'on chasse au Svalbard, le morse, la baleine, au XVIe, au XVIIe, la ruée des bateaux, des centaines, le long de ces côtes désolées, et la mer qui rougit, la glace qui vire à l'écarlate. Au XVIIe siècle, même plus besoin de rejoindre la terre pour dépecer les bêtes, découpées à même les flancs des navires, immédiatement débitées, transformées, la graisse changée en huile, les fanons récupérés pour confectionner des parapluies et de précieux corsets, tout cela vite fait bien fait avant même d'aborder. En 1930, il n'y a presque plus de baleines sur l'archipel, toutes saignées, arrimées, traînées sur les ponts, comme les morses, massacrées.

Mais l'île Blanche est si lointaine que les bêtes qui y vivent avaient oublié la crainte des hommes quand elles les ont vus surgir. Le souvenir s'était perdu, déjà, de l'arrivée, au même endroit, de trois hommes fourbus, mutiques et chancelants, dont elles avaient assimilé les traces allogènes – toile de jute, étoffes, fer-blanc, ossements. La peur, elles l'ont apprise d'un coup, entendant cogner le navire contre la côte, se faufilant dans leurs tanières, s'éloignant à tire-d'aile. Les renards des neiges savent se fondre, disparaître – une main qui court sur les yeux, un souffle, à peine.

Bientôt, les oiseaux cesseront d'éviter cette zone, renoueront avec leurs anciennes trajectoires, reformeront leurs cercles. Pour l'instant, les ourses se réfugient loin de la côte, leurs petits à leurs trousses, et les morses glissent profond, là où l'eau devient noire. Tous attendent que le silence revienne.

Longtemps, apercevant un groupe de morses endormis sur la plage, les chasseurs se sont servis de leur nombre pour les décimer, de leur nombre et de leur sommeil puisqu'au contraire des phoques, plus sensibles, plus vigilants, les morses y abandonnent tout entier leur grand corps. Les hommes immobilisaient leur embarcation face au rivage. Sans bruit, ils mettaient pied à terre et tuaient à coups de lance les animaux les plus proches. Ceux, plus éloignés, qui tentaient de se traîner vers la mer, se retrouvaient bloqués par les cadavres des autres. Corps luisants, lourds, bloquant d'autres corps lourds, luisants. Les chasseurs n'avaient plus qu'à y planter leurs lances.

Maintenant qu'ils ont été en partie décimés, les morses ne sont plus des proies si faciles. Sans doute Olav et son compagnon, Karl Tusvik, vingt-quatre ans, chasseur déjà aguerri, les harponnent-ils depuis la mer avant de les achever à la carabine.

Il faut arriver par-derrière, disent les chasseurs, se terrer dans le silence pour mieux en resurgir. Il faut surprendre les morses sur les morceaux de glace qui abritent leur sommeil et qui peuvent sombrer avec eux si on n'y prend pas garde, puis tirer à l'aide du canon porte-harpon avant d'achever le morse d'une balle dans la nuque, où l'os se brise plus facilement. Il faut le faire, surtout, avant que l'animal se dresse face au bateau, soudain éveillé, menaçant, faisant de son volume une force, de ses défenses une arme – bien des embarcations ainsi transpercées ont coulé.

Ce que voient Olav Salen et Karl Tusvik, ce n'est pas la face placide du morse, ses gros yeux d'obsidienne, ses moustaches fournies, ses défenses de précieux ivoire, mais une montagne brune, sans forme et sans tenue, un bloc de chair et de sommeil où s'accrochent les coques et les algues.

Alors, ils tirent – le harpon d'abord, un choc quand il prend la chair.

Et puis, ils tirent, encore – la bête immense sur le rivage.

Bientôt, ils dépècent leurs premières prises, attaquent au couteau la peau dure, grasse, tavelée de taches rosâtres, et puis la lame pénètre, dessous c'est dense, épais, gluant, d'une blancheur gélatineuse et bleue, c'est plein de sang et d'entrailles. La lame ripe, la peau échappe, ils s'épuisent, ont les mains tièdes, rouges, et cette odeur. Ils parlent, peut-être, en travaillant, ou bien ils se concentrent, mains douloureuses à force de percer la peau avec la lame, ils ont chaud alors qu'ils sont si près du pôle, si loin au nord, et quand ils s'essuient le front, des marques rouges leur prennent la racine des cheveux.

Pour nettoyer leurs poignets, leurs bras poissés de sang et parce que la soif brûle, Karl et Olav cherchent de l'eau douce. Ils trouvent un ruisseau, le traversent. C'est là que quelque chose attire leur regard sur l'autre rive : un éclat brillant.

Ils croient peut-être, d'abord, à un reflet sur l'eau, à un poisson échoué, à la lame d'un couteau tellement l'arme s'enfonçant dans la chair a imprégné leurs heures. Mais c'est un morceau de métal rond. Personne n'est encore passé par là, ni eux ni aucun membre de l'équipage, alors Olav, ou Karl, interdit, prend l'objet dans sa main, le soupèse, y fait se refléter le soleil : c'est un couvercle d'aluminium qui sonne, sur ce sol inviolé, comme un objet venu d'une autre planète.

Et puis, tout va très vite. Leurs yeux bientôt se posent sur un autre éclat de lumière, pris cette fois dans un anneau de laiton, puis sur une masse sombre qu'ils rejoignent en courant : une embarcation. Ils se penchent, fouillent. À l'intérieur, un fatras d'objets et, sur plusieurs d'entre eux, l'inscription *Andrees pol. exp. 1896*.

Sans ces objets, sans ces mots rencontrés, personne sans doute ne se serait souvenu d'Olav Salen et de Karl Tusvik. Leurs noms remontent jusqu'à nous comme du fond de l'eau un objet gorgé d'air juste parce que leurs yeux, un instant, ont rencontré une inscription, un nom, une trajectoire sortie de l'ordinaire. Mais l'éclairage a été si pauvre, le coup de projecteur si bref, que d'eux, on ne saura rien de plus. Leurs noms resteront une minuscule biffure, à peine une trace. Olav et Karl passent la main. Ils courent chercher le capitaine qui, lui, portera la découverte, la parole et un semblant de gloire, reviendra au bateau annoncer la nouvelle : il a retrouvé la trace des hommes dont la disparition hante la Suède et la Norvège depuis trente-trois ans.

Ils reviennent, plus nombreux, armés de pioches, de pelles. Débarrassés de la neige qui les recouvrait, neige désormais plus rare, en plaques peu épaisses, affleurent des vestiges, des objets – hameçon, traîneau, drapeau suédois enroulé sur lui-même, munitions, baromètre, fragments de voile, fourneau à pétrole, casserole, tasse, lanoline en pots de porcelaine, bouteille, cachets, mouchoir brodé des lettres “N. S.”.

Surtout, ce que tous craignent et espèrent : des corps. Le premier, près du bateau, est un sac de tissu sombre percé par des ossements. Les rotules sortent de ce qui reste du pantalon. La cage thoracique écarte les lambeaux de l'étoffe. La tête manque.

Les ours, pensent les membres de l'équipage.

Dans la poche intérieure droite de la veste, ornée de la lettre “A”, un carnet, un crayon, un médaillon en forme de cœur dans lequel est sertie une photo d'Anna. Près du corps, la crosse d'un fusil dont le canon plonge dans la neige.

Au nord du campement, sous un amoncellement de pierres, il y a un autre corps que l'on a fait le geste d'enterrer avec les moyens du bord, de caler entre des rocs, d'abriter, même si la tête sera retrouvée sur le sol, hors de cet abri de fortune. Les pieds, chaussés de bottes fourrées de foin, dépassent.

Ils trouvent aussi un livre couvert de notes, d'observations météorologiques, de calculs astronomiques. Le papier est humide, les pages collées entre elles, mais l'écriture, nette et régulière, donne à Gunnar Horn l'impression que ce journal a été écrit dans une pièce confortable et non au bout du bout du monde.

Les hommes du *Bratvaag* enveloppent dans des bâches ce qui reste d'autres hommes, tentant de garder les corps entiers, de n'en rien perdre puisqu'ils ne sont plus, ces corps, qu'un assemblage fragile d'os blanchâtres et de tissu râpé. Ils les transportent à bord.

Mais il en manque un, qu'aucun fragment n'a pu reconstituer.

Knut Frænkel n'a pas été retrouvé.

Alors, il y aura un autre navire, *L'Isbjörn*, dont les hommes fouilleront le moindre reste de neige, ratissant chaque centimètre carré puisque ce qui prévaut désormais, ce n'est plus la seule curiosité mais l'appel des médias, des sociétés suédoise et norvégienne tout entières, l'appétit de scoops, de détails, de légendes.

L'expédition Andrée est devenue un fait divers. Déjà, on connaît leur pouvoir d'attraction, la fascination qu'ils traînent, on fouille, on gratte, on photographie les lieux sous tous les angles, on inventorie les objets exhumés ; c'est une archéologie étrange, qui tente de s'approcher de la vie de ces hommes comme on dévoile d'antiques civilisations.

Un photographe s'empare de l'un des os, d'homme ou de bête il n'en sait rien, et l'emporte avec lui en secret, drôle de réflexe de prédation ou de mémoire, un peu des deux certainement, et peut-être ne le sait-il pas bien lui-même. Cet os, il le gardera jusqu'à sa mort, comme une relique, comme un souvenir, comme si son appareil n'avait pu, pour cette fois, lui suffire.

Des vestiges, les journalistes tirent les premiers récits. L'un d'eux émet l'hypothèse que le ballon des trois explorateurs se serait écrasé sur l'île Blanche ou dans son immédiate proximité. Il aurait été impossible, écrira-t-il dans le *Dagens Nyheter* daté du 7 septembre, de traîner tous les objets trouvés sur le campement sur une longue distance.

Il est bien loin de la vérité.

Il faut faire vite, les glaces se referment. Bientôt, l'île sera de nouveau inaccessible et les rapporteurs d'images, les chercheurs de trésor, piégés à l'intérieur. Le soleil a brillé, la neige a fondu encore, révélant des strates qui n'avaient pas été mises au jour. Le troisième corps est enfin découvert, enfoui profond sous la glace. Non loin de lui, on trouve les tubes de cuivre contenant les pellicules et l'appareil photo chargé.

FORAGE

Vers l'été 1897

Nous sommes encore dans les années 1930. Plus pour longtemps. Les photographies tirent en arrière, dans l'épaisseur des gris et des noirs, à travers ces années qui séparent leur découverte des instants où elles ont été prises, ces années qui ont vu, lentement, le siècle à peine entamé vaciller sur ses fondations et, déjà, basculer.

On rembobine la bande, on creuse dans ces trente-trois années, on quitte ce monde qui a vu revenir, à Tromsø, les restes d'Andrée, de Frænkel, de Strindberg, ce monde si différent de celui qu'ils ont connu et tellement identique pourtant, lancé dans une même fuite en avant, toujours troué de vides, d'attentes, de vies silencieuses qui ne sont inscrites nulle part, d'aveuglement à ce qui vient.

Les images sont des paliers pour plonger en apnée, s'enfoncer, reprendre de l'air, s'arrimer aux détails, au minimum visible, et en passant de l'une à l'autre, jeter un regard aux gouffres qui les séparent, dont on ne perçoit qu'une rumeur, à peine un frémissement.

1926, une Japonaise en kimono pervenche sort de l'ombre du feuillage : Albert Kahn a envoyé des photographes aux quatre coins de la Terre pour constituer ce qu'il appelle les "Archives de la planète", afin de garder trace des arbres aux troncs creux, aux racines immenses, des cavaliers de la steppe, des datchas et des cathédrales, des lacs profonds du Canada, des fêtes qu'on donne pour les naissances et des larmes qu'on verse pour les morts, des costumes, des visages aux rougeurs saisies sur les plaques autochromes, poudreuses, légères, un souffle, tout s'évapore, on s'enfonce, plus profond, et là, dans un rai de lumière, en 1924, neuf hommes fourbus nous fixent, assis devant leur tente qui masque le sommet de l'Everest, on ne voit rien de ce qui grimpe follement vers le ciel, rien de la violence qui ouvre la voie des paysages, offre aux peintres les oasis et les plages tropicales, la lumière baigne tout, les couleurs disparaissent, en 1923 surgit un Indien Selknam de la Terre de Feu, géant au corps de charbon strié de bandes blanches, visage couvert d'un masque de bois où aucun trou n'ouvre sur le regard, photographié par un missionnaire allemand alors même que son peuple est en train de disparaître, et l'image est la cendre, la trace d'un feu éteint.

1915, ça s'accélère, une béance hante les portraits comme les souvenirs des survivants, la mâchoire manque, l'œil est de verre, du trou noir du visage sourd le vacarme de l'explosion qui sans cesse revient aux oreilles et à l'écart des tranchées a lieu une autre guerre, dont Anna fait sa part. Celle qui lui a pris Nils a commencé bien avant celle qui agite le monde – étirée vers les pôles, plus filandreuse, plus silencieuse. La même, pourtant.

1913, en Alaska, quatre hommes ouvrent un chemin sur la banquise, sans machine, sans brise-glace, armés de perches et de cordes, sans regarder l'appareil, en équilibre sur les plaques mouvantes, ils quadrillent le paysage, creusent la croûte blanche de la Terre, y arrachent une trouée, un passage. En 1912, Alfred Wegener expose sa théorie sur la dérive des continents, le monde, d'un seul bloc, se serait fragmenté en une multitude d'éclats, les terres ne sont plus des papillons épinglés sur une planche de naturaliste, elles voguent, dérivent, ne cessent de se transformer.

1912 est troublée par le début de la première guerre des Balkans, creusée par le naufrage du *Titanic*, immense, insubmersible, dont la coque rutilante pourtant se brise contre un iceberg et avec elle les escaliers monumentaux, les pampilles de cristal et surtout, les lumières, flammes des chandelles ou rayonnement des lustres, éclat des perles et soies des costumes, ensemble dissous dans la nuit noire, l'encre épaisse de la mer.

La même année, dans son tout dernier film, *En route vers le pôle*, un Georges Méliès vieillissant magnifie les rêves de conquête contre lesquels s'est brisée la coque du navire. À l'écran on voit des hommes construire des engins absurdes et magnifiques, se débarrasser *manu militari* des suffragettes qui tentaient de les accompagner, agiter leurs chapeaux, fendre un cosmos de papier peuplé de cariatides couchées, de machines et de bêtes fantastiques, se battre contre un géant et enfin, trouver l'aiguille magnétique, l'axe autour duquel, tous, nous tournons. Ils n'ont pas été vaincus comme les passagers du *Titanic*. Ils ont pris leur revanche sur la glace.

Tandis que Méliès met en scène son glorieux avatar, on attend le retour de l'expédition Andrée : on imagine les contrées merveilleuses que ses membres ont peut-être atteintes et qu'ils gardent pour eux, ce pôle Nord qu'on peine, malgré les récentes découvertes, à résumer à un point géographique abstrait, dont on voudrait faire un continent qui possède un rivage, une courbe, un relief et, pourquoi pas, des habitants. On le peuple comme on peuplera la lune ou bien la planète Mars, d'autochtones vêtus de peaux de bête et armés de harpons, capables de réduire les plus vertueux explorateurs à l'état d'hommes sauvages. Et si la rigueur du climat a le bon goût de préserver les aventuriers de la vue des seins plats des femmes et des sexes mal masqués par des feuilles de palmier, nul doute que les barbares du Nord ont les dents longues, l'appétit féroce, voire qu'ils tiennent des ours leur brutalité.

Ainsi rêve le monde depuis la disparition de l'expédition Andrée, ainsi il les fait vivre au sein de tribus imaginaires ou bien seuls tout à fait, régnant sur un royaume obscur, au centre de la Terre, dont les pôles seraient les portes, les orifices secrets.

En 1911, le pôle Sud est atteint par Roald Amundsen. La terre n'est peut-être pas si creuse, les ouvertures se bouchent, le royaume souterrain perd de sa crédibilité. Mais alors, où est passé Andrée ?

1910 est zébrée par le passage de la comète de Halley, inondée par une exceptionnelle crue de la Seine. En 1900, à l'exposition universelle de Paris, on exhibe des indigènes, on reconstitue des villages, on a peur, on s'émerveille, c'est sûr, le monde s'agrandit.

En tout cas, il se penche, s'arrache à lui-même.

De là-haut, on voit mieux, on découvre, on surplombe.

Insensiblement, on apprend, déjà, à se détacher.

L'image est un voile, une longue marche, une énigme, une porte qui ne cesse, sous notre nez, de se refermer.

Il faut oublier les autres, toutes celles que l'on connaît, qui nous ont constitués, pour retourner à l'orée du XXe siècle, dans l'ignorance de son avenir.

Il faut y plonger la main et creuser pour saisir un instant, un seul, et le rêver intact.

II

LES AVENTURIERS

ESQUISSE

Printemps 1897

Jag kan ej följa dig.

"Je ne peux pas te suivre."

À la fin de cette phrase qu'Anna a écrite sur un morceau de papier collé sur un cahier qui accompagnera Nils dans son expédition, un point bien rond, bien dessiné. Au-dessus, un dessin qu'elle a soigneusement tracé à l'encre noire : un ballon qui ressemble à un gros bonbon, un drapeau de chaque côté de la nacelle et, sur le sol, une petite silhouette à chignon qui agite la main.

Il y a le ballon, les hommes qu'on devine dedans.

Il y a la nation, les drapeaux, le pays.

Il y a elle, assignée à la terre.

Tout est dit.

Je ne peux pas te suivre. Quand lui a-t-elle donné ce dessin ? Tentons la verdure, le jardin : ils sont là, au soleil, qui d'abord éclaire trop fort leurs visages pour qu'on puisse distinguer leurs traits. On est en avril ou en mai, il y a des taches lumineuses sur la table en fer et le bas de la robe d'Anna, des taches rouges sur la naissance de sa poitrine, il fait chaud, elle transpire, quelque chose l'enserre, comme lui dans son costume, il faut forcer pour trouver une déchirure, régler la lumière, attendre que l'image se révèle.

Voilà. Elle est allongée. C'est une photographie, encore, retrouvée en lambeaux dans les vestiges du campement, au centre de laquelle Anna repose, souriante, dans l'herbe, bras croisés derrière la tête, manches bouffantes, regard espiègle, jupe sombre – est-ce qu'elle est noire ?

Quelque chose manque sur cette image, peut-être cette vibration qui précède l'élan, signale la présence. Ils sont partis il y a trop longtemps pour que le lien, celui qui passe de main en main, de celles des parents à celles des enfants par le fil lent des gestes et des photos de famille, soit encore possible à saisir. Pour la réveiller, il faut la frotter à autre chose, faire venir la couleur ou la trace du mouvement, et pour cela on peut regarder, par exemple, *Le Jour d'après*, peint en 1895 par Edvard Munch, où l'on voit une jeune fille couchée sur un lit blanc, chevelure répandue sur l'oreiller, corsage largement ouvert sur la poitrine sans qu'elle dégage pourtant la moindre lascivité, plutôt une forme particulière de solitude.

Il y a des bouteilles d'alcool posées sur la table. Sa jupe est brune, piquetée de points sombres qui ont peut-être été des fleurs. Son bras très pâle est tendu dans le vide vers le bord du tableau. L'intérieur du poignet est offert. Sa tête semble pencher en arrière, comme si son sommeil était une chute, un renoncement. Elle est puissante, pourtant. Une madone aux yeux clos, détruite mais paisible, qui colore autrement la joie féroce d'Anna, son sourire éclatant.

Peut-être qu'il faut ça : la matière de la peinture, le souvenir d'une vie qui échappe encore à la photographie pour redonner de la chair à Anna, à Nils, qui soudain se penche. Lui aussi a de la peau à empoigner sous sa chemise amidonnée, serrée par le nœud papillon des images d'avant le départ, lui qui toujours regarde droit vers l'objectif alors que ses compagnons, fixant un point de fuite invisible, jouent déjà les conquérants.

Soudain le corps de Nils ploie sous la lumière déclinante, ses épaules sont rondes et souples sous la chemise, il a dans le regard quelque chose de cristallin et d'humide, et sur la peau l'odeur de ceux qui rougissent facilement, un relent de jeunesse plus sucré vers la nuque où Anna pose sa joue, et puis sa main à plat contre son dos large. Elle prend son visage dans ses mains, c'est sûr. Il est incapable de mentir, alors quoi ? Quelle version acceptable s'inventent-ils ensemble ?

Peut-être n'y a-t-il ni taches de soleil ni table en fer posée dans l'herbe, juste de hautes fenêtres, une petite pièce, un lit blanc où la main de Nils à présent se promène sur la chair pâle de l'intérieur du poignet d'Anna.

Elle serait allongée, alors, comme la jeune femme de Munch, sans plus de pose ni de raideur, un ravage liant le creux de son ventre au nœud dans sa poitrine. Un ravage. Nils, encore, se penche, et ça bat dans sa gorge, dans ses reins, contre leurs tempes jointes, et leurs oreilles bourdonnent, ils sont sourds, et aveugles, la pulsation entrouvre leurs lèvres et ils se lèvent ensemble, et elle le presse, plus fort, contre son corps, elle enfouit son visage dans son cou tendu, ses mains descendent vers le bas de son dos, là où la chair se bombe, le sentant tout entier renoncer à une chose pour en accepter une autre, sans réserve, jusqu'à ce qu'il laisse échapper un soupir, à peine audible, rien que pour elle, et elle le serre, encore, et la pression insère leurs ventres l'un dans l'autre, durs, battants, indissociables, et le lâcher est une souffrance, sans cesse remise au lendemain.

Au début elle s'est étonnée du pouvoir qu'elle avait sur ce garçon si grand et si sérieux, qui dès l'instant où ils se trouvaient face à face perdait toute contenance. Au début, c'était presque un jeu, il suffisait qu'elle s'approche, un demi-pas à peine, après avoir vérifié qu'il n'y aurait pas de témoin à leur trébuchement commun dans un monde plus trouble, plus silencieux, plus dense, il suffisait que ses seins touchent sa poitrine et s'y pressent doucement pour que ses yeux se perdent quelque part en un lieu qui n'avait rien à voir avec les calculs, les plans de vol, les politesses ni aucune autre de ses préoccupations quotidiennes, et ça la faisait rire à l'intérieur, un rire silencieux et complice qu'elle gardait tout au fond d'elle-même sans s'écarter de lui pour autant, sans esquisser le moindre pas en arrière, et il suffisait qu'elle saisisse entre ses dents blanches sa lèvre pleine, charnue, et qu'elle la morde, à peine, pour que ses yeux se ferment presque douloureusement et qu'il s'approche encore, devenu aussi tiède et souple que son sexe était dur contre son ventre, sans plus contrôler ni ses mains ni l'expression de son visage.

Il y a quelque chose qui la bouleverse dans la faiblesse soudaine de ce corps pourtant solide en apparence, ce corps que plus rien d'autre ne tient que le désir d'elle, et ce qui flanche en lui quand à son tour il la serre, elle n'y peut rien, ça la renverse, davantage que tout ce qu'elle a connu de charmes et d'attraits chez les autres, cet aveu d'abandon, ce corps démuni, affamé, ce regard perdu, comme étonné toujours de la découvrir telle qu'elle est exactement, ce visage qu'elle prend entre ses mains, encore, et qu'elle caresse, dont elle ne délaisse aucun creux, aucun relief, épousant de ses doigts, de ses lèvres, la moindre déclivité légère, elle n'a plus envie de rire maintenant, plus du tout, ils partagent la même gravité trouble, uniquement attentifs à ce qui se rompt à l'intérieur d'eux-mêmes.

Il porte au cou une petite chaîne, à laquelle sont accrochées trois breloques – une croix, une ancre, un cœur. La lumière accroche le métal et les cheveux d'Anna, que les photos ne montrent jamais dénoués mais qu'on devine épais, rétifs au peigne. Sa poitrine se creuse brusquement et il la serre plus fort.

Sa langue à lui dans sa bouche à elle. Qu'est-ce que ça fait ? A-t-elle eu le temps de le savoir ? Sa peau qui frémit quand elle se couche, quand elle rêve de sa main qui tremble en glissant le long de son ventre. Elle est seule.

Ça y est, les rôles sont distribués. *Je ne peux pas te suivre*. Que trouve-t-il à lui dire ? Des mots de consolation, une tendre confirmation de la place à laquelle chacune, chacun accepte de se tenir ? Ou peut-être une promesse, même vaine, si peu crédible : un jour peut-être, ensemble, dans le Grand Nord. Peut-être fait-elle semblant d'y croire.

Elle ne sait pas comment se nomme ce lieu où elle ne peut le suivre, sans doute croit-elle encore qu'il s'agit de la banquise, de l'aventure, à moins qu'elle n'ait déjà, au fond d'elle-même, tout au fond, où se fabriquent les larmes, une idée de ce à quoi il ressemble.

Ce qu'elle sait, ce qu'on lui a appris dès l'enfance, c'est que la décision ne lui appartient pas, qu'il est possible de lier sa vie à celle d'un homme sans avoir un seul mot à dire s'il décide de s'envoler vers le Grand Nord en la laissant à terre et qu'on l'estime déjà chanceuse d'avoir pu le choisir, lui, avec en lot de consolation ce désir rarement livré avec les commodes arrangements des mariages. Est-ce que c'est déjà le début d'une colère ou est-ce qu'on pourrait croire, encore, à une fierté ?

À quoi ressemblera, pour elle, le jour d'après, celui où on se lève seule, sans plus aucune croix dans le calendrier, aucune issue à l'attente : l'étendue sans bords du premier jour sans lui ?

Nils aussi pourrait prononcer les mots qu'elle a soigneusement écrits, tirer le trait noir à la règle entre le ciel et la terre, lui non plus ne pourra la suivre dans les heures infinies qui déjà s'amoncellent, dans les gestes vidés de leur sens qu'elle s'apprête à accomplir, dans les lieux familiers où il ne se tiendra plus, sur la chaise où les taches de soleil maintenant disparaissent, cette chaise qui, sans doute, n'a jamais existé.

C'est le soir. Il se lève. Le dessin est minuscule dans sa main refermée.

Pour elle, le jour d'après a déjà commencé.

TRAVERSÉE

Mai 1897

Cela ressemble, de loin, à une longue virée nocturne s'étendant sur l'amorce timide des matins. Ce qui reste, c'est cette impression de lent enfoncement alors qu'ils s'acheminent vers une lumière grandissante, celle des jours qui n'ont pas de fin – l'été polaire durera plus de trois mois, trois mois de clarté, nuit et jour, dont ils devront profiter avant que la pièce ne s'inverse, ne montre sa face obscure pour les mois qui suivront.

Ils partent séparément, Frænkel et Andrée ensemble, puis Strindberg en compagnie de Swedenborg, l'homme qui leur servira de doublure au cas où l'un d'entre eux serait disqualifié.

Bercés par le bruit régulier du train, Frænkel et Andrée s'assoupissent sur leurs sièges, voyageurs anonymes ou presque. On leur a offert quelques fleurs, des anémones, des œillets, et ils ne savent qu'en faire, elles les encombrent tandis qu'ils regardent par la vitre défiler les lacs, les forêts. Ils les laissent dépérir sur la laine de leurs costumes sombres. La lumière baisse, la nuit s'annonce.

Chaque étape du voyage leur rappelle le même voyage, accompli l'année précédente : chaque silence ravive les cris de la foule qui s'était massée pour les fêter dans chaque port, chaque gare, ces femmes, ces hommes endimanchés, ces petits enfants aux bras chargés de fleurs, cette fillette qui avait offert à Andrée un rosier dont il devait jeter un bouton au-dessus du pôle, et dont les roses minuscules avaient fini par faner en attendant les vents. Puisqu'ils ne se décidaient pas à souffler dans le bon sens, il avait fallu patienter un an avant de repartir, refaire les valises, conditionner une nouvelle fois son corps et son esprit. Pour être prêt, quoi qu'il arrive.

Dans leurs bagages, il y a des cravates amidonnées, des gants délicats. Ils pensent au départ mais aussi au retour, à être présentables pour la foule qui bientôt les acclamera de nouveau. Entre les deux, l'aventure tiendra en quelques jours, un bref épisode où il faudra serrer les dents, avoir froid, endurer sans se plaindre, mais rien qu'une parenthèse dans l'attente du triomphe à venir.

Andrée s'endort, il ronfle. Sa bouche s'entrouvre. Il fait tiède dans ce train, il fait moite, le soleil du printemps traîne dans les rideaux lourds, imprègne les vestons et fait sentir les fleurs. Frænkel regarde l'homme qu'il va devoir suivre sans regret, sans questions, avec lequel il va s'envoler au-dessus des glaces et il est bien difficile d'y croire, dans ce compartiment confortable, ce long crépuscule roux.

Andrée, le dos bien droit sur son siège, a fière allure même dans le sommeil, il ne se relâche jamais, on dirait. Il a tout prévu, tout préparé, choisi avec soin les membres de son expédition – à son image en plus jeunes, moins expérimentés, des ingénieurs, des hommes d'intérieur, plus habitués aux bureaux de bois lisse qu'aux étendues sauvages, des gars solides sans trop de craintes ni d'exigences, motivés par l'exploit sans être avides de gloire, des hommes sensés qui sauront prendre de la hauteur sans jamais, pour autant, lui marcher sur les pieds.

Knut Frænkel est tout juste diplômé de l'Institut royal de technologie de Stockholm. Nils Strindberg, qui n'a que vingt-quatre ans, y enseigne en tant qu'assistant. Au premier, on confiera les relevés météorologiques. Du second, on utilisera les connaissances scientifiques – astronomie, physique, mathématiques et, surtout, photographie.

Salomon August Andrée a de l'ambition et de la clairvoyance. La tentative d'atteindre le pôle Nord en ballon, en plus d'être inédite, a l'avantage de l'élégance. Plus de cortèges fourbus traversant à skis les immensités blanches, plus de chiens hurlants, de navires poussifs. Ils n'auront même pas besoin de poser un pied sur cette terre inhospitalière. Ce qu'Andrée promet, c'est de la survoler et d'y lancer une bouée qui deviendra la marque de l'humanité entière massée derrière son aérostat, rêvant avec lui de conquêtes indolores.

À ce moment-là, ils sont nombreux à s'alarmer de son peu de sérieux supposé. Ses connaissances de l'Arctique sont vagues, ses prévisions paraissent fantaisistes, mais l'époque est à l'enthousiasme. Financiers, scientifiques s'engouffrent dans les brèches sans cesse ouvertes dans la marche ronronnante du monde, on veut conquérir, connaître, cartographier. Et puis Andrée est persuasif, passionné, il inspire confiance avec sa stature, sa moustache, son verbe haut et calme, le flot de détails dont il noie ses auditeurs – c'est un chant qu'on écoute, prend pour argent comptant.

Cet homme-là, aux belles phrases, au costume distingué, accompagné de deux gaillards qui, comme lui, ne sont pas des aventuriers à la petite semaine mais des êtres civilisés, dont le manque d'expérience du terrain sera compensé par l'étendue rassurante de leurs connaissances, cet homme-là va défricher par les airs, en douceur.

•

Dans la tiédeur de son bureau d'ingénieur à l'Office des brevets de Stockholm, Andrée a longtemps fomenté des parcours, des plans, des montgolfières. À hauteur d'homme, on n'a jamais accès qu'aux imperfections, aux disgracieux gros plans – la peinture écaillée des boiseries de la fenêtre, le désordre de la table de travail, les papiers entassés, un reste d'eau de pluie, en bas, entre les pavés. Du ciel, il ne verrait plus rien de ces fâcheux détails, tout soudain prendrait sens, comme un message dont il faut s'éloigner pour le lire en entier.

Andrée s'est alors payé son propre ballon, le *Svea*. Ses voyages ont d'abord été brefs, venteux, mal maîtrisés, des vols de proximité autour de Stockholm et de Göteborg. De sa nacelle, il a vu les villes se loger miroitantes dans son œil étonné puis s'enfouir profond dans les forêts, et les myriades de lumières se noyer dans les arbres. Cet incroyable panorama de l'Ouest de la Suède, lac, forêt, lacs, forêts, si rarement rompus par les trouées blondes des champs en été, a viré au bleu, au noir, à mesure qu'il s'élevait – paysage redoublé, en miroir, qui semblait ne finir jamais. Mais ses plans de vol n'étaient pas encore tout à fait au point. Le moindre brouillard, le moindre nuage lui faisaient perdre le sens, la direction. De lac en lac, de forêt en forêt, Andrée luttait contre l'impression de revivre sans cesse le même instant, si bien qu'à l'approche de l'île d'Öland, apercevant un phare et entendant le choc du ressac contre la rive, il a pris la mer pour un nouveau lac. À force de s'élever, tout est devenu flou, identique : en plein ciel, il s'est perdu.

Il lui a fallu un autre ballon, plus fiable, plus performant. Son nom, *Le Pôle Nord*, n'étant pas à son goût assez conquérant, il lui a préféré *Örnen* – "aigle", en suédois. Peut-être connaissait-il l'histoire de l'alchimiste John Damian qui, au XVIe siècle, avait fait le pari fou de gagner la France par les airs depuis le château de Sterling en Écosse, avec des ailes en plumes d'aigle accrochées aux bras, et qui justifia son échec par le fait que quelques plumes de poule s'étaient malencontreusement glissées parmi elles. Ce volatile qui ne vole pas, cet oiseau collé à la terre aurait saboté le vol de l'aigle : un reste de modestie, un souvenir domestique auraient suffi à le faire chuter.

Aucune plume de poule ne viendra gâcher le vol d'Andrée. Comme l'aigle, son ballon saura jeter un œil perçant sur les confins du monde, les voir avec cette précision, cette clairvoyance que prête le ciel, et entamer leur possession.

Frænkel regarde la moustache fournie d'Andrée qui cache presque entièrement ses lèvres, détaille son nez fort, ses yeux biffés au coin des paupières qui donnent à son visage sévère quelque chose de malicieux, comme s'il ne croyait pas tout à fait à son propre sérieux. Tout semble là, déjà, dans ce visage, sa volonté inébranlable, sa foi en les vertus claires et carrées de la science mais aussi sa folie tranquille, aveugle à l'échec, comme la façon presque enfantine qu'il aura de profiter jusqu'à la fin de ce qui peut paraître dérisoire – un bon repas, une plaisanterie, la forme arrondie d'une île.

Frænkel n'arrive pas à dormir. À vingt-sept ans, il en paraît trente-cinq. Fossette au menton, petite bouche raide et fine à l'arc aussi net que le V taillé sur son front par l'implantation nette de ses cheveux : l'aigle lui irait bien, comme nom, à lui aussi.

Juste avant de partir pour le Nord, il s'est rendu à Paris en compagnie de Swedenborg – la doublure. Tout en suivant la construction du ballon, confiée à un certain Henri Lachambre, ils ont tenté d'anticiper les gestes à venir, comme s'ils préparaient un spectacle sans rien savoir du théâtre où ils allaient se produire, du public auquel ils auraient droit, un spectacle comme dans les cauchemars où l'on se retrouve sur scène sans connaître une seule ligne de la pièce qu'on va jouer.

À Paris, ils ont découvert un autre climat, une autre qualité de l'air, d'autres visages aussi – les Parisiens, les Parisiennes surtout, dont leurs logeuses aux petits soins pour eux qui, pourtant, n'étaient pas encore des aventuriers. L'aura qui les entourait était celle de l'exploit à venir, plus brillante, peut-être, que celle de l'exploit accompli. Ils n'avaient rien fait mais ils feraient, c'est sûr, déjà auréolés de cette neige qui couvrirait leurs épaules, entourés de ce paysage qu'ils n'avaient jamais vu.

Ils ont visité les ateliers, appris les spécificités techniques, surtout, ils ont flâné, longé la Seine, au front l'ombre des hauts arbres bordant les quais de pierre, ils ont profité de la nuit, des cafés, des ruelles. Paris, pour eux, c'était déjà le Sud, une terre latine aux antipodes de celle où ils allaient échouer, une bifurcation tiède et bienvenue. Une fois qu'on est sorti de ses habitudes, il est moins douloureux d'envisager un nouvel arrachement. Paris, c'était la première escale, l'antichambre trompeuse de ce qui allait suivre.

Frænkel appuie sa tempe contre la vitre. S'il ouvre la fenêtre, une odeur de foin et de résine pénètre le wagon. Il pourrait descendre à la prochaine gare. Andrée ouvrirait à peine l'œil et retomberait sans doute dans son sommeil. Il n'est pas bien vieux, une petite quarantaine, mais déjà, quand il dort, son visage s'affaisse, il n'a plus la tenue du début du voyage et son corps, tendu dans l'effort et le rêve de l'envol, semble pencher d'un seul tenant.

Le train fait de fréquents arrêts. Frænkel n'aurait qu'à enjamber le marchepied pour sauter sur le quai. Il se dégourdirait les jambes dans les hautes herbes et, insensiblement, s'éloignerait. Quand il se retournerait, le train serait loin, Andrée toujours endormi à son bord, embarqué dans le projet solitaire qui a toujours été le sien. Les voyages en train permettent ces rêveries passagères mais bien sûr, Frænkel ne se lève pas, les courses dans les hautes herbes sont pour les fous ou les poètes, lui, c'est un homme d'honneur, sérieux et fiable comme seuls le sont, peut-être, les vrais insensés.

Quand le train arrivera à destination, il faudra retrouver les autres, prendre le bateau pour la Norvège, s'enfermer dans les cabines exiguës ou prendre l'air sur le pont, fixer le sillage écumant du navire dans la nuit, dîner à Göteborg puis à Bergen où déjà il fait plus froid, où l'on boit de plus en plus d'alcool, où l'on regarde les montagnes ouvrir des tranchées dans la mer.

Ils navigueront entre les îles, cap Nord. Ils se chercheront dans le brouillard puis longeront de nouveau des côtes vertes, vives, à pic, aux falaises surplombées de maisons de bois rouge. Ils passeront le cercle polaire, sentiront sur leur peau les premières neiges. Ils mangeront des baies, du saumon et de la viande de renne.

Ils sont presque au bout du voyage. Passé Tromsø, les paysages leur deviennent de plus en plus inaccessibles, de plus en plus lointains à mesure que s'installe en eux l'idée du blanc qui gomme tout ce qui les entoure. Il n'y a plus que ce but qui ressemble à un gouffre, et sur les clameurs des soirées arrosées, les dîners animés sur le pont des navires ou lors des brèves escales, sur les discours, les toasts, les guirlandes de lumières, sur les nuits avinées qui les assomment, ce blanc ne cesse de s'étendre, les isole de ceux avec qui ils dînent, avec qui ils trinquent, les nimbe d'une aura particulière. Les autres leur parlent avec respect, avec gêne, comme on s'adresse à ceux qui s'apprêtent à quitter la terre quand on y a soi-même les deux pieds bien ancrés – c'est à peine si on ose leur serrer la main.

Alors, bien sûr, il ne sera pas question de reculer comme l'année passée, impossible de faire de nouveau le voyage dans l'autre sens, de voir s'amenuiser les clameurs et les fleurs. Une fois atteint le Svalbard, il faudra, quoi qu'il en coûte, accepter le départ puisque, de toute évidence, il a déjà eu lieu.

Ils étaient déjà partis quand, couchés chacun dans leur lit, dans la chaleur des draps ou bien d'un autre corps, ils écoutaient la rumeur de la ville comme si elle ne les concernait plus tout à fait, se défaisant déjà sans le savoir des voix et des présences.

Ils étaient déjà partis quand la nacelle a pour la première fois quitté le sol parisien, quand Frænkel a senti l'air transformé en poids lui traverser le corps, quand il a vu le dessin de la capitale française se préciser à mesure qu'ils prenaient de la hauteur, et ressortir, dans le tissu urbain, les silhouettes saillantes de ses monuments mythiques, Sacré-Cœur, Notre-Dame, tour Eiffel, cet empilement des siècles, ces formes géométriques que devenaient du ciel la moindre courette sale et le moindre coupe-gorge, cette dentelle qui soudain révélait les visées de ses architectes. Il a apprécié le calme quand l'engin a pris de l'altitude, quand les sons se sont éloignés, quand le vent est tombé, le rythme de son cœur s'est enfin apaisé, alors on a ouvert une bouteille, on a admiré le paysage, on a ri de sa propre peur. Il lui a semblé distinguer le vrai visage du monde, clair, révélé, connu de si peu d'hommes, et cette vision a achevé de le persuader de la nécessité de leur entreprise qui consisterait, finalement, à poser au pôle Nord les premières pierres de cette civilisation dont les fleurons s'étendaient sous ses yeux et à sortir, à la force de leurs bras industrieux qui ignoraient encore leur propre démesure, le sommet du monde de sa gangue de glace pour l'offrir un jour à leurs semblables comme on venait de lui offrir Paris.

On est déjà parti quand le désir du départ recouvre tout le reste, et ainsi Nils, ainsi Salomon

August, ainsi Knut regardaient par la fenêtre, prenaient le thé, embrassaient une joue, une paupière, et ils étaient ailleurs, déjà.

Ils glissent sur la mer libre. De rares blocs translucides flottent sur l'eau calme. Ils sont nombreux, rien que des hommes, massés sur le pont du bateau, à regarder se profiler le dernier archipel, se préciser l'île des Danois.

Là où ils mouillent, le chemin est barré par des remparts immaculés. Leur canonnière, le *Svensksund*, dans la cale de laquelle repose le ballon – dégonflé, flasque, un costume qui attend d'épouser un corps – brise la glace tandis que le cargo *Virgo*, qui les suit avec le reste du matériel, se glisse dans son sillage.

Ils forcent peu à peu les barrières du Svalbard. Le métal cogne et grince contre les blocs compacts, plombés de couleurs rabattues qui s'étagent de la mer à la roche. Ce qu'on voit est un long ruban silencieux, ce qu'on entend est brisé d'accrocs et de chocs, de cris d'oiseaux qui parfois vous fondent au visage avec dans l'œil un éclat de frayeur et d'incompréhension – ils n'ont jamais vu d'humain, non, rien qui y ressemble.

Pour décharger le *Virgo*, ils doivent faire exploser ce qui résiste à coups de dynamite : un bruit sourd, liquide, immédiatement englouti, la glace pulvérisée, noyée, la voie est libre.

ROCS

Deux longs mois

Le paysage a un petit air de déjà-vu. Rien n'a bougé depuis l'année passée, sauf peut-être la lumière, qui change si vite si loin au nord, et quelques menus détails qu'ils s'amusent à dénombrer. Malgré la splendeur presque agressive de ce qui les entoure, Andrée a la satisfaction de se retrouver en terrain familier.

En amont du rivage de l'île des Danois, là où la neige devient épaisse, se tient une petite baraque de bois qu'ils nomment la "maison de Pike". Tout près, le hangar à ballon construit l'année précédente les attend, impressionnant échafaudage dressé sur le rivage, construction arachnéenne bardée de planches et de toile, écrin pour l'aérostat.

Les intempéries l'ont à peine endommagé, Andrée est rassuré : il n'y a plus qu'à attendre les vents favorables. Il lève la main dans l'air pur. Il reste comme ça longtemps, épouvantail un peu raide qui effraie les sternes arctiques. Il tente de sentir le vent, s'excite à la moindre bourrasque. Puis il laisse retomber sa main.

Il aurait voulu tout anticiper mais bien sûr, c'est impossible, leur voyage ne ressemble à rien de connu, il était absurde d'en tracer l'esquisse. Il va falloir improviser pour éviter ce qu'il craint par-dessus tout : rentrer une nouvelle fois bredouille au pays.

Quelques jours passent. Puisque les vents, décidément, tardent à se présenter, ils font tout pour éloigner d'eux la prescience désagréable d'une forme tenace de malédiction. Ils feignent de ne pas voir le temps passer, les jours s'ajouter aux jours, le printemps s'acheminer vers la lumière de l'été. Pour cela, ils s'installent, font de cette grève ouverte sur le large, de ce morceau de caillou écrasé d'immenses montagnes, leur camp de base, leur champ d'expérimentation, leur terrain de jeu. Ils sont toute une équipe, techniciens, scientifiques, mécaniciens, des très jeunes qui posent fiers en vêtements de travail, le visage noirci, les mains le long du corps, et puis quelques curieux, des journalistes et des notables attirés par le parfum de l'aventure et du succès.

Sur cette île perdue, ils organisent leur société en kit à l'image de l'autre, la grande, qui les attend à Stockholm et ailleurs. Les mêmes hiérarchies, les mêmes vexations, les mêmes amusements – casquettes et nappes blanches, seaux à glace, chaises longues et musiques délicates le soir au souper, société d'hommes entre eux faite de jeux et de travaux virils, identique à la leur et oublieuse pourtant de ce qu'elle a laissé.

Nils, déjà, photographie. Un peu à l'écart, un peu ailleurs, après s'être éclipsé il revient, souriant, parmi ses camarades, ne laissant rien paraître de ses regrets précoces qu'adoucit encore le frisson de l'aventure.

Il faut imaginer la musique qui résonne entre les montagnes, dans le jour qui n'en finit pas. Il faut imaginer le luxe déployé sous la lumière blanche qui fait ressortir chaque élément du décor – une table, une chaise, un veston, le raffinement d'un bouton de manchette.

Nils appuie sur le déclencheur comme sur une détente. Le soir, quand on le lui demande, il paraît qu'il joue du violon.

Andrée a des fourmis dans les jambes. Il fait des allers et retours en chaloupe, retape le hangar, déblaie la neige, effectue des relevés, mesure les profondeurs, rédige des missives secrètes. Je le vois s'éloigner, un peu voûté déjà, le long de la grève grise, je le vois secouer la tête, ruminant ses calculs et déjà, ses échecs, contestant fermement le refus que lui impose le paysage – il sera plus têtu que lui.

Pour s'occuper, il inventorie les espèces végétales, nombreuses et délicates même si leur croissance est lente et leur taille, réduite. Il y a l'arabette alpine aux quatre pétales blancs, au cœur jaune d'or, il y a le bouleau nain, relique de l'ère glaciaire, qui ne semble avoir en commun avec les spécimens qui poussent sous des latitudes plus clémentes que le nom et la forme des feuilles, le saule polaire qui culmine à cinq centimètres et rampe sur le sol rocailleux, formant de patientes forêts pour Lilliputiens qu'Andrée enjambe, circonspect, et écrabouille à l'occasion. Il y a la campanule uniflore et sa petite corolle violette, le pavot polaire dont un fin duvet enrobe les feuilles et la tige pour les protéger du vent, les saxifrages répandues en coussins pour profiter de la pauvre chaleur du sol, la camarine noire dont les baies succulentes sont comme des yeux d'oiseaux tapis dans le feuillage.

Bien d'autres encore, il s'y perd quand il marche, inlassable, sur la grève. Il cueille, guette les herbes et les signes : l'annonce du départ. L'attente semble sourdre du paysage lui-même. Il bouge, change, respire à son rythme. Si le froid revient, les glaces se referment. Si le temps reste au beau, la mer s'ouvre. Puisqu'ils dépendent de lui, l'observer n'est jamais gratuit. Regarder, c'est toujours espérer, avoir peur. La nuit, Andrée rêve que le vent se lève, il le sent lui prendre le corps, lui fouetter les joues, lui faire pleurer l'œil. Au réveil, l'air est immobile sur la peau déçue de sa main.

Tous ou presque prennent leur mal en patience. Certains journalistes, certains notables, lassés de ce crachin polaire qui leur frise la moustache, ont bien décidé de faire demi-tour, aimantés par la perspective de terres plus arrangeantes où suivre des aventuriers plus chanceux. Mais ceux qui restent redoublent d'imagination et d'ardeur. Ils festoient en plein air, en bras de chemise quand le soleil tape fort, ils font la course à skis, ils collectent sur le flanc des glaciers des larves et des insectes emmurés dans la glace. Ils sont comme une armée qui n'a rien à combattre et finit par espérer l'ennemi, par entendre, dans les nuits, les mirages de sa présence. Ils hument les vents, tuent le temps comme ils peuvent.

Ils arpentent la grève, la plage, les rochers : dans le moindre fragment de pierre, il y a un monde en miniature. Les teintes, d'abord – noir d'obsidienne des affleurements aux formes lisses, souvenirs de la lave, comme recelant en noyau des réserves de chaleur, et puis cet autre noir qui n'est que surface des roches plus rugueuses, plus sèches, salissure qui s'effrite sous la morsure flamboyante du lichen. Ça semble cassant comme de la cendre mais c'est solide, teinté dans la masse, maculé de taches comme soufflées à la bouche, orange vif ou rouge anémone, poudre d'albâtre des coquillages dans les sulfures que forment, taches d'encre, les flaques qui trouent la pierre.

Alvéoles, roches gruyères reflétant chaque variation de la lumière, ménageant entre deux pans anthracite, d'un brun d'antre et de rouille, des piscines transparentes où se terrent des organismes visqueux qu'ils taquinent du bout des doigts, grottes où l'eau ruisselle, glaciale, laissant des auréoles soufrées sur leurs vêtements et sur leurs mains qui traînent – ils sautent d'un roc à l'autre, retrouvent des vieux réflexes, le corps qui se laisse aller au vide, le pied qui trouve, à la dernière seconde, la bonne prise. Les blocs rectilignes, fendus de brisures géométriques, qui s'empilent les uns sur les autres, leur sont des escaliers commodes qu'ils ne se lassent pas d'emprunter.

On dirait que la nature glisse sous chacun de leurs pas une marche à l'instant où ils s'apprêtent à tomber, découpe des pans de falaise abrupts en tranches lisses et horizontales, parcourues de failles karstiques d'un rose pâle qu'on croirait meuble, tendre, vivant, mais qui se révèle plus dur encore que la pierre qui l'enserre, translucide comme du quartz.

D'autres rochers, près du rivage, ont des courbes douces, presque liquides, et c'est la mer, déjà, ces monticules frottés à l'émeri par les vagues, d'un bleu de joue creusée, de tempe qui bat, veinant un jaune plus sableux que le sable, plus laiteux que le reflet du ciel dans les vasques que creuse la marée.

Tout le jour ils respirent au rythme de la mer, entêtant, omniprésent, auquel se mêle leur souffle fondu dans le reflux qui racle les poitrines en même temps que la grève, ils se repaissent de la lumière. Ils sont loin.

L'un de ces hommes attend avec plus d'appréhension que les autres, regarde le paysage d'une tout autre façon. C'est Vilhelm Swedenborg, le remplaçant, la doublure. Dans quelques jours, quelques semaines au pire, il rentrera chez lui ou s'envolera vers le pôle Nord, reprendra le cours de sa vie ou se couvrira de gloire – qu'elle soit ou non posthume, est-ce que cela fait une différence ? Est-ce que cela devrait faire une différence ? Doit-il espérer ou avoir peur ? Il ne sait plus, Swedenborg.

Andrée semble avoir avant tout jeté son dévolu sur lui en raison de son nom, puisque sa famille, qui ne compte pas moins de cinq explorateurs, se trouve être celle de l'inventeur Emmanuel Swedenborg, le Léonard de Vinci suédois, connu pour ses travaux sur la Voie lactée, le système solaire, et même pour avoir rencontré Dieu en personne, qui lui aurait montré les cieux, les anges, tout un monde lointain qu'il se serait ensuite évertué à partager avec le commun des mortels. L'aura de la doublure est encore renforcée par celle de son beau-père, Adolf Erik Nordenskiöld, premier explorateur à avoir eu raison du passage du Nord-Est. Un tel pedigree n'est pas à négliger : le prestige de tous ces grands hommes rejaillira, c'est sûr, à travers leur descendant, sur toute l'expédition.

Pour l'instant, le lieutenant-colonel Vilhelm Swedenborg n'a pourtant pas exploré grand-chose. À peine a-t-il étudié le fonctionnement du ballon, regardé s'éloigner, aux côtés de Frænkel, les rues de Paris depuis la nacelle, apprivoisé ses suées et son mal de l'air.

Sans doute scrute-t-il Frænkel et Strindberg, à l'affût d'un signe de faiblesse, d'un refroidissement, d'une fièvre ou d'un mouvement d'humeur. Sa vie dépend de ces hommes-là, de la résistance de leur corps, de la solidité de leur moral.

Selon les jours, il jauge le ballon comme un ennemi, comme un espoir, le regarde se gonfler lentement, dans le hangar, jusqu'à prendre comme par miracle sa parfaite forme ronde. Il rampe avec les autres sur sa surface lisse, à même l'étoffe délicate, pour colmater les fuites à mesure qu'elles se révèlent et les recouvrir de vernis, d'innombrables couches de vernis dont la quantité se révélera bientôt insuffisante pour l'empêcher de se dégonfler, insensiblement mais sûrement, à mesure que dure leur attente.

Début juin, ils sont encore là, à confectionner des luges en peau de bête, à se lancer à toute vitesse dans la neige, à rire comme des enfants.

3 juin + 1 - garçons peut expérimenté veut explorer le pôle nord, le ballon d'andrée a été changé par le suéd, construit par des français, mal construit pour les conditions qu'ils allaient affronter, Andrée veut de la gloire dans sa famille qui a du succès dans l'exploration

LÉGENDE

1839

Plus de cinquante ans plus tôt, elle attend sur une grève semblable, devant une mer semblable, dans un froid plus mordant.

Léonie d'Aunet a dix-neuf ans, les yeux bleu sombre, les cheveux en bandeaux noirs et lisses sur les tempes. Elle aussi a vu se profiler la côte au-devant du navire où elle dormait depuis des mois dans sa cabine couverte de peaux de renne : un trait, une forme pâle, à peine différente des blocs de glace flottante, une terre en trompe-l'œil, comme faite de la matière même de la mer.

Ce lieu, ils sont si peu nombreux à l'avoir abordé qu'il pourrait suffire à les relier, à dessiner les contours d'une petite communauté qui s'ignore. *Quant aux voyageuses*, a-t-elle écrit, elle a l'honneur d'en être *le premier échantillon.*

Pour arriver jusque-là, elle a dû convaincre son futur mari, le peintre Auguste Biard, de prendre part à une expédition scientifique dont il rapporterait des croquis, des peintures, et surtout : négocier pour l'accompagner.

Ensuite, il lui a fallu survivre à un accident en calèche, fendre la neige dans un traîneau tiré par des rennes, ingurgiter de l'eau-de-vie et des soupes dans lesquelles elle craignait que l'on ait saupoudré de la poudre à canon, chuter dans l'eau glacée, subir le mal de mer et les quolibets des membres de l'équipage qui la traitaient de *femme pâlotte, menue, maigrette, avec des pieds comme des biscuits à la cuiller et des mains à ne pas soulever un aviron ; une femme à casser sur le genou et à mettre les morceaux dans sa poche*.

Elle a découvert les mœurs étranges de la Belgique et de la Hollande puis les maisons rouges de la Norvège, les panoramas sépulcraux des îles Lofoten et la ville perdue de Tromsø où *la plupart des maisons sont posées sur des piliers de bois et se tiennent en l'air comme des tables basses* et dont l'unique rue, *la Canebière de l'endroit*, débouche sur *un énorme glacier vert et bleu, très capable de vous engloutir sous une avalanche, si vous aviez la curiosité d'aller l'observer de trop près*.

Elle restera finalement peu de temps au Spitzberg, l'île principale de l'archipel du Svalbard. Elle ne fera que l'entrevoir. Ce lieu restera avant tout éclairé par le chemin qui y mène, cette lente montée vers un Nord magnétique dont chaque estuaire, chaque roc, chaque variation de température ébauchaient déjà les contours.

En attendant que le bateau reparte, Léonie fait les cent pas le long de la baie ouverte sur le large, léchée par les eaux sombres semées de blocs de glace. Elle observe les ossements jonchant le sol, se penche sur ceux des morses et des phoques laissés par les pêcheurs mais aussi sur ceux des hommes qui n'ont pas survécu à leur hivernage, à l'air libre parmi les fragments des planches vermoulues des cercueils.

Sans doute la glace était-elle trop dure à creuser pour que leurs compagnons, épuisés, parviennent à les y enterrer, à moins que l'humidité du permafrost ait fait remonter les corps.

Aujourd'hui encore, au Svalbard, il est délicat d'inhumer les morts. Puisque le sol gelé conserve intacts les cadavres, et avec eux les maladies, les virus, les restes contagieux du passé, la loi locale interdit d'y mourir. On conseille aux vieux, aux malades, à tous ceux qui ne semblent pas taillés pour cette vie-là, rude, scintillante, éphémère, d'aller finir leurs jours ailleurs.

Sur cette terre qui ressemble si peu aux autres, il n'est d'ailleurs pas non plus conseillé de naître : faute d'infrastructure pour les accueillir, les femmes enceintes proches du terme sont expédiées sur le continent.

Léonie s'est agenouillée, elle le raconte, s'est penchée sur les os. Elle a saisi ceux qu'elle pouvait saisir, les a rangés dans les cercueils béants. Elle a lu les dates, les lieux inscrits sur les tombes, tenté de déchiffrer les noms. Dans deux des cercueils, les corps, habillés, étaient presque intacts. Elle a compris qu'elle risquait de ne jamais revoir la terre, la France, la maison, qu'elle était tout au bout du monde et qu'il était bien possible qu'elle finisse comme eux, coincée ici pour toujours par l'hiver.

Elle était minuscule, alors. Elle l'a écrit. Elle n'a pas cherché à dissimuler sa peur. Elle s'est demandé comment ils étaient morts, a imaginé leurs derniers instants, leurs derniers feux, leurs derniers vivres.

Comme une autre sépulture pour eux, elle a dessiné la presqu'île où se trouvait le cimetière, qui n'avait jamais été cartographiée.

À son retour, elle est enceinte. Elle accouchera bientôt d'une fille conçue quelque part dans le Grand Nord, d'une enfant du Spitzberg, qui répondra au nom étrange de Mme la baronne Double et écrira plusieurs livres sous le pseudonyme d'Étincelle avant de mourir en 1897, pile l'année où Strindberg, Andrée et Frænkel arrivent à leur tour sur l'archipel.

L'histoire de Léonie d'Aunet pourrait s'arrêter là. Peut-être se serait-on souvenu d'elle, peut-être pas, mais il y aurait eu l'espoir qu'elle reste, dans les mémoires, ce *premier échantillon de voyageuse*, si on n'était venu la priver de son exploit comme on jette, dans le film de Méliès, la suffragette de la nacelle de la montgolfière : expulsée du ciel comme de l'aventure.

La trace que Léonie d'Aunet laissera dans l'histoire ne sera pas celle de ses pas dans la neige, ni celle de cette presqu'île qu'elle a été la première à dessiner, mais une marque, cuisante, d'un autre genre – qui fait d'une vie un fait divers.

Un poète a été séduit par *son regard plein d'ombre*. Il vient de perdre sa fille, noyée dans la Seine un jour où aucun vent ne soufflait avant qu'un tourbillon ne fasse chavirer sa barque. Il n'arrive plus à écrire, il cherche quelque chose à quoi se raccrocher. Ce sera elle, cette femme pleine d'énergie, d'ironie et d'allant, âgée de seulement quatre ans de plus que sa fille disparue, et qui lui ressemble étonnamment. Ils entament une liaison qui ne s'arrêtera jamais vraiment, malgré tout ce qui suivra.

Il lui écrit – c'est un poète, il sait trouver les mots. Il s'appelle Victor Hugo.

Prise avec lui en flagrant délit d'adultère par son mari qui la faisait suivre, Léonie est expédiée dans une prison pour "femmes perdues", puis finit au couvent et perd la garde de ses deux enfants tandis qu'Hugo, protégé par son immunité parlementaire, retrouve sa vie de poète et d'homme d'État. Il gardera contact avec elle jusqu'à la fin, l'aidera comme il pourra, mais rien ne comblera le fossé qui entre eux s'est ouvert – il est en haut, elle est en bas, impossible de se rejoindre, de se tenir la main.

Longtemps après le voyage, seule avec ses souvenirs perdus d'aventurière, elle continuera à écrire des livres que certains persisteront à attribuer à son amant. *Voyage d'une femme au Spitzberg* restera le seul que l'on retiendra d'elle, comme elle gardera toujours la forme découpée de cette île dans un coin de sa tête, en prison, au couvent puis dans la pauvreté de ses dernières années, cette île où elle a passé si peu de temps, à ramasser les os des morts et à craindre que les glaces se referment, sans mesurer, peut-être, que ce lieu hostile abritait toute la latitude qui lui serait jamais offerte, un réservoir d'espace auquel elle ne cesserait de puiser, bataillant pour que ce soit l'image de cette terre polaire qu'on accole à son nom et pas celle d'un adultère tristement constaté, dans une chambre petite, par un commissaire de police.

Il lui est resté la forme d'une île et l'écho lancinant d'une légende, celle qu'une marchande allemande lui avait confiée alors qu'elles longeaient en bateau la petite île de Falster. Une femme riche, racontait la marchande, avait ordonné qu'on y construise une église et fait le vœu de vivre aussi longtemps que le monument resterait debout. C'était il y a trois siècles, avait-elle ajouté, l'église est toujours là, la femme aussi, incapable de parler ou même de se mouvoir, juste un corps couché dans un coffre de bois sur lequel veille un prêtre.

À chacun de ses anniversaires, cette femme rassemble ses forces pour demander si l'église est encore debout puis retombe dans sa léthargie, souhaitant en son for intérieur la destruction de son œuvre, rappelant que les lieux auxquels nous choisissons de lier nos vies prennent parfois le pouvoir de les infléchir, que les entreprises qui devaient nous rendre immortels peuvent finir par les alourdir, nous faisant regretter les heures où rien n'était entamé encore, où on se levait le matin avec le simple désir d'un amour, d'une aventure, et ce désir immense, que la brièveté du voyage de Léonie d'Aunet n'aura fait que nourrir, lui deviendra plus vif à mesure qu'il s'éloignera, vaste à bercer sa vie entière.

NUIT BLANCHE

Juin 1897

Nils fait la nuit. C'est lui qui, ce soir, veille dans le hangar. Le ballon le surplombe, l'enserre dans sa toile couverte de cette satanée neige qui n'en finit pas de tomber alors qu'Andrée avait tant insisté sur le soleil censé briller en cette saison, cette neige qui le fait mentir, mine la confiance de Nils, la foi jusque-là aveugle que lui inspire leur chef.

Il ne sait trop contre qui, contre quoi il le garde, ce ballon – contre les ours ou contre les becs pointus des oiseaux des tempêtes, à moins que ce ne soit contre un membre de l'expédition, tenté de se lever en cachette pour venir, tant qu'il est encore temps, saboter leurs efforts.

À la fin du printemps, il n'y a plus de vraie nuit comme on la connaît. Le jour qui n'en finit pas l'a déjà contaminée. À peine s'il y a de l'ombre, encore, où se cacher. Sûrement, Nils l'aime un peu, cette ombre, parce qu'elle le garde seul. La nuit n'est jamais noire, jamais silencieuse. Il y a les cris au loin des quelques oiseaux, dont certains suivront le ballon dans les airs, et de longues plages de silence épais, dans le compagnonnage lointain des respirations des autres.

Les odeurs de mer libre et d'eaux prises par les glaces, plus denses, étrangement plus liquides, prennent la langue. Nils est seul sans l'être tout à fait, alors il peut choisir qui inviter dans ce presque sommeil, cette veille languide, sous les fragments de ciel qui échappent à l'emprise de la coupole rougeoyante du ballon.

Le jour, il lui arrive de plus en plus souvent de s'enfermer dans la chambre noire qu'il a installée sur leur canonnière, le *Svensksund*. Il s'y livre à des essais photographiques. Il étudie, développe, fabrique. Il apprend, déjà, à transformer leur vie en preuve, en souvenir.

Il y a le temps de la prise de vue, quand il cale son trépied dans la neige et laisse ses compagnons accomplir le ballet quotidien de leurs jours ou plutôt le mimer, de nouveau, pour l'œil fixe et lent de l'appareil photo. Ainsi figé par le temps de pose, chacun donne le meilleur tour à son visage, au milieu d'un champ de neige devenu scène de théâtre.

Les images qui les montrent en action sont celles qui demandent le plus d'efforts : ils observent en rang d'oignon la crête d'une montagne, visages sérieux, mains sur les hanches, l'un d'eux levant le bras pour montrer quelque chose – il a dû le garder ainsi en l'air longtemps, attendant que Strindberg l'immortalise. On ne sait plus bien, à les regarder, s'ils veulent figer des moments vécus ou s'ils ne les vivent que pour les montrer.

Sur l'une des photographies, ils sont debout dans le hangar. Au-dessus de leurs têtes, le ballon leur fait un toit léger, clair, comme le chapiteau d'un cirque. Par une ouverture s'infiltre une manière de nuage, brume, vapeur ou faiblesse de l'appareil qui n'aura pas su saisir correctement la lumière et l'aura transformée en ce halo laiteux qui voile certains visages. On croirait le début d'un spectacle. Ils sont là, prêts à saluer. Toujours, ils sont fiers, rigolards, actifs et désœuvrés.

Sur d'autres images, certains sont juchés sur la toile du ballon, assis sur la large coupole souple, brouillant toute notion d'espace – on pourrait croire au sommet d'une soucoupe en vol stationnaire ou bien à une station spatiale destinée à capter un message de l'espace.

Il y a le temps de la prise de vue et celui de la chambre noire où, cette fois, Nils est seul à faire advenir ce qui s'est agité au grand air. Des cris, des bravades, des gestes, ne restent plus, déjà, que l'ombre creuse.

Il semble avoir davantage besoin de distance que les autres – s'abstraire, se recréer un lieu à soi, dans la pièce noire du *Svensksund* ou sous la tente, sur la plage, comme sous le dôme nocturne du ballon. Quand ils seront partis, il faudra dormir les uns contre les autres, il n'y aura plus de solitude ni rien qui y ressemble, alors il profite de ces derniers moments. Il se ménage des silences, des grottes. La photographie lui en a toujours offert, depuis l'adolescence il ne se lasse pas du retrait que le monde impose pour se laisser enfin transformer en images. Pour documenter ce voyage, il dispose d'un matériel optimal, de l'innovation technique que sont encore, en 1897, les pellicules souples, bien plus maniables que des plaques de verre. Il joue à l'apprenti sorcier, se repaît du miracle de l'apparition.

Quand il regarde les silhouettes affleurer, avant qu'elles prennent tout à fait forme humaine, peut-être est-il d'abord sensible à la pochade abstraite que trace la lumière, à ces instants où a lieu, en accéléré, la transformation de la matière en corps puis du corps en matière – quelques secondes d'exposition de trop et il se dissout dans l'obscurité.

Avant même que l'expédition commence, il en archive déjà les traces. Sans doute se demandera-t-il souvent, quand ils se seront envolés, à quoi ressembleront ses photographies une fois développées – si elles seront lisibles, si le contraste sera satisfaisant, si elles ne risqueront pas, dans ce jour permanent, d'être surexposées. Sans doute anticipera-t-il, en bon technicien, la qualité des noirs et le velouté des zones grises, se désespérera-t-il de tout ce blanc qui risque de rogner les formes vives. Et sans doute finira-t-il par se faire à l'idée qu'il ne les développera pas lui-même, que si elles prennent corps, ce sera dans des mains étrangères.

Dans l'ombre artificielle de la chambre noire, peut-être Nils voit-il aussi s'affiner les contrastes, se dessiner les lignes directrices de sa propre existence, avec leurs crêtes et leurs frontières, étonné de n'avoir mieux su les distinguer quand il pouvait la vivre.

Vue d'ici, du sommet du monde, sa vie ressemble à une autre photographie, lisse, plane, à la composition parfaite, dont il identifie chaque élément saillant, chaque moment précieux qu'il n'avait su, sur le moment, discerner, comme les circonstances qui l'ont mené là sans qu'il remarque leur enchaînement. Telle phrase anodine adressée à Andrée dans son bureau de Stockholm, telle réponse évasive qui avait pourtant commencé, sans qu'il en ait conscience, à le lier à ce projet fou dont on ne parlait d'abord qu'à demi-mot.

Il les entend soudain autrement, les plaisanteries échangées dans les soirées mondaines, petit verre de porto tenu entre deux doigts, les conversations badines instaurant peu à peu entre eux cette complicité singulière qui n'ignore ni la distance ni la hiérarchie mais autorise des poignées de main plus fermes, des sourires plus ouverts, complicité qui s'est muée en contrat de plus en plus indéfectible. Il s'en souvient bien, désormais, de ces instants imbriqués pour dessiner sa trajectoire, de ces rails qu'il a assemblés lui-même, un à un, à l'aveugle, et dans lesquels il s'est coulé.

On saisit un instant parmi d'autres, sans savoir tout de suite ce qu'il a d'unique, de signifiant, cela on ne le comprendra que dans un second temps, comme l'image se révèle dans les bains chimiques bien après le moment de la prise de vue, comme s'y éclaire trop tard l'expression de certains visages.

Nils apprend à isoler les scènes cruciales, à transformer les années vécues en chapelet d'instants reliés les uns aux autres suivant une logique soudain claire, on dirait qu'il feuillette l'album dans lequel sa vie se tient ramassée tout entière et il lui semble, à cette distance, que ce qui en a fait le gras, le surplus, toutes ces heures impatientes vécues sans en identifier la visée ne l'ont été que pour servir de ciment à ces instants essentiels qui soudain s'illuminent sous ses yeux.

Ainsi n'a-t-il peut-être pas identifié tout de suite, quand il a rencontré Anna, ce qui était en train de se jouer entre eux. Sans doute se sont-ils d'abord contentés de se jeter des regards polis en sortant de la maison où il enseignait le violon, où elle s'occupait des enfants, se devinant, en filigrane, quelques affinités – tous deux sont des jeunes gens simples mais de bonne éducation qui possèdent en partage l'amour de la musique.

Peut-être ont-ils parlé compositeurs admirés, notes sur lesquelles on bute, et peut-être l'une de ces confidences a-t-elle suscité leurs premiers troubles, leurs premiers sourires. Peut-être alors se sont-ils retrouvés un soir, après une journée peuplée de fausses notes et de cris d'enfants, à monter ensemble sur le bateau qui reliait Johannesdal à Stockholm, ce bateau que Nils prendrait bientôt tous les week-ends pour la rejoindre à l'internat où elle étudierait la musique, puisqu'Anna ne voulait pas rester toute sa vie une gouvernante mais se produire sur scène, vivre de ce qu'elle apprenait.

Peut-être ont-ils marché, ce soir-là ou un autre, sur le bord de la route, pas trop loin, pas trop près, savourant l'incongruité de ce premier rapprochement, être au côté d'un homme, d'une femme, en pleine rue, quand on n'est ni frère, ni sœur, ni même parent, cette étrangeté qu'on tente de faire passer pour quotidienne, ces pas que l'on partage, le corps empruntant des poses qu'il n'a pourtant jamais connues encore, et tandis qu'ils tardaient à réaliser qu'ils étaient déjà tout près l'un de l'autre, que le rose montait aux joues, que le ventre se tendait, Nils et Anna, peut-être, ont parlé frotter du violon ou toucher du piano, et peut-être l'a-t-il invitée dans un restaurant de Stockholm, sous la neige, attendant d'effleurer sa main pour la première fois, à moins que ce soit elle, Anna, qui ait cherché à le revoir, Anna qui demanderait un jour qu'on lui arrache le cœur.

Peut-être ont-ils ri de la drôle de coïncidence de son nom qui tombait sur eux comme un signe, Anna Charlier quand le mot "charlière" qualifie précisément en français le ballon à gaz dans lequel Nils allait s'envoler. Un nom comme un présage qu'aucun d'eux n'aurait écouté, dans lequel ils se seraient au contraire engouffrés comme s'il scellait une sorte de pacte, comme si même son nom à elle était un encouragement, une indulgence.

Peut-être que, tout juste fiancés, ils n'ont pas eu le temps de savoir ce que créaient leurs peaux l'une contre l'autre, quelle torture, quels frottements, quels désirs nourris du moindre rapprochement, sans ces vêtements qui cachaient à Nils les seins d'Anna comme ils lui masquaient encore, à elle, cette poitrine large, ce sexe doux, ces épaules rondes.

Si elle n'en a pas éprouvé la jouissance, peut-être Anna n'a-t-elle jamais connu ce qui déjà lui manque, vide encore plus cuisant de ne savoir par quoi il aurait pu être comblé, la vouant à imaginer, toujours, la peau de Nils quand elle touchera celle de son mari anglais, à chercher sous ce corps-là les formes qui se sont envolées.

Ou peut-être qu'ils ont, avant le mariage, été plus loin que ne l'aurait exigé la bienséance, exaltés par l'imminence du départ ou le peu d'espoir d'un retour, peut-être la perspective de la séparation les a-t-elle poussés à se rapprocher plus vite, à chercher à pleines mains sous les vêtements à quoi ressemblaient leurs corps, à enfouir leurs visages contre la peau, dedans, pour découvrir, avec une intensité qui leur ferait plus tard, dans leurs souvenirs solitaires, changer leur maladresse en passion, ce qu'on ne fait normalement que pendant la nuit de noces.

Peut-être que c'est cela, qu'Anna aura tant de mal à oublier, cette urgence qui coupe la respiration puis la laisse fuir contre l'oreille, parce que le souffle suffit et la chaleur des lèvres. Mais peut-être se sont-ils contentés de parler, dans ce restaurant de Stockholm, bougies et nappes blanches, fenêtres ouvertes sur la nuit, peut-être se sont-ils, sans se l'avouer à eux-mêmes, un peu ennuyés ensemble – peut-être que l'absence a été la grande affaire de leur amour, qui l'a élargi comme une plaie.

D'ici, ces questions n'ont plus de sens. Ne restent que les images. Elles lui suffisent, à Nils, qui les laisse lentement défiler dans la nuit. Il n'est pas en mer, il n'est pas au ciel, ce ne serait pas bien grave s'il s'endormait, alors il laisse le sommeil venir, il reste sur son seuil, à deux doigts de sombrer, dans ce lieu qui lui appartient encore et où tout, par instants, peut encore cohabiter, la flamme de la bougie, le poids du ciel nocturne et toujours cette photographie retrouvée en lambeaux dans les vestiges du campement, toujours Anna couchée dans l'herbe du printemps, ses mains absentes cachées dans la masse des cheveux, son sourire qui sait ce qu'il attend.

Quand il s'endort se mêlent la sphère au-dessus de sa tête, cette peau tendue qui tremble avec la nuit, et celle qui respire loin de lui, dans la chaleur lointaine de son profond sommeil – le rêve la gonfle comme une géante.

Peut-être lui arrive-t-il aussi de visualiser les instantanés qu'il pourrait prendre de l'avenir – la traversée et le retour, les projets, le mariage, peut-être peut-il d'avance les changer en souvenirs, en choisir la lumière et le cadrage, comme s'il était déjà passé de l'autre côté, observateur immobile, serein, qui se verrait marcher jusqu'à l'autel, la peau d'Anna contre la sienne, dans sa mémoire impossible.

Quels beaux souvenirs cela fera, à lui raconter contre le pavillon tendre de l'oreille, ces nuits où il pensait à elle, minuscule sous l'orbe géant du ballon où on peut s'imaginer en plein ciel, déjà dans la nacelle et, toujours au seuil du sommeil, se dire qu'on maîtrise le tangage, qu'on est presque arrivé.

ENVOL

11 juillet 1897

C'est le jour du départ.

Le dernier jour sur terre.

Celui dont ils pourront épuiser chaque minute, rejouer chaque instant, revoir sans cesse chaque image. Le gris plomb du ciel et les visages de ceux qui se massent pour les voir. Les regards qui un instant s'accrochent aux leurs. Les mouchoirs. Et la panique qui lève le cœur.

Le ballon trône dans le hangar, entouré d'hommes minuscules. Les sacs de sable qui le lesteront reposent encore à terre, poches blanches reliées à une multitude de cordes. Il semble immense, stable, incarnation matérielle du savoir-faire le plus solide – ergonomique, peau tendue à l'extrême contre laquelle feule le vent du Svalbard.

Ils n'en peuvent plus d'attendre. Le vent enfin est là et il faut le saisir, qu'il fasse vibrer la toile épaisse du ballon quadrillée de losanges, il faut sauter dans la nacelle, envoyer en hâte les derniers télégrammes.

Ne pas partir maintenant, quand l'occasion enfin se présente, ce serait s'avouer qu'on ne partira jamais, que cette entreprise, dès le départ, était vouée à l'échec, alors malgré les doutes et les pressentiments, il faut rompre les fils qui relient à la terre.

La précipitation des dernières heures n'a d'égale que la langueur de celles qui les ont précédées, on rattrape le temps étiré, on le resserre, on regrette peut-être de l'avoir tant laissé filer, de ne pas avoir fait plus, plus vite, maintenant il faut presser dans les instants qui restent tous les réglages techniques, les adieux épistolaires, et ça craque, ça respire, enfin ils vont partir.

Ils sont des dizaines à s'affairer, coordonnés, un vrai ballet. Si on prenait un peu de hauteur, si on s'envolait pour les regarder, ils offriraient un spectacle étrange, tous ces hommes minuscules qui démontent le mur du hangar, poussent les pigeons voyageurs dans leurs paniers, font les derniers réglages, tirent, coupent, grimpent, lustrent, réparent, crient, assurent, trébuchent, s'agitent. Le ballon est malmené par la violence du vent, sa coupole tendue à craquer émet des bruits sourds, les sacs de sable ne suffisent pas à le stabiliser. Les aéronautes tentent de se donner du courage en ouvrant une dernière bouteille de champagne.

Ils montent dans la nacelle.

Ensemble, ils portent un toast, ils lèvent leur coupe au ciel.

On tranche au sabre les dernières cordes.

Le ballon ne s'envole pas tout de suite. Il reste un instant quasiment immobile. Leurs regards à tous les trois sont incrédules, dépassés par la machine qui à présent les contient, les dirige. Sur les photos prises juste avant l'envol, ils sont serrés dans la nacelle et, d'un coup, on dirait trois hommes qui jouent et on se dit, ils vont descendre, ils vont rire et revenir sur le sol, mais ils ne descendent pas, ils restent dans ce panier d'osier qui, à peine lâché, est brusquement balancé contre le mur de planches du hangar par ce fameux vent du sud qu'ils ont tant attendu.

Il faut amortir le choc, parer au plus pressé. Ils n'ont le temps de rien voir, rien observer, rien déclarer. Il faut prendre le vent et s'élever, trop vite, trop haut, le ventre se creuse, le cœur monte à la bouche, le ballon plonge dans un trou d'air et le cœur redescend.

Quelques années plus tard, en 1912, en un mois de février glacial qui ferait presque ressembler Paris au Svalbard, Franz Reichelt, tailleur pour dames d'origine autrichienne, entreprendra le premier vol depuis la tour Eiffel.

La mode est au ciel. Les avions commencent juste à le rayer. Partout, des parachutes sont à l'étude. Aucun des tests de Reichelt ne s'est pour l'instant révélé concluant mais il compte, peut-être, sur ce lieu mythique, sur cette grande dame de fer ou sur une conjonction unique du temps et de la chance pour réussir malgré tout ce vol-là. Il refuse de faire des essais avec un mannequin et se présente les mains vides, fier, vêtu de la tenue sur laquelle il travaille depuis deux ans, inspirée de la morphologie des chauves-souris, dont il souhaite ardemment prouver l'efficacité.

Il est 8 h 22. Le froid est pénétrant. Reichelt a été filmé et on peut aujourd'hui encore le voir se tenir en ce point précis où il est possible de sauter comme de redescendre, de retrouver sa vie ou de la lancer dans le vide.

Ce qui lui sert d'ailes ne s'est pas encore déployé, tout juste distingue-t-on autour de lui, dans un noir et blanc charbonneux, une encombrante armature de tissu qui lui donne l'air d'un gamin déguisé. Il porte une sorte de casquette, qu'il ôte pour un salut bref, et un pantalon bouffant. Il tourne sur lui-même, comme au cirque, comme dans une arène, pour que la caméra l'immortalise sous tous les angles. On ne distingue de son visage que les pointes brunes de ses moustaches.

Et puis, il est en haut, devant la rambarde du premier étage, à 57 mètres du sol, grimpé sur un échafaudage rudimentaire – un tabouret en équilibre sur une table basse. Ses ailes, cette fois, sont déployées, noires, épaisses, toutes de tissu amidonné. Il agite précipitamment les bras.

Il y a ce moment d'une densité extrême : les trente secondes où il hésite avant de sauter.

Les deux hommes qui l'assistaient sont désormais hors champ. Il est seul, face au vide. Les pans de tissu qui faisaient blouser son pantalon lui tombent sur les chevilles, sans doute un détail technique laborieusement pensé qui ne fait que lui donner une allure plus pesante.

Il fait exactement ce qu'on déconseille aux individus en proie au vertige, il regarde en bas, baisse la tête, la relève, le ciel, le sol, il a désormais un pied sur le tabouret et l'autre sur la rambarde, de plus en plus difficile de reculer, il se déporte par à-coups vers l'avant, ne se tient jamais vraiment droit, vraiment immobile, agité par le désordre de son propre corps et par les bourrasques qui le déséquilibrent, précipiteront sa chute comme les vents favorables ont décidé du départ de l'expédition Andrée.

D'un coup, les images de Reichelt et celles du ballon sur le point de s'envoler me semblent les reflets inversés d'une même trajectoire : ils se sont élevés comme il va se jeter dans le vide, comme si, l'espace d'un instant, le ciel et la terre s'étaient inversés.

On n'en voit presque rien, du ciel, rien de son visage ni des sentiments qui y passent, on ne voit que sa moustache et cet attribut masque tout le reste – les émotions et les regrets, l'angoisse et le courage –, le réduit à un signe, une miniature, petit personnage d'une autre époque, à la gestuelle burlesque, alors que ce qu'on a devant les yeux, c'est un homme en train de se donner la mort.

Reichelt ne regarde plus qu'en bas maintenant. Il fait, toujours, de petits mouvements, son corps penche, on ne saura jamais s'il a vu défiler les instants marquants de sa vie, quelque chose, peut-être, de son enfance dans cette région de l'Autriche qui fait maintenant partie de la République tchèque, de sa vie parisienne – Franz s'appelle désormais François, il a obtenu un an auparavant la nationalité française et c'est du monument qui deviendra l'emblème de son pays d'accueil qu'il choisit de sauter, lui, le petit tailleur immigré qui a laissé en guise de testament une lettre pleine de fautes d'orthographe, peut-être, mais écrite en français, dans laquelle il lègue le fruit de ses factures impayées à son employée et, à son père, ses bijoux et ses montres.

Il va se jeter du haut de l'édifice qui fera la fierté de la France comme Andrée, Strindberg et Frænkel se sont envolés pour la gloire de la Suède. Mais on n'est plus en 1897, on est en 1912 et le monde a changé, la Première Guerre mondiale n'est pas loin et, si la technologie permet d'envoyer des hommes dans le ciel, beaucoup se retrouvent aussi sur les routes et nombreux sont ceux qui affichent, comme Reichelt, non plus leur appartenance au pays de leur naissance mais leur désir d'être à toute force reconnus, adoptés.

C'est long, trente secondes, quand on peine à se décider à mourir. Reichelt prend appui sur le pied posé sur la rambarde, son corps se déséquilibre, son visage se crispe, le tissu derrière sa tête se déploie un peu plus dans le vent, immense capuche de moine qui nous cache son visage. Au lieu de révéler leur envergure, ses ailes se replient et l'entourent quand il tombe comme une pierre. On mesurera plus tard la profondeur du trou que son corps a creusé dans le sol gelé.

JOURNAL D'ANDRÉE

11-12 juillet 1897

Pas de terre ferme en vue. L'horizon n'est donc pas clair.
C'est en vérité un étrange voyage.

Un oiseau des tempêtes est venu tout près de la nacelle.
Café préparé en 18 minutes.
Sucé les tenailles.
Oiseau des tempêtes arctiques.
Pluie de petits pois.

APESANTEUR

11 juillet 1897

C'est seulement en voyant le ballon s'envoler, large coupole de soie rose épinglée sur la brume, que Swedenborg réalise qu'il est resté à terre, remplaçant qui n'a remplacé personne, spectateur parmi les spectateurs, et on ne saura pas s'il a rongé son frein, maudit leur moral et leur santé de fer, ou bien s'il a béni leur étoile et la sienne.

À mesure que le ballon devient un point minuscule au-dessus de la mer, le voyage de Swedenborg se réduit lui aussi jusqu'à laisser cette empreinte singulière que déposent certains rêves, certains fantasmes ressassés. Il a connu la préparation physique et mentale, il a tout anticipé. Mille fois il s'est vu partir, mille fois il s'est vu voler. Il vivra désormais avec le poids de ce voyage inaccompli dont il ne pourra, pendant plus de trente ans, rien deviner. Et en 1930, quand les corps de Strindberg, de Frænkel et d'Andrée seront rapatriés en Suède, Swedenborg, vieux colonel à la retraite, fera partie de ceux qui les escorteront, fendant la foule vêtue de noir pour les mener à leur tombeau.

Un refroidissement. Une baisse de moral. La courbe d'un vent. Une fuite d'hydrogène. Si l'un d'entre eux avait renoncé, Swedenborg serait monté à sa place dans la nacelle et on retrouverait un jour son corps sous la neige, et ce serait Strindberg, ou peut-être Frænkel, qui accompagnerait son cercueil.

Il garde longtemps la tête levée, jusqu'à ce que le ballon, dans la brume, disparaisse.

Ils sont seuls à présent. Loin des regards et des hourras, sans plus de témoin à part, bientôt, l'œil de l'appareil photo, et on aura beau tenter de remplir les vides, tout ce qui lui échappera demeurera aussi ce qui leur appartient.

Pour l'instant, il faut bien le dire, on n'y voit pas grand-chose. Nils a beau coller l'appareil contre son œil grand ouvert, tout est flou, tout est blanc, un ciel épais, dense, traversé par le vol des mouettes des glaces et des oiseaux des tempêtes, saturé de bourrasques de brume.

“Là, en bas”, crie l'un d'entre eux, le doigt tendu : des bêtes étranges plongent et surgissent des vagues lointaines.

“Des serpents de mer !”

Ils s'exclament en riant.

Ils pourraient presque croire qu'ils sont ces hommes sans poids, ces élégants explorateurs qui s'élèvent au-dessus de la mêlée, même s'ils doivent vite s'avouer, comme l'a écrit Andrée, que le ballon est un peu *déprimé*. Sa peau, c'est vrai, ne semble déjà plus aussi tendue qu'au moment du départ. Quelque chose s'affaisse sous leurs yeux impuissants.

Dans cette région dont on connaît mal le climat, Andrée pensait qu'en été, un soleil radieux ne cessait de briller. Il ne brille pas. Et la brume tombe. Le ballon s'alourdit. D'un coup, c'est la panique : ils sombrent, c'est brutal comme dans ces rêves où on loupe une marche, on pousse un cri, on se réveille en sueur, mais ils ne se réveillent pas, ils s'accrochent, s'affairent, Frænkel hisse en hâte les voiles dont est muni le ballon, courbé sous la bourrasque il brûle ses paumes contre la corde rêche mais rien n'y fait, ils perdent de plus en plus d'altitude, filent vers la mer par à-coups brusques.

Les guideropes, cordes munies de lests censées faciliter le pilotage, se sont détachés peu après le départ. Sans ce dispositif de sécurité, leur ballon n'est plus qu'un fétu de paille soumis aux caprices du vent, à la densité de l'air – impossible à diriger.

À ce moment précis, il est encore possible d'envoyer un signal, d'atterrir en urgence sur la dernière langue de terre encore visible, une île qui porte le nom aérien de Vogelsang. Mais ils ne font aucun signe, s'accrochent à leur ballon déjà incontrôlable.

Dans la panique, Nils oublie de jeter le dernier message que leurs compagnons, restés sur l'île des Danois, devaient plus tard faire parvenir à Anna pour son anniversaire. Ce cadeau d'adieu dont il voulait ponctuer son départ reste dans la nacelle jusqu'à ce qu'il lui revienne à l'esprit lors d'une brève accalmie et qu'il le balance par-dessus bord, mais trop tard, sur la mauvaise île, où personne ne mettra jamais les pieds.

La mer se rapproche, maintenant ils distinguent chaque arête de mercure ciselant le dos des vagues, ils se cramponnent, crient des ordres, des questions inaudibles, mais dans le brouillard qui les étouffe, le vacarme de ce satané vent du sud qui souffle si fort après s'être tant fait attendre, ils ne perçoivent que des bribes des voix des autres qui intiment, toujours, de jeter davantage de lest – ce qui reste de sable, des canettes vides, bientôt des sacs de vivres, instantanément avalés par le brouillard. À combien de jours de survie correspond chacun de ces sacs ? À combien de renoncements, chaque pot de confiture d'airelles ?

Ils finissent par se résoudre à se débarrasser de la bouée de liège qui devait marquer leur arrivée triomphale au pôle Nord, et à la regarder tomber.

Soudain, le vent faiblit. Ils stationnent. Ils retiennent leurs mouvements, bientôt leur souffle : chaque geste peut faire vaciller leur équilibre précaire et les précipiter dans le vide.

Il y a un moment de totale immobilité. Le ballon est stable. Même les oiseaux se sont tus. Leurs voix résonnent, étranges, dans ce silence de glace. Ils ne voient pas à deux mètres. La seule chose qu'ils distinguent, c'est la toile rose et les silhouettes des autres, affairées ou blotties dans la nacelle quand ils s'octroient, à tour de rôle, quelques minutes de repos. Tout est si calme, alors, si blanc et suspendu. Leur engin, avec sa technologie de plus en plus inutile, est la seule trace humaine à des kilomètres à la ronde.

Ils semblent avoir atteint leur vitesse de croisière. Ils font glisser leur réchaud à alcool dans le vide à l'aide d'une corde, loin de la toile pour ne pas l'enflammer, et y réchauffent de la soupe, du chocolat. Ils ont soif, tout le temps. Ils respirent, ils regardent, prennent le vent. Au-dessus des nuages, le soleil brille plus fort. Sous le ciel enfin bleu, la terre s'est allongée.

Il y a un moment où Frænkel, Strindberg et Andrée, entre deux secousses, se détendent, où le temps soudain se condense, où les mois de latence, d'hésitations, d'anxiété, leur paraissent soudain dérisoires. Vus du ciel, ils se pressent en un moment de pur présent gonflé d'adrénaline, suffit de s'élever et tout devient concret, tranchant, d'une simplicité qui leur fait oublier ce que le fonctionnement du ballon révèle déjà d'avaries et d'approximations. Tout se dissout dans cette épaisseur nouvelle que prend le temps, dense de sensations massées en chaque seconde, aux antipodes des jours filandreux qu'ils laissent derrière eux.

On a beau tenter de prévoir les moindres détails, on a beau craindre le pire, arrive toujours un moment comme celui-là, si bref soit-il, où les choses s'accomplissent, où l'on est pile en leur cœur, où le vent souffle, où le froid mord, où l'on ne souhaite rien d'autre que se laisser porter.

Leur enthousiasme est de courte durée : d'un coup, ils sont légers, trop légers. L'hydrogène s'échappe, l'ascension est presque aussi brutale que la chute, il ne faut plus jeter le moindre déchet, perdre le moindre gramme, ils risqueraient d'être aspirés par leur toute nouvelle légèreté. Ils contractent le ventre, se retiennent même d'arroser la banquise de leur pisse brûlante jusqu'à ce qu'ils recommencent, lentement d'abord, à chuter.

Les pigeons voyageurs rongent leur frein dans leur cage. Ces oiseaux qu'en plein ciel on empêche de voler ont été fournis par le quotidien suédois *Aftonbladet* – comme l'appareil photo de Nils, leurs petits yeux ronds qui s'affolent à chaque secousse sont censés être témoins de la grande aventure, porter la bonne parole. Chacun est chargé d'un message destiné à être transmis aux locaux du journal, à Stockholm, mais le temps a manqué pour les entraîner à retrouver le bon bâtiment dans le dédale des rues pavées : même s'ils réussissaient par miracle à s'extraire des brumes du Grand Nord, ils risqueraient fort de s'égarer dans les méandres de la ville parmi les autres volatiles sans que personne ne remarque le petit rouleau accroché à leurs plumes ni les mots tamponnés au creux de leurs ailes : ANDRÉE ANDRÉE ANDRÉE.

Tentant de garder l'équilibre dans la nacelle qui tangue, Frænkel, ou Strindberg, ou Andrée ouvre la cage et lâche plusieurs oiseaux qui giflent de leurs ailes ses mains agitées, coups de bec, panique, avant de s'égailler aux quatre coins du ciel. Vite, la cage est refermée sur les oiseaux qui restent.

Les pigeons voyageurs calent leur vol sur les routes tracées par les hommes, également soumis au quadrillage du territoire. Comme nous, ils sont victimes de la monochromie du Svalbard, de sa fâcheuse tendance au redoublement et au miroir. Trois d'entre eux, pourtant, s'extirpent du brouillard. Le premier ira jusqu'en Islande, le deuxième, vers le Nord de la Norvège, où on retrouvera son message trois ans plus tard.

Le troisième perce les zones de brume avant de fondre sur la mer. Quelque chose s'éclaircit à l'approche de l'eau, le dégradé de gris se durcit, et sur l'étendue lisse que surplombe son vol, l'oiseau perçoit un point surmonté d'un panache de fumée :

un bateau à vapeur. Deux mouettes des glaces surgissent du brouillard et le poursuivent, il accélère, se pose enfin sur le pont. Le capitaine, qui le prend pour une perdrix des neiges et imagine sans doute déjà le goût subtil de sa chair rôtie à point dans les cuisines, l'abat d'un coup. Fin du voyage.

Quel message les explorateurs sont-ils parvenus à confier à l'opiniâtre volatile ? Quel appel à l'aide, quel aveu d'échec a pu valoir le coup d'être attaché au cou d'un oiseau mal entraîné et lâché en plein ciel avant d'atterrir par miracle entre les mains d'un marin curieux qui déplie le papier poissé du sang de l'animal ?

Quelques mots, nettement tracés, sans rien qui tremble. Tout va bien dans le meilleur des mondes. Ils se contentent d'indiquer leur position. Ils écrivent, déjà, leur légende. Un pied de nez à la malchance, aux vents mauvais et à l'échec, un mensonge ou un talisman.

Peut-être les marins poussent-ils quelques hourras en l'honneur des explorateurs, sans savoir qu'ils se perdent seuls, à quelques kilomètres à peine, fièrement et en silence.

MESSAGE D'UN PIGEON VOYAGEUR INTERCEPTÉ DANS LE NORD DE L'ISLANDE

Daté du 11 juillet 1897
Retrouvé en 1899

L'humeur est excellente.

ICARE

12 juillet 1897

Dans l'un des rares passages introspectifs de son journal, Andrée se demande, rêveur, si ses compagnons et lui seront considérés comme des fous ou si quelqu'un, un jour, tentera de les imiter, admettant que son entreprise est avant tout motivée par la volonté de ne pas rester *un anneau de la chaîne commune*, de ne pas être oublié. Sur quoi il ajoute, lucide : *mais nous pouvons mourir, puisque nous avons fait ce que nous avons fait*.

Sortir de la chaîne commune par la voie royale, voilà ce qu'ils veulent tous, et ainsi s'inscrire dans une autre chaîne, plus brillante, moins ordinaire, dont les anneaux s'emboîtent pour gravir, marche après marche, l'échelle qui sépare du ciel.

En 1782, sur les traces de l'inventeur portugais Bartolomeu Lourenço de Gusmão, qui soixante-treize ans plus tôt fit quitter le sol au premier aérostat, les frères Montgolfier cherchent à emprisonner les nuages dans un tissu pour le faire voler. En voyant l'étoffe d'une chemise s'élever au-dessus de leur cheminée, ils s'interrogent, réitèrent l'expérience et finissent par comprendre : ce qui permet le vol, ce n'est pas les nuages, mais la chaleur d'une combustion.

Ils font brûler tout ce qu'ils peuvent, ils tentent le foin et le fumier, les vieilles chaussures, la viande décomposée, et, le 4 juin 1783, s'élance le premier ballon à air chaud. Apprenant leurs avancées, un Français nommé Jacques Charles, connu pour avoir capturé l'espace de quelques instants l'image d'une silhouette sur du papier avant l'invention de la photographie, tente de faire voler un ballon à l'hydrogène. La photographie, l'aéronautique : même combat. Il s'agit toujours de saisir, d'attraper, de rétrécir, de posséder.

Le 27 août 1783, Charles inaugure le premier ballon à gaz qu'il baptisera charlière, ce nom dont la ressemblance avec celui d'Anna sonnera comme un présage. Quelques semaines plus tard, l'engin des frères Montgolfier s'envole devant Louis XVI à Versailles, avec à son bord les prédécesseurs de la chienne Laïka – un canard, un coq et un mouton qui planent à plus de 500 mètres avant de retomber. Le bec du coq a été brisé par l'arrière-train du mouton qui, pour sa peine, aura le droit de paître jusqu'à la fin de sa vie à la ménagerie royale, portant haut, dans ses yeux impénétrables, le souvenir de ce ciel que les hommes ne connaissent pas encore tandis qu'il mâche, tranquille, sa paille de premier choix.

Puis, il y a le premier homme qui gagne le ciel : Pilâtre de Rozier, fier, dans sa sphère de toile fine, ornée de rubans et rehaussée de bleu de Prusse, Pilâtre qui décidera plus tard de traverser la Manche sans suivre le sens des vents pour accomplir une prouesse qui n'avait jamais, encore, été réalisée. Il partira coûte que coûte, malgré l'absurdité de son projet, parce que les financiers attendent, parce qu'il ne peut plus reculer, parce que le prestige du roi, qui dans cinq ans sera guillotiné, a bien besoin d'un exploit – c'est ainsi quand l'argent des autres finance des rêves qu'on croit un temps être les siens.

Pilâtre et son compagnon, qui porte le prénom prédestiné de Pierre-Ange, s'envolent dans leur ballon maintes fois rafistolé, précipité vers la terre juste après l'envol par un mauvais vent d'ouest. Sans doute une simple déchirure a-t-elle eu raison de sa toile, de leur vie, de la traversée. Pilâtre donnera son nom à l'un des cratères météoritiques de la lune, un trou de 50 kilomètres de diamètre, soit approximativement la distance entre Chartres et Rambouillet, une tache noire située près des cratères Newton, Drygalsky et Pingre, non loin de la mer des Humeurs, puisque poser le pied sur la lune nous a autorisés à nommer chacun de ses recoins, comme on le fait de tout ce qui nous appartient.

Il y a la première femme aéronaute, Élisabeth Tible, montée au ciel en chantant un air d'opéra, puis bien d'autres vols habités encore, jusqu'à la grande fête aéronautique de Versailles où Étienne Montgolfier fait voler son nouveau ballon pour éblouir le roi de Suède, soulevant une ferveur presque religieuse, nouant dans son vol le fantasme d'une révolution technique et celui, presque surnaturel, d'un pouvoir royal apte à gagner le firmament depuis les hauteurs de son palais. Les artisans, les lingères, les ouvriers se mêlent aux élégants de la cour. Ils ne croient pas en la même chose mais ils ont tous le nez en l'air. Une partie de la toile du ballon a brûlé : c'est avec enthousiasme que la foule, lancée à sa poursuite, s'arrache les fragments carbonisés.

À peine un engin volant s'est-il écrasé qu'un autre prend le relais, nouveau maillon de la chaîne qui peu à peu quitte la terre. Longtemps, on a eu le nez dans le paysage, on en était une part minuscule, enfouie, aveugle, on ne l'appelait même pas paysage, cette nature qu'on sentait avant de la voir – l'hostilité de la chaleur et du froid, les cultures à discipliner à la force des bras, le noir de la forêt dont on faisait les contes.

Pour la changer en paysage, il a fallu prendre de la distance, celle que donnent la peinture comme la cartographie, appeler sublimes les lieux qu'on n'avait pas encore apprivoisés, les pôles, les mers, les montagnes acérées, classifier le monde et pour cela s'élever, toujours, dans des ballons, dans des avions, un jour dans des stations spatiales. Tenant ferme la chaîne, on a pris de la hauteur, on s'est extraits du vert, du bleu, du profond de la terre, on a mis de l'ordre, on s'est dissociés, on a appris à nommer les pays et les plaines, les océans et jusqu'aux glaces lointaines, à faire tenir l'étendue la plus hostile dans le creux de la main, jusqu'à ce que ce vert, ce bleu, ce profond de la terre, ne soient plus que souvenirs, objets perdus.

Près de quarante ans avant que Nils capture, dans le brouillard, un morceau presque invisible de la banquise vue du ciel, avant qu'il griffonne une carte indiquant les positions successives du ballon, le photographe Nadar tente de prendre les premières vues aériennes de Paris. Ce qu'on voit ne suffit pas : il faut le transformer en preuve, en outil.

Au début, c'est un fiasco. Au-dessus de l'entrelacs des rues, depuis la nacelle de son ballon, Nadar prend de merveilleux clichés, mais de retour au sol, tout est noir. La ville, invisible. Il a souvent vécu ce désir déçu de l'image, gâchée par une lumière trop faible, un modèle trop remuant. Il est habitué à trouver des solutions techniques, à s'adapter aux obstacles. Lui qui sait si bien saisir l'expression fugace des visages et le regard des poètes sous absinthe devrait bien être capable d'immortaliser Paris. Mais la ville lui résiste. Sur la plaque, il n'y a rien.

Il recommence, s'acharne. La ville est volatile et sa forme nouvelle, impossible à partager. Alors, il s'éloigne, tente d'autres vols, cette fois à la campagne. Ballon amarré à un pommier, il surplombe des étendues blondes, des déclivités légères, et c'est là, maintenant qu'il n'y a plus rien à voir de ce qu'il espérait, que quelque chose fonctionne. Le reflet du monde, cette fois, déposera son ombre sur le papier, il le sent : ça va marcher. De retour à terre, il se précipite dans une auberge. Il ne faut pas risquer de perdre le moindre des détails, qui sembleraient insignifiants s'ils n'étaient les premiers : une ferme, une auberge, une gendarmerie, les tuiles des toits et, sur la route, une tapissière qui court, effrayée, peut-être, par le drôle d'engin qui plane au-dessus de sa tête.

En 1868, Nadar, dont les pérégrinations inspireront Jules Verne pour *Cinq semaines en ballon*, obtient enfin des photographies de Paris. Il peut donner à voir ce dont il était l'un des rares à avoir profité : les lignes de force du monde, sa structure révélée. Ses images ne seront pas seulement destinées à être admirées et à nourrir des œuvres de fiction : elles serviront avant tout la cartographie et les stratégies militaires. Tous ces efforts, ces tentatives, cette domestication de l'air et de la lumière, ces visées artistiques, ces nuits d'insomnies, ces courses contre la montre, tout cela pour faciliter le travail des états-majors, améliorer le rendement des champs de bataille.

Nadar n'est pas naïf et sans doute est-il suffisamment patriote pour s'en réjouir, comme le sont Strindberg, Frænkel et Andrée, qui eux aussi savent qu'ils sont là pour faire avancer leur nation sur l'immense échiquier, pour annexer les terres vierges, pour apporter de l'eau au moulin de la découverte et de la domination. Sans doute en tirent-ils d'ailleurs une fierté supplémentaire. Sans doute alors y a-t-il quelque chose d'autre en eux qui bascule quand le ballon frôle dangereusement les premiers fragments de banquise, rase la glace qui le propulse brièvement dans les airs : ce pour quoi ils sont là n'aura bientôt plus aucun sens. Jamais ils ne verront, de haut, quels motifs dessine la banquise aux abords du pôle Nord. Leurs images ne permettront pas de tracer la forme des dernières îles et des poches de mer libre, leurs cartes resteront trop imprécises pour permettre la moindre conquête, la plus modeste expansion. Il faudra trouver d'autres buts, d'autres raisons, d'autres espoirs, renoncer aux titres ronflants et aux exploits spectaculaires, survivre, ça s'arrête là et c'est immense, la banquise sous leurs pieds a dévoré la mer, il n'y a plus d'eau, il n'y a plus d'îles, il n'y a plus de pays ni d'illusion possible. Ça commence, maintenant.

JOURNAL D'ANDRÉE

12-13 juillet 1897

Pendant la nuit, nous n'avons aperçu aucun être vivant, ni oiseau, ni phoque, ni ours, ni morse.

Strindberg a le mal de mer.
À travers le brouillard, l'eau et la glace forment à l'horizon une masse qui ressemble d'une manière hallucinante à la terre ferme.
Je m'y suis laissé prendre plusieurs fois.

Des chocs réguliers, encore des chocs.
Un nouveau choc.

LIMBES

14 juillet 1897

Ils ont jeté du sable pour amortir la chute. Le ballon a perdu le peu d'altitude qui lui restait. Ils ont vu la blancheur, en bas, se rapprocher. Ils ont encaissé le choc. La nacelle a été halée sur quelques mètres, à toute vitesse, et puis tout s'est arrêté. Même les pigeons voyageurs encore enfermés dans leur cage en sont sortis indemnes.

Ils s'extraient péniblement de leur nacelle d'osier, reprennent pied sur la glace. Leurs jambes flageolent, leurs mains tremblent. Autour d'eux, la banquise est immense mais ils lui jettent à peine un regard : ils travaillent, d'arrache-pied. Durant sept longues heures, ils dressent le campement, montent la tente, s'installent, vérifient le fonctionnement de leurs appareils, la bonne conservation de leurs vivres, plantent le drapeau de l'union de la Norvège et de la Suède, histoire de se donner l'impression qu'ils se trouvent quelque part.

Ce paysage : ils n'ont jamais rien vu de pareil. Si Strindberg et Andrée sont déjà venus au Svalbard, ils n'en connaissent que la terre ferme, les montagnes, les grèves et les longues plages de pierres. Ça – le blanc, la glace –, ça, c'est la première fois. Pourtant, dans leurs journaux, ils ne décrivent d'abord rien de ce qui les entoure. C'est trop tôt, c'est trop neuf, cinglant et hermétique, ça ne ressemble à rien, ça agresse de toutes parts. Ce lieu, ils osent à peine le voir et longtemps ils le gardent là, massé derrière leurs yeux baissés, comme ces silhouettes que l'on sait dans son dos et qui tranquillement nous menacent.

Ils s'absorbent dans l'action, comme si rien n'avait changé, comme s'ils ne vivaient qu'une étape supplémentaire, inoffensive, de leur aventure. Sans doute vaut-il mieux ne pas s'arrêter trop vite, ne pas refroidir la machine, ne pas réfléchir, ne pas regarder autour d'eux.

Quand ils finissent par le faire, ils sont tout à fait épuisés. Demain, ils auront des courbatures, ils seront rouillés, découragés, mais pour l'instant, quelque chose brûle à l'intérieur. Andrée grimpe sur la nacelle. Elle n'est pas bien haute, il s'en rend compte maintenant qu'elle est tombée du ciel, mais le relief est si faible qu'elle lui donne quand même un peu de hauteur. Strindberg le photographie : dans le champ, il y a aussi Frænkel, qui regarde Andrée. Tous les deux sont de dos, l'un derrière l'autre. Andrée, juché sur son perchoir, se tient droit, conquérant, jambes écartées, une main en l'air comme s'il faisait avec le ciel un bras de fer imaginaire. Juste derrière lui, la croix du drapeau serait un fond parfait si le photographe avait pris son visage en gros plan mais, de là où il se trouve quand il appuie sur le déclencheur, on ne voit qu'un tout petit homme et un tout petit drapeau. Frænkel, mains dans les poches on dirait, semble observer cette mise en scène avec un flegme amusé.

Qu'importe, il voit, Andrée : cette clarté harcelante qui répand derrière les paupières les feux des couleurs absentes, ce lieu où chaque relief semble se répéter. Tout ce que l'on connaît, dont on a l'habitude, les montagnes, les collines, les ravines et les ruisseaux, les vallons et les plaines, semblent avoir été réduits, érodés, passés à l'émeri et puis nappés par la blancheur.

Ici, tout est plus dense, flambant, impénétrable, on dirait les forêts pétrifiées des déserts où ce qui a été des arbres, des plantes, n'est plus que vagues gravats veinés de traces anciennes, ponts effondrés à en perdre l'équilibre, lits fossiles des rivières, tout cela couvert de cette matière scintillante qui n'est ni vraiment de la glace, ni vraiment de la neige mais les deux à la fois, la même pierrerie de pacotille, le même éblouissement.

Andrée frotte du dos de la main ses yeux fatigués. C'est donc ici qu'ils sont, ici qu'ils vont marcher.

Ils se couchent, autour du réchaud allumé. Ils regardent la fumée de leur pipe, de leurs cigares, se confondre avec la bruine qui leur cache le paysage. Quel paysage ? Rien que du blanc où se blottir.

Le point où ils se tiennent ne figure sur aucune carte, ce n'est même pas un point, juste une étendue sans bords. Ils ne savent rien de la direction à prendre.

De cette immensité qui leur semblait, depuis le ciel, sans accroc, sans nuance, ils découvrent les aspérités. Ils sentent la présence des bêtes qu'ils ne peuvent plus regarder, tranquilles, du haut de leur nacelle. Les ours ont changé d'échelle. Ils le savent et ourdissent leurs armes, leurs stratégies, leurs craintes. Bientôt, ils dépèceront leurs premiers cadavres.

Dans leurs journaux, ils écrivent plusieurs fois qu'aucune terre n'est visible mais ne perdent jamais l'espoir d'en voir surgir une, de discerner une faille, un trait, une crête plus sombre. Ils clignent des yeux. Quand ils les rouvrent, toujours la lumière aveuglante, la glace à perte de vue et rien pour la briser.

Ils commencent par attendre, longtemps, plusieurs jours, près du ballon échoué, sans trop savoir sans doute ce qui pourrait bien advenir. À mesure qu'ils attendent, la neige tombe sur la toile affaissée. Ils la regardent disparaître, lentement, sous la blancheur.

Ils savent qu'il leur faudra repartir, affronter à pied cette banquise qu'ils comptaient survoler, mais ils peuvent encore se donner des raisons de différer leur départ. Il faut prévoir l'itinéraire, trier les biens à emporter, digérer les nuits sans sommeil. Alors, ils s'offrent ce temps-là, étiré. Le monde les a oubliés, c'est sûr, en ces longues heures, et c'est presque bon, d'un coup, ces yeux qui se ferment, ce sommeil qu'ils prennent enfin sans se priver. C'est l'école buissonnière, la sortie de route. Ils réchauffent du chocolat chaud, dans lequel ils trempent des petits gâteaux avec du beurre et de la confiture d'airelles. Ils sont dans les limbes, ils sont invisibles. Peut-être ont-ils disparu déjà, ricanant derrière leur rideau de brume, ricanant d'être toujours là.

À force de dériver sur leur plaque de glace, il se pourrait bien qu'ils finissent par arriver quelque part, par heurter une terre qui les trouverait hirsutes, crasseux, achevant de vider leur dernière canette de bière. Il n'y aurait plus qu'à enjamber un canal d'eau de mer et à poser le pied en *terra incognita*, à planter leur drapeau. Et voilà.

Oui, ils pourraient s'installer dans l'attente, c'est une possibilité qui n'a rien de plus fou, à cet instant-là, rien de plus lâche que de se relever et de se mettre en marche. Peut-être que c'est cela qu'il faut faire, pourraient-ils lancer comme une provocation, une blague : s'allonger, somnoler, devenir des explorateurs couchés, des voyageurs immobiles livrés au paysage, nonchalants, rigolards. Ce serait une vraie innovation, un véritable exploit. Ne pas résister. S'offrir tout entiers à la banquise parce que le mouvement, c'est la peur, pourraient-ils se dire, un peu saouls, un peu gais, oui, se mouvoir, c'est avoir peur de tout ce blanc, de tout ce vide, tenter à tout prix de l'animer. Restons couchés si nous n'avons plus peur. Restons couchés à boire, à manger, à fouiller dans notre passé, à en recycler les pelures, c'est peut-être ça l'ultime courage, l'expédition jamais tentée.

Mais ils paieront cher ce répit, cette attente. Quand ils s'estimeront prêts, quand ils quitteront, neuf jours après l'atterrissage, la plaque de glace où ils s'étaient installés, elle aura tant dérivé qu'ils se seront déjà éloignés de leur but de plus de 30 kilomètres.

JOURNAL D'ANDRÉE

14 juillet 1897

[Les pages 20 à 23 ont été laissées en blanc.]

ils partent espoir

CACHALOT

15 juillet 1897 ?

Les images du ballon à terre, ils les ont sans doute prises les premiers jours, dans les premières heures, juste après l'atterrissage, encore sonnés par l'onde de choc de la descente, ou bien à peine plus tard, le 15 juillet peut-être, après avoir repris leurs esprits, ressaisi leurs espoirs.

Elles ne diraient pas tout à fait la même chose si elles avaient été prises dans la précipitation, l'urgence de témoigner, ou déjà dans le temps d'après, le désir de faire trace.

Puisque l'appareil ne pourra servir à prendre des photographies aériennes ni à cartographier la zone, ils vont lui donner un tout autre rôle, et cela se passe ici, dans ces premières images. Désormais, il documentera leur vie quotidienne, attestera leur présence, leur donnera une raison de se tenir droits. Cet engin de sept kilos, fragile et peu maniable, que Nils traînera partout et qu'il faudra caler à chaque prise de vue sur un imposant trépied, deviendra un compagnon, un tiers, œil toujours disponible à qui montrer un visage digne, créant par sa seule présence cette dissociation que permettent la photographie comme l'écriture :

creuser un écart qui fait de chacun son propre témoin.

Sur la première image, Frænkel et Andrée sont debout près du ballon. L'un d'eux regarde l'objectif. On ne devine, sous son couvre-chef, que les trous noirs des yeux et les ombres qui concassent le visage. Il pose, sans prendre la peine de mimer l'empressement, l'inquiétude. S'il est difficile de le reconnaître, le contraste entre sa posture et celle de l'autre silhouette – en action, dérobant à l'appareil son visage – pourrait laisser penser qu'il s'agit d'Andrée, qui ne se départira jamais de sa position de chef, qui en toutes circonstances posera pour la postérité, mais peut-être que je me trompe, qu'Andrée a des volontés qui m'échappent, que c'est lui qui court vers la toile alors que Frænkel, déjà, s'est découragé.

Sur le cliché qui semble suivre, ils sont tous les deux immobiles. À l'arrêt. Dans l'intervalle entre ces deux photographies s'est sans doute déjà logée la prescience brutale qu'ils ne rentreraient jamais chez eux. Plus qu'une faille : un gouffre avec lequel ils vont s'habituer à vivre, s'évertuant à le remplir avec leurs mots, leurs images, bientôt leurs fourrures d'ours, leur bière et leur potage – on ne voit plus le trou quand on le comble avec tout ce qu'on possède, quand on y enfouit sa joie et son courage.

Ce gouffre en forme de ballon, ils le regardent, le photographient, posent à ses côtés, l'acceptent, l'immortalisent puisqu'ils n'ont plus que ça. Pour un peu, ils flatteraient ses flancs de toile, veilleraient son agonie jusqu'à ce qu'il disparaisse – baleine, cachalot, immense éléphant des mers, embarcation fantôme comme celle qu'Ernest Shackleton regardera un jour s'enfoncer dans les eaux.

Son odyssée à lui débutera en 1914 – une expédition transantarctique impliquant deux bateaux, l'*Endurance* et l'*Aurora*.

Sans doute Anna suivra-t-elle, avec l'attention distraite qui deviendra la sienne, le départ de ces marins qu'on laisse filer en pleine guerre. Ils ont offert de reporter leur départ pour accomplir leur devoir de soldat, mais ils seront plus utiles là-bas, leur répète-t-on, sur la mer : c'est en naviguant qu'ils serviront le mieux l'Angleterre. Eux aussi mèneront leur guerre, contre la banquise, contre eux-mêmes.

Le 19 janvier 1915, le navire est coincé dans les glaces. Shackleton s'apprête à y passer l'hiver, sans lutter pour en sortir ni envoyer ses hommes chercher de l'aide. Il ne veut pas prendre de risques inutiles, il tient à ne pas perdre une seule vie humaine. Du merveilleux instrument de conquête qu'est son navire, il fait un refuge immobile.

Tout autour du bateau, la glace forme paysage. Ce lieu mobile, ces hautes vagues, cette mer démontée se sont comme solidifiés. On dirait qu'une image prise par erreur a figé les alentours comme les membres de l'équipage, immobilisés par un trop long temps de pose. Ils n'ont pas seulement mis pied à terre : c'est le paysage entier, et le temps avec lui, qui autour d'eux s'est arrêté.

Le bateau est cerné de collines, de falaises gelées, de reliefs dont ils ne peuvent que deviner les contours à l'aide d'une lampe qui découpe des langues jaunes dans la nuit permanente. Ils sont coincés dans le froid, dans le temps, dans le noir, des mois de nuit polaire encore à venir, des mois qui, on dirait, ne vont jamais finir. Presque tout, autour d'eux, s'est effacé. Pourtant, ils éprouvent la facilité avec laquelle, sur le moindre arpent de terre, dans la moindre cellule sombre, on se trouve rapidement en territoire familier. Très vite, ils en connaissent la moindre faille, la moindre aspérité. Un royaume minuscule, éteint comme une caverne, limité au peu que l'on distingue quand, derrière les premiers blocs de glace éclairés comme un décor de théâtre, s'étend une immensité dont ils ne savent rien.

Les hommes de Shackleton, qui cherchaient la découverte et l'aventure, se retrouvent à se raconter leur vie en jouant aux cartes dans la chaleur sèche des cabines, à boire plus que de raison, à partager leurs nuits blanches. Ils avaient oublié, sans doute, ce temps du jeu qui peuple l'ennui de l'enfance, que l'on comble en se frottant aux autres, en s'inventant des défis et des mondes, ce temps qui éloigne leurs désirs sans cesser de les attiser. Ils s'y bagarrent parfois, s'y ennuient beaucoup mais surtout, ils s'y font. Cela pourrait durer des mois, des années. Ces hommes savent s'adapter.

Mais ils avaient sous-estimé le travail de sape de la glace. Pendant que s'organise à bord une nouvelle forme de société, la plus égalitaire possible – même les éminents scientifiques prennent part aux tâches les plus ingrates –, tandis que l'on se lance dans des parties de football endiablées et qu'on vibre, sur l'entrepont surnommé "Le Ritz", au son des instruments de musique, la glace ne cesse de faire pression sur la coque. Le navire penche, craque, se couche. Bientôt, ils doivent se résoudre à le quitter.

D'un coup, on rassemble en hâte ses affaires, on retrouve le froid impossible. Tout ce qui leur pesait quand ils étaient sur le navire prend, une fois plongé dans la nuit, le mordant de la nostalgie.

Le majestueux voilier qui depuis des mois se dressait, à l'arrêt, entre les blocs de glace, devient vaisseau fantôme abandonné par l'équipage, broyé, noyé dans les eaux profondes. Ils le voient peu à peu disparaître, photographient son agonie : la coque, d'abord, avalée, puis le dense entrelacs des mâts, des cordages et des voiles enroulées sur elles-mêmes – une grosse araignée écrasée dans la main.

Un marin avait cru raisonnable de laisser à bord sa guitare : Shackleton insiste pour qu'il retourne la chercher. Il n'y a pas de détails, pour lui, quand il s'agit de survie. Ou plutôt : il n'y a que dans les détails qu'elle pourra se loger. Le 21 novembre 1915, le navire disparaît tout entier.

Ils marchent, s'éloignent sur la banquise, escaladent des monticules de plusieurs mètres de haut, risquent à tout instant de se retrouver séparés par les failles qui brisent les plaques où ils se traînent. La dérive aurait dû les mener vers une île mais, là non plus, rien ne se passe comme prévu. Si la glace a décidément une fâcheuse tendance à ne jamais se déplacer dans le bon sens, Shackleton va se montrer plus opiniâtre qu'elle. Il n'est pas pressé, il veut vivre, sauver ses hommes, qu'importe le temps que cela prendra, les sacrifices qu'il faudra faire. Leur nouveau campement se nommera Patience Camp.

Il a une bonne tête, Shackleton, avant, après, pendant l'expédition, la même face large et douce à laquelle on s'imagine confier angoisses et confidences, le même regard franc, les mêmes sourcils froncés. Qu'il porte chemise, cravate, cheveux sombres lustrés de brillantine ou petite barbe de marin, pipe au bec, son teint buriné quand il prend la mer faisant ressortir l'inquiétude de ses yeux, c'est le même visage attentif, la même posture honnête, ouverte aux autres, même s'il lui arrive de se retrancher brusquement dans une solitude exigée par la sensibilité à vif qui gouverne ses élans, ses humeurs. Toujours, il revient taper le carton avec ses hommes, écouter leurs doléances, faire circuler entre eux les vivres et la parole. Il inspire le respect aux marins qui le nomment affectueusement le Boss et qui, pour la plupart, le suivront n'importe où, même bien après l'enfer où ils se trouvent plongés.

Ils dérivent vers le nord, en direction du détroit de Drake. Est-ce qu'ils jouent toujours aux cartes ? Est-ce qu'ils s'époumonent en grattant la guitare ? Shackleton récite-t-il encore, comme il a l'habitude de le faire, des vers de Browning ou de Yeats ? Jusqu'à quel stade de privations, de désespoir, peut-on jouer aux cartes, déclamer des vers ou gratter une guitare ? La plaque de glace sur laquelle ils ont trouvé refuge est leur nouveau navire, ouvert à tous les vents, fragile à se briser sous le poids de leur patience. Ils parviennent à grimper, avant dissolution complète du sol sous leurs pieds, dans les canots qu'ils avaient traînés derrière eux.

Ils tentent d'abord d'atteindre la bien nommée île de la Déception, où se trouvent un dépôt de vivres et une petite église en bois qu'ils espèrent désosser pour consolider leurs embarcations. Mais la seule terre qu'ils parviennent à aborder est l'île de l'Éléphant, qui se révèle très vite être une chose effrayante : un amas de blocs de glace, de pics, de ravines, de stalactites et de cavernes, de pitons et d'aiguilles – une île glacier, une île maudite.

Ils s'extirpent comme ils peuvent de la mer démontée, reprennent leur souffle sur la terre ferme. Ils sont défaits, fourbus, minés. Leurs visages sont noirs sur les images en noir et blanc.

Ils sont comme les autres, ils se ressemblent : une armée d'hommes au visage sombre, aux vêtements épais, qui jusqu'au bout persistent à poser pour la photo parce que jamais ils n'oublient que la seule chose qui justifie encore leur souffrance, ce sont ces images qui font d'eux les maillons d'une chaîne et non plus des types perdus, seuls, à l'article de la mort.

Dans cette chaîne, beaucoup ont disparu, toute une armée de spectres broyés par les glaces, achevés par le froid ou la malnutrition, de marins malheureux surgis des films de pirates, squelettes bouffés par le scorbut et les poissons des bas-fonds.

Alors, être debout pour pouvoir témoigner, c'est déjà quelque chose qui justifie de montrer, fier, son visage à l'appareil – Shackleton aura des doigts gelés pour avoir fait don de ses mitaines au photographe de l'expédition.

L'île de l'Éléphant est trop isolée, trop inhospitalière. S'ils y restent, ils vont mourir, vite, il faut repartir. Avec cinq de ses compagnons, Shackleton reprend la mer à bord de l'un des canots de sauvetage, le *James Caird*, rafistolé par le charpentier qui a colmaté les fuites avec de la peinture à l'huile et du sang de phoque.

Il leur faut atteindre l'île de la Géorgie du Sud, mais les eaux qui la bordent sont réputées pour être les plus agitées du monde, battues par des vents d'une violence folle. Ce que Shackleton prend pour la lisière blanche des nuages est la crête d'une vague scélérate, descendue du ciel pour se briser sur eux et faire rouler, violente, le canot en son sein, avant de le recracher, attendant le prochain gouffre.

Quand ils accostent enfin sur l'île, il leur faut plusieurs jours pour récupérer. La baie du roi Haakon est désespérément déserte, et les marins dans un terrible état de faiblesse. Shackleton décide alors de traverser, avec deux de ses compagnons, l'île par la terre – il serait plus juste de dire, par la montagne. Ils escaladent, courent, rampent, traînent leurs corps fourbus le long des parois à pic. Leur voyage ressemble de plus en plus à l'enchaînement propre aux cauchemars, où s'imbriquent des lieux vides, hostiles, sans espoir de salut. Atteignant l'autre versant de l'île, ils trouvent enfin des baleiniers qui les félicitent pour leur courage. Shackleton ne leur prête qu'une oreille distraite : ce qu'il veut, c'est aller chercher les hommes restés en arrière.

Après plusieurs tentatives infructueuses, aidé par des pêcheurs locaux, plusieurs traversées où il jette une nouvelle fois son épuisement contre la crête des vagues, Shackleton se résout à envoyer un télégramme à Londres pour demander de l'aide, auquel le roi en personne répond aimablement qu'il est enchanté de le savoir sain et sauf et espère que ses hommes seront également secourus dans les plus brefs délais. L'Angleterre en pleine guerre a d'autres chats à fouetter. Shackleton va devoir se débrouiller seul.

Une fois de plus, il repart et parvient, à bord d'un navire chilien, à récupérer ses compagnons.

Tous ses compagnons.

À l'arrivée des secours, les hommes de l'*Endurance* lèvent haut les bras, agitent tout ce qu'ils trouvent, casquettes, boîtes de conserve, en direction du large. Ils sont sauvés.

Shackleton retrouvera plus tard l'équipage du deuxième navire, l'*Aurora*, revenu au terme d'un périple non moins épique, au cours duquel trois hommes auront perdu la vie.

À l'arrivée, les survivants trouvent un monde à feu et à sang. S'ils avaient rêvé au retour, au repos, à la douceur, rien de tout cela ne les attend. Ils repartent dans les tranchées. Plusieurs mourront au champ d'honneur.

Shackleton mènera d'autres expéditions, aura d'autres faits d'armes. Seule la mer lui convient, le reste de sa vie tourne à la catastrophe, il accumule les dettes et les liaisons, les entreprises vouées à l'échec, et il retournera, en 1922, mourir sur l'île de la Géorgie du Sud, d'une crise cardiaque – pressé de repartir, il avait négligé de se faire examiner alors que sa santé déclinait.

C'est aussi sur cette île que sa femme choisira de l'enterrer, là où il a sauvé ses hommes, là où il a laissé, sans opposer de résistance, son but se transformer, la simple perpétuation de leurs existences devenir plus précieuse que la conquête tant désirée. *Nous avons échoué*, a-t-il écrit en ouverture de ses Mémoires. *L'histoire de notre tentative est le sujet de ces pages.*

Au soir du 20 juillet, Andrée note dans son journal que les cordages du filet du ballon sont enfouis à 0,132 mètre sous la neige et la glace.

Combien de semaines pour que la toile du ballon soit à son tour entièrement recouverte par la neige ?

Combien de jours pour qu'un engin gonflé à bloc se vide sur la banquise ?

Combien de temps pour réaliser que ce qu'on a préparé, rêvé pendant des années, est en train de perdre également consistance ?

Une fois ce temps passé, leur échec digéré, ils vont se mettre en marche, ignorant parfois s'ils accompagnent la dérive de la banquise ou s'ils luttent contre elle, tirant leur chargement, disputant des conversations sur les phoques, admirant le paysage.

Beau soleil. Bonne glace, écrit Andrée.

JOURNAL D'ANDRÉE

18-20 juillet 1897

Le 18 au matin, on aperçoit des phoques et des pétrels. L'horizon recule, plus lointain, mais on n'entrevoit point de terre.

Au matin, tous les pigeons se sont envolés.

INVENTAIRES

21 juillet 1897

Ils ne tiennent pas à voir leur plaque de glace rétrécir jusqu'à devoir s'agripper les uns aux autres sur quelques mètres de banquise, et sans doute pressentent-ils que l'immobilité finira par signer leur fin, à laquelle ressemblent déjà, c'est vrai, ces drôles de journées à attendre sous une coupole de nuages blancs, dans un monde sans ombre, sans contraste, sans rivage.

Ils vont se diriger vers un dépôt de vivres, en direction de la terre François-Joseph. Ils auraient pu choisir d'aller vers Sjuøyane, "les sept îles", légèrement plus faciles d'accès, mais ces terres-là sont trop balisées. La terre François-Joseph est plus mystérieuse, plus vierge. Même si elle a été découverte par Julius von Payer en 1873, sa forme sur les cartes reste approximative et il y a sur sa route des îles auxquelles ils peuvent espérer donner leurs noms. Voilà le genre de choses auxquelles ils croient encore au début de l'été.

Avant de partir, ils font l'inventaire de leur matériel. Il leur reste trois traîneaux et un canot, peu adaptés aux longues marches puisqu'ils n'étaient censés leur servir qu'à la fin du voyage, pour parcourir les derniers kilomètres qui auraient dû séparer leur atterrissage d'une arrivée triomphale en Sibérie, au Canada ou en Alaska.

Ils sortent les boîtes de conserve, les médicaments, les armes, le whisky, le champagne. Ils tentent de trier, ils gardent presque tout. Ils gardent des cravates, des cadenas, des punaises, un foulard de soie rose. Ils gardent une large nappe blanche ornée de broderies. Ils gardent tout un tas de choses inutiles.

Ils n'ont pas les cartes. Ils n'ont pas le récit, encore, de leur propre histoire. Alors, tout peut servir, tout peut être un espoir. Le foulard de soie comme le portrait d'Anna.

Ils sont à peine vêtus pour la circonstance – vêtements faits sur mesure par de talentueux tailleurs, pochettes à la veste mais aucune fourrure, cirés en toile huilée, carreaux et rayures, lunettes noires. Andrée ne daigne pas mettre ces verres qui lui permettraient d'échapper à la brûlure du blanc, la fameuse cécité des neiges qui aveugle lentement mais sûrement.

Pour se faire une idée plus précise des habits qu'ils portent, il faut faire appel à l'inventaire réalisé après la découverte de leurs corps, après les longues heures passées à restaurer les lambeaux de tissu couverts d'algues et de coquillages, déplier les tissus durs comme pierre, séparer les fibres scellées par la glace, lustrer, sécher, assembler, refaire parfois à l'identique pour reconstituer leurs silhouettes élégantes, évoquant davantage des gravures de mode que des explorateurs du Grand Nord.

C'est la liste de leurs effets personnels qui donne l'idée la plus vive de leur allure, de leur prestance comme de la sensation de la laine sur la peau, de la chemise de lin contre la poitrine, de la chaîne d'or qui bat contre la carotide. La matière de leurs nippes relègue les images dans leur noir et blanc antique, leur redonne du relief, et ils se dressent, vivants.

Ils sont là, debout sur la banquise, vêtus de vestes de laine, de pull-overs à rayures blanches et bleues sur des chemises en flanelle, les mains enfouies dans des mitaines.

Andrée porte un chapeau qui sera toujours sur son crâne quand on le sortira de la glace, Strindberg une veste de chasse avec des poches obliques qui lui barrent la poitrine, des bandes molletières noires ornées de pompons, des bottes, parfois un bonnet de laine, parfois une casquette à petits carreaux. Contre sa poitrine, son pendentif aux trois breloques – croix, ancre, petit cœur d'or.

C'est un anneau, un cœur et un médaillon contenant une photo de ses parents qu'Andrée porte autour du cou, et dans la poche de la veste de Frænkel, il y a un petit couteau précieux à poignée de nacre. Son pull-over a été tricoté en Islande, son maillot de corps en lin est barré de fines rayures. Lui aussi porte bottes et chapeau.

Les voilà, tous les trois, moins chaudement vêtus que le moindre touriste à l'assaut de la moindre petite montagne. Maintenant, ils le regardent, le paysage, et ils commencent à entrevoir ce qu'il recèle de danger comme d'émerveillement et de curiosités.

Leurs connaissances de l'Arctique ne sont pas assez pointues pour qu'ils sachent exactement ce qui a déjà été inventorié, alors tout peut servir, tout peut faire date – cet oiseau descendu à la pointe du fusil, cette algue à l'odeur âcre, ces relevés précis de la composition de la neige.

Comme s'ils n'étaient pas déjà assez chargés, ils entassent dans les traîneaux un véritable cabinet de curiosités itinérant, chaque relique soigneusement empaquetée avec les moyens du bord.

Andrée introduit, dans des éprouvettes qu'il numérote avec soin, du plancton, de l'argile, de rares feuilles prises dans la glace, sans doute acheminées par les vents depuis les lointaines forêts sibériennes.

Le monde, en ce temps-là, est à portée de main, ils se doivent d'en saisir le moindre atome, la moindre poussière, il sert à ça, le monde, à être découvert, il est loin d'eux, le temps où l'on interdira aux enfants de cueillir les fleurs ou de tuer les insectes, c'est encore un progrès, un courage, de déterrer, d'arracher, de prendre, cela ne fait qu'accroître la somme des savoirs, nourrir la conviction tranquille de se trouver au cœur d'une manne inépuisable dont il serait regrettable de ne pas profiter.

Aujourd'hui, après cet an 2000 qui pour eux est si loin, on prélève des échantillons des grands glaciers pour éviter que leur récit silencieux ne s'évanouisse avec eux, des tonnes de carottes de glace descendues à dos d'homme le long des parois blanches puis étiquetées, datées, acheminées par bateau pour constituer une gigantesque bibliothèque, un condensé de la mémoire géologique, climatique et même culturelle puisque la glace garde la marque des modes d'agriculture, conserve à notre insu les traces les plus prosaïques de notre existence.

On tente d'en sauver quelque chose dans l'espoir que, dans quelques centaines d'années, ces caisses soient ouvertes, ces archives dévoilées, et que nos souvenirs invisibles ne disparaissent pas tout à fait, comme on stocke, au Svalbard, sur des films photosensibles enfouis dans un bunker, des fragments de la mémoire du monde – textes, photographies, œuvres d'art, version ultramoderne des images enfouies des explorateurs.

Dans un autre bunker, creusé dans le grès de la montagne à 130 mètres au-dessous du niveau de la mer, a été inaugurée en 2008 la réserve mondiale de semences où l'on conserve les graines de toutes les cultures vivrières de la planète, attendant d'être plantées en un lieu d'où leur espèce serait venue à s'éteindre – maïs, riz, orge et blé, sorgho, soja ou tournesol, et en germe, l'ombre du feuillage, la matière ligneuse des racines, tout cela invisible mais présent, mis en caisses pour le voyage, pour la catastrophe tant de fois imaginée, pour la vague qui déferle ou le soleil que rien n'arrête.

Sous l'effet du réchauffement, le permafrost a fondu plus vite que prévu, l'eau est montée dans la chambre forte, sans rien détruire encore, pas cette fois, mais il semblerait que le changement soit plus rapide, plus efficace que ce qui a été mis en place pour lui résister. Le paysage échappe aux représentations, aux prévisions, aux relevés, il s'échappe tout court, nous file entre les doigts.

Eux aussi, ils prélèvent, archivent, initient un mouvement impossible à arrêter, et l'appétit de prédation se changera en tentative de sauvetage, et ce paysage d'une puissance écrasante deviendra si fragile qu'on ne pourra qu'en sauver des fragments, témoins de tout le reste, à prélever à la glace avant qu'elle disparaisse.

Andrée ouvre le crâne des mouettes et observe leurs yeux pour tenter de comprendre par quel mystérieux mécanisme elles échappent à la cécité des neiges. Il marche, les yeux à terre, un peu voûté, à la recherche du moindre accroc dans le paysage à gratter avec ses ongles, à fourrer dans la poche de sa veste.

Il s'éloigne, sous le regard inquiet des autres. Il est vieux déjà, ça les frappe maintenant qu'il a subi les nuits sans sommeil et cette déception cuisante qui le rend étrangement plus volubile, plus passionné. Il parle bien trop fort pour leurs deux paires d'oreilles, il fait de trop grands gestes. Alors, pour le préserver de leur propre désespoir, Frænkel et Strindberg adoptent la même voix, les mêmes gestes, le même enthousiasme. Ils vont défricher la banquise, faire des découvertes scientifiques, rapporter des spécimens – mais les rapporter où ? Personne ne le demande.

Ils s'accrochent malgré tout à l'idée d'un retour, d'un rivage. S'ils n'ont ni le matériel ni le savoir adéquats, quelqu'un d'autre les aura pour eux. Ils glanent des liens avec le monde, des spécimens muets qu'une main étrangère saura bien faire parler. C'est à cela sûrement qu'ils pensent, posant sur la pile une nouvelle pierre, un morceau de bois flotté. À cette personne lointaine qui, quelque part, saura lire les signes qu'ils amassent dans l'ignorance.

S'ils s'improvisent conservateurs de la banquise, rapporteurs d'ossements et d'algues, photographes des terres lointaines et des moindres actions de leur vie quotidienne, c'est qu'il y a quelque chose d'encore plus fragile qu'ils veulent sans doute sauver. Pas seulement le lieu où ils se tiennent mais la croyance en un retour – la ville bruyante et la maison lointaine, le lien avec qui les attend. En prenant les images, en ramassant la mousse, ils nous regardent, déjà, les regarder, et ils ne sont plus seuls tout à fait.

JOURNAL D'ANDRÉE

21 juillet 1897

Observations avec le sextant, très bon résultat.
Nous pouvons sécher beaucoup de choses.
Le 21 juillet, chargement du bateau.

Nisse fait frire avec succès la viande d'ours sur le réchaud.

CARAVANE

L'été qui vient

Pendant trois mois, ils vont marcher. Les images ne disent rien du temps massé entre elles, rien des longues plages de vide entre les rares instants où ils se mettent en scène. Ils marchent, et ils n'entendent pas le bruit de leurs pas. La neige absorbe, épouse, volatile, s'insinue dans l'interstice entre la chaussette et la chaussure, dans les oreilles, le cou, elle semble douce, elle mord.

Ils marchent aujourd'hui comme hier, à n'importe quelle heure, la nuit, le jour, pareil, quand il a été possible de dormir un peu ils se relèvent puis marchent jusqu'à se coucher encore, mordre dans la viande, coller leurs mains au réchaud, dormir, un peu de tiédeur les uns contre les autres puis de nouveau s'extraire, marcher jusqu'au prochain sommeil.

Le réveil est un abattement profond, une perte totale de repères. Ils ne savent plus quelle heure, quel jour, n'ont plus aucune idée du lieu où ils se trouvent.

Ils marchent, mais ce n'est pas une marche droite, linéaire, non, ce qu'ils doivent faire, c'est tirer tous ensemble le premier traîneau sur quelques mètres, glissant plus ou moins bien selon la qualité de la neige sous les patins, puis revenir et recommencer avec le deuxième, avec le troisième, chargé du canot, leur marche ainsi faite d'incessants retours en arrière pour haler un à un traîneaux et embarcation.

Ils tirent chacun plus de cent kilos, il y a trop de choses dont ils ne peuvent toujours pas se résoudre à se débarrasser, tout un bric-à-brac inutile qu'ils continuent, jour après jour, à tirer derrière eux, unissant leurs forces, crispant leurs muscles – ils se sont déjà, pourtant, allégés d'une partie de leur chargement, ont laissé derrière eux des vivres après s'être gavés de ce qu'ils ne pouvaient emporter et s'être endormis, le ventre gonflé de *corned-beef*, de pieds de cochon, de sardines en boîte et de fruits au sirop, dilués dans du champagne englouti au goulot.

Ils marchent, gardent leur drapeau sur eux comme ils gardent la viande – à même le corps pour la décongeler –, histoire de l'avoir à portée de main si l'occasion leur était enfin donnée de le planter plus loin que les autres. C'est une guerre parallèle, que Shackleton nommera le “blanc combat”, et qui se mène à distance dans l'espace et le temps, entre des hardes d'hommes fourbus, glacés, qui tentent chacun de leur côté de dépasser leurs adversaires invisibles, de quelques kilomètres, de quelques mètres même, course de fond qui se déroule sur des années et que chacun jalonne, pour les suivants, de maigres repères : un cairn, une bouteille à la mer, des cartes pour baliser le désert et prouver que quelqu'un est venu jusque-là.

Ce n'est que lorsqu'on a passé ces traces, lorsqu'il n'y a plus rien à quoi se raccrocher, qu'on est sûr de marcher en *terra incognita* et que le vrai triomphe commence. Alors, le drapeau, porté tout contre le torse, pourra se dresser là où l'on n'avait jamais rien dressé.

Nisse tombe à l'eau et se trouve en danger mortel. On le sauve, il est "tordu" et séché puis revêtu d'une culotte, écrit Andrée, qui donne à Nils ce petit nom, Nisse, et décrit sa mésaventure comme celle d'un héros de bande dessinée.

Il y a de cela chez eux, un côté Pieds Nickelés qui force l'admiration parce que rien ne semble grave, rien ne semble pouvoir leur arriver.

Leur équipement est dérisoire et pourtant, ils tiennent, ils plaisantent, se moquent du vieil ours tué par Andrée, à la dentition si abîmée, à la chair si coriace qu'il devait être, c'est sûr, le doyen de la banquise ou même un transfuge d'un zoo venu d'Europe, il est si vieux, si croulant, a dû avoir au moins dix vies avant de finir dans leur assiette. Ils font des expérimentations culinaires, galettes de sang de phoque ou bien potage aux algues, accomplissent sans se plaindre ce que personne n'a accompli, légers comme des amateurs et solides comme des héros. Ils ne sont que trois quand bien des expéditions sont constituées de dizaines de compagnons. Ils sont trois comme dans un conte, trois types rieurs échoués sur la banquise, qui ne vont nulle part mais qui marchent.

Ces hommes, dirait-on, n'ont pas de poids, à regarder ainsi les nuances du ciel et la teinte des oiseaux et à marcher encore alors qu'il n'y a rien à attendre, rien de raisonnable. Ils auront beau marcher, ils n'arriveront nulle part et même s'ils atteignaient par miracle l'un des dépôts de vivres laissés par une expédition antérieure, ils ne pourraient que finir les restes. Et attendre.

Les observations de Strindberg d'après la hauteur de la lune indiquent que nous nous trouvons plus à l'ouest que nous ne l'avions pensé, écrit Andrée.

Ils marchent, à travers ces jours qui n'en finissent pas, une seule journée interminable comme si le temps ne laissait plus de trace, leur corps devenu le seul baromètre, de moins en moins fiable puisqu'ils s'efforcent de rester sourds à ses appels, alors il y a des heures, des jours entiers où eux aussi perdent leurs limites, leurs frontières, où, à l'unisson du jour polaire, ils ne sont plus qu'une marche dans la lumière.

Ils marchent, dans cette clarté égale, la moustache constellée de neige omniprésente, s'assurent les uns les autres, toujours vérifier qu'ils sont bien là, tous les trois, chacun pour ses compagnons un repère et une borne, ils se surveillent comme on scrute un enfant à qui on vient de lâcher la main, il ne faut pas qu'ils s'éloignent, il ne faut pas qu'ils faiblissent, ils savent que celui qui faiblit mettra à terre les autres – trois, c'est un chiffre qu'on ne peut amputer, diviser, si l'un d'entre eux flanche, le triangle s'aplatit, disparaît.

Ils marchent, et si la neige est silencieuse, le reste crie et craque. Ici, le silence n'existe pas, sans cesse quelque chose grince à leurs oreilles, les oiseaux quand ils passent, les brisures de la glace et puis surtout, le vent, assourdissant quand il se lève, vicieux quand il se calme, les rares plages paisibles effilant le souffle qui reprend, en faisant un gong, une lame, une feuille de boucher aiguisée à la glace, ils ne s'entendent plus alors, ne peuvent plus se parler ni rire ni même hurler de désespoir.

Au cas où l'un d'entre eux tomberait à l'eau ou se perdrait, dans ces journées épaisses où le vent précipite la neige dans les trous du visage, ils se munissent d'un sifflet, un pauvre sifflet dont jouent les policiers et les enfants, pour souffler dedans s'il leur arrive quelque chose, pour alerter les autres, pour trouer le vacarme du son grêle de leur instrument.

Parfois, ils brisent la glace à coups de hache pour vérifier son épaisseur, pour franchir un mur trop haut, trop acéré, sans doute surtout pour le frapper, ce paysage, pour le briser de leurs lames.

Quand revient le silence, ils écoutent. Ils guettent. Ils cherchent le clapotis des vagues, le bruit de la mer libre qui leur permettrait de voyager en canot, de cesser de marcher et d'espérer une terre ferme, de l'autre côté. Ils prêtent l'oreille, le long des courts silences. Ils la croient là, la mer, juste devant, à quelques mètres, ils l'entendent, la voient déjà comme le mirage d'une île dans le désert, mais ce n'est que le vent qui prend sa forme, son odeur, imite son chant.

Et la banquise, toujours, s'étend.

Bientôt, ils se drogueront à la morphine, à l'opium, pour soulager diarrhées, crampes et douleurs, pour calmer la toux alors qu'ils croyaient qu'aucun microbe ne survivait ici, dans la glace. Ils laissent la chaleur de leur corps sécher sur eux leurs vêtements, les jambes couvertes de culottes raidies par une épaisse couche de neige, les fesses fumantes, ils ne cessent d'essuyer leur nez que les rhumes permanents transforment en fontaine.

Je me suis lavé le visage pour la première fois depuis le 11 juillet, écrira Andrée le 2 août. Ils mangent plus d'un kilo de viande par jour chacun, colmatent les brèches comme ils peuvent, ils tiennent, ils marchent. Ils ne cessent de marcher.

Il arrive qu'ils se soutiennent, que l'un en porte un autre presque, agrippé à ses épaules, à sa taille, un pied douloureux à traîner comme ils traînent le traîneau, le souffle de l'un dans l'oreille de l'autre, leurs peaux jumelles qui virent au noir.

Leurs corps sont traversés par le paysage, marqués par tout ce qui y traîne, ils s'y fondent, ils s'y perdent, ils se mettent à lui ressembler.

JOURNAL D'ANDRÉE

21 juillet 1897

"Veux-tu te laver, Nisse ?
— Me laver ? Mais, je me suis lavé avant-hier. Cette crasse est de si bonne qualité qu'il est impossible de l'enlever."

CARNATION

1882

Quinze ans plus tôt, Andrée pose le pied au Svalbard pour la première fois. Une question l'obsède : qu'est-ce que le froid fait aux hommes, à l'épiderme, aux organes, et la rigueur de l'Arctique, et la glace, et le noir ? C'est l'hiver alors, c'est la nuit. Il s'installe, avec un groupe de scientifiques, dans la station Svenskehuset – baraque de planches bouffée par le sel, dressée sur le rivage comme un manoir de film d'horreur, où dix-sept chasseurs norvégiens ont succombé au saturnisme avant leur arrivée.

Ils s'ennuient un peu, ne le disent jamais, ils sont jeunes encore, impatients, pleins de projets, ils découvrent la brûlure du froid qui pousse à se retrouver le soir autour d'un feu, à causer de la bonne nourriture du pays natal, des belles filles du pays natal, du beau soleil du pays natal, celui qui est si tiède et qui dore la campagne. Ils jouent à croire qu'ils ne vont jamais revenir et à combler leur manque, ce tout petit manque, dont Andrée ne mesurera le peu d'envergure qu'à l'aune de celui qui le laissera sans plus aucun mot pour le dire. On entend sur la grève le bruit sourd des vagues grises.

Que produisent, sur la peau humaine, les conditions extrêmes ? Andrée veut le savoir, vérifier si la teinte verdâtre que prennent les visages dans la nuit polaire est due à un effet d'optique ou à l'action de l'obscurité sur la peau elle-même.

Il s'enferme dans un cachot, pendant un long mois.

Il y reste seul, dans le noir.

Quand il sort de sa retraite, quand il se regarde dans un miroir, il contemple longuement sa peau qui a viré, qui ne ressemble plus à une peau humaine mais à celle d'un animal d'une espèce inconnue qui vivrait terré dans l'obscurité. Une peau jaune, une peau verte, une peau qui n'est plus la sienne.

Cette teinte n'était donc pas une illusion créée par le fonctionnement de la rétine, le mystérieux mécanisme de l'œil : elle est bien réelle. Il en est la preuve, il sera l'archive – prenant sa propre peau comme surface sensible, devenu cobaye, devenu image.

Il touche le grain de son visage : une carnation de peinture ancienne, celle de la peau des morts tombés au bas des croix. Il observe ce que le Nord lui fait, comme il déteint sur lui, comme il en fait partie, déjà.

Il paraît que les habitants des Nords extrêmes, ceux qui vivent au Svalbard, au Groenland, aux Féroé, en Alaska, ont l'habitude de se faire tatouer la carte de leur territoire, à même la peau le dessin de leur paysage comme un abri, un étendard. Ce qu'Andrée a tatoué sur sa peau, c'est la matière même de la nuit.

Il fête sans doute la chose à l'aquavit.

Pourtant, il sous-estime l'intensité du lien qui les attache, lui et ce Grand Nord qu'il n'a pas vraiment exploré encore, comme son propre pouvoir de destruction, qu'il partage avec ceux qui viendront après lui.

Il ne peut imaginer, Andrée, qu'un jour, la glace ne faisant plus ciment, le panorama se disloquera, entraînant éboulements et coulées de boue, glissement des parois bleues, blanches, tout droit dans les eaux grises, et ce ne sera pas une chute, mais un fracas, un gros son de tempête et d'orage, des explosions multiples naissant les unes des autres.

Il ne peut croire que la banquise se délitera, que de l'Antarctique à la Sibérie émergeront des ossements fossiles et des bêtes préhistoriques, bombes à retardement aux gueules ouvertes sur dents d'ivoire, virus de l'anthrax sorti du cadavre d'un renne, méthane, carbone réchauffant l'atmosphère déjà étrangement tiède, formant des poches tendues sous l'herbe verte quand, sous le ciel phosphorescent surplombant la toundra sibérienne, des éleveurs de rennes découvriront des gouffres ouverts en une nuit, des déchirures et des trous noirs. Matière vivante, ce paysage, libérant mystères et créatures, imprévisible comme une bête et également mortel.

Andrée observe toujours quelque part, dans le miroir, son visage jaune, son visage vert. Sur la banquise où il marche, sans doute scrute-t-il encore ce que le Nord lui fait, ignorant que le paysage peut également se transformer, que même la glace forme rigole, qu'elle aussi, elle disparaît.

Leurs traîneaux tatouent sur le sol des lignes pâles, tremblées comme les tracés des fleuves sur les très vieilles cartes, où chaque liseré imite les empreintes successives que l'eau laisse à la terre, où les lignes s'emmêlent, on dirait une chevelure. Ils tiennent le canon froid des fusils dans leurs mains enveloppées de linges et les laissent traîner derrière eux – une ligne supplémentaire, un contour pour leurs pas. Mais ils ne peuvent distinguer le dessin de leur trajet dans la neige, les crevasses laissées par leurs corps, le sillage plus profond, fluide, du canot derrière eux et les travées qu'ils ouvrent dans les bassins d'eau menthe.

Cet ensemble de signes, ils n'auraient pu le lire que depuis la nacelle de leur ballon d'où ils auraient regardé cheminer leurs doubles, deviné leur avenir. Peut-être auraient-ils décelé dans cette cartographie aléatoire, ces courbes, ces points, ces droites, une manière de hiéroglyphes desquels tirer un sens, un dessin, une direction.

Mais ils sont tombés du ciel. Ils ne peuvent rien voir. Il leur faut marcher dans l'ignorance comme ils en sont réduits à voir, dans la peau détruite des autres, les blessures de leur propre visage. Il leur faut continuer à inscrire leur trajectoire sur la banquise les yeux fermés, à esquisser ses frontières absentes, à ratisser l'espace en ignorant, toujours, les cercles précis que la dérive dessine avec leurs corps, la marque qu'ils impriment au paysage comme celle que laissera la lumière dans la gélatine sensible des images.

NEW YORK TIMES

23 juillet 1897

Has Andree crossed the Pole?

CHICAGO NEWS

30 juillet 1897

He may be in Alaska.

LAKMÉ

25 juillet 1897

C'est une photo de famille en noir et blanc, comme on en trouve aujourd'hui par milliers sur les étals des brocanteurs. La famille Strindberg pose en extérieur, devant de grands arbres. Au centre, il y a Occa, le père, imposant et replet, sourire malicieux, veston qui serre son torse épais. Il tient une canne dans une main et on dirait que l'autre manipule un cigare.

À sa droite, il y a Anna, son bras blanc passé sous le sien noir. Elle sourit à peine, porte un curieux chapeau clair, posé oblique sur ses cheveux. Un corset serre sa poitrine, masquée par des rangs de dentelle.

Je ne sais pas qui sont les autres. Cinq femmes d'âge divers dont l'une, visage sévère, pourrait bien être un homme, personnage androgyne aux épaules larges, à la tête dépourvue de cheveux. Le regard d'une adolescente crée un lointain point de fuite dans le double fond de l'image.

Les vêtements sont légers, on reste longtemps à table après le repas, on se saoule du bruit de la mer, un peu de sable, encore, dans les souliers. Les îles de Suède changent souvent de visage. L'hiver, les lignes de faille des rocs pâles imitent les brisures de la glace, l'automne ils virent au noir et l'été, ils s'assèchent, soudain maquis ou garrigue quand les eaux prennent des reflets turquoise où se reflètent les branches des pins.

Ce vert vif, cette transparence du bleu, cet ennui tranquille des conversations qui précèdent la sieste sans doute peuplent les rêves de Nils, de plus en plus prégnants à mesure que le sommeil se fait rare. Sans doute viennent-ils se superposer à la monotonie de la neige qui, elle, finit par obséder Anna, couvrant de sa blancheur les plages ensoleillées – tous deux par instants réunis par cette impossible superposition des paysages.

Anna attend, lors des longs déjeuners qui débordent sur les après-midis, comme on attend toujours lors des repas de famille, dissous dans le temps langoureux des étés, les bras dans la fraîcheur de l'ombrelle, les griffures de l'herbe dans la chair des genoux, mais elle n'attend pas tout à fait au même rythme que les autres.

Les proches de Nils attendent chez eux, dans leurs murs ou l'ombre de leurs jardins, entourés par leurs cadres d'or et leurs bouquets de fleurs fraîches sur leurs guéridons de bois clair, ils attendent ensemble que le fils, le frère, revienne combler le creux autour duquel ils se tiennent alors qu'elle, Anna, orpheline très jeune parmi onze frères et sœurs, a été déplacée, sortie toute seule de sa jeunesse pour suivre un fantôme, un souvenir.

Sous la véranda, l'oiseau que Nils lui a offert se morfond dans sa cage – pigeon voyageur qui ne voyage pas et se contente de lui rappeler, sans cesse, les voyages qu'elle ne fera jamais.

Ils l'ont nommé Lakmé, du nom de leur opéra préféré, l'histoire d'une jeune Hindoue qui s'éprend d'un colon anglais à l'insu de son père. Elle tente de le protéger, le cache dans la forêt et soigne ses blessures avant de se suicider en comprenant que l'homme qu'elle aime, sur qui elle a veillé, a l'intention de partir à la guerre et de la laisser seule.

Lakmé se rengorge, roucoule, pique un par un ses petits yeux dans les siens.

Un pigeon à la place du cœur, un pigeon affolé, à serrer pour qu'il se calme dans sa main gantée.

C'est son anniversaire. Elle a vingt-six ans. Elle n'est plus, du tout, une enfant. Elle ne peut plus se permettre de regarder de biais, de fuir comme l'autre jeune fille déjà presque hors champ.

Elle se tient droite, son bras glissé sous celui de son beau-père.

Elle n'a pas d'autre choix, pas d'autre rôle possible, même pas eu le temps de se marier et déjà veuve ou presque, pire qu'une veuve, une Pénélope sans tapisserie ni prétendants, dont l'image ne dit rien de ce qui emplit le corps. Peut-être rien de convenable, rien de ce qu'on imagine. Peut-être y a-t-il un rire qui lui saisit le ventre, comme un grincement de porte entre le corps et l'âme, ou l'appétit d'un autre amour. Peut-être l'écart entre cette place qui l'enferme et l'immensité de son désir la rend-il ironique et sans aménité. Peut-être se perd-elle dans des absences de plus en plus longues, oubliant de répondre quand on lui demande un plat ou une confidence. Peut-être ne s'accroche-t-elle aux membres de cette famille que pour les morceaux de Nils qu'ils lui offrent malgré eux, quand passent sur leur visage la même fossette, le même sourire, et peine-t-elle à apaiser une rage injuste devant ces corps étrangers où coule un peu de son sang à lui.

Peut-être cette photographie est-elle aussi menteuse que celles des explorateurs – un mensonge gentil, attentionné, de ceux que l'on fait aux enfants pour ne pas les peiner –, cachant par politesse, par pitié, ce qui traverse les yeux d'Anna, ces grands yeux de cheval d'une douceur un peu trouble. Ses mains à plat contre le bas de son dos à lui. La pression qui augmente. Ses oreilles qui bourdonnent. Ses yeux qui se ferment. Son corps qui flanche.

Attendre un an, avant de s'inquiéter.

C'est ce que lui a dit Occa quand ils sont allés chercher en bateau, sur la petite île de Vänö, le télégramme où il était écrit que le ballon venait de s'élever.

Comme s'il était possible, pendant un an entier, de tenir l'angoisse à distance alors qu'elle s'étire, prend ses aises, à mesure que le bateau s'éloigne de l'île. Comme s'il était possible d'écarter de son esprit le ballon et puis les hommes dedans, de maintenir ses pensées de force aux portes de la conscience, quelques minutes, quelques secondes – un an.

Croit-il vraiment cela possible, Occa, le père, ou est-il lui aussi expert dans les gentils mensonges que l'on fait aux enfants ?

Si Nils avait été là, où l'aurait-on placé sur la photographie ? Sa présence aurait-elle changé quelque chose aux rigides agencements des familles devant l'objectif ?

Sans doute aurait-il pris le bras d'Anna, brisant le couple contre nature qu'elle forme ici avec son beau-père autour duquel ils sont tous disposés, qui comble comme il peut l'absence de son fils avec son large corps, rétablit la place centrale des hommes, à lui tout seul puisqu'il en manque.

Nils, pourtant, a trois frères, mais Tore, Sven et Erik sont encore des gamins, que l'on voit au premier plan, assis par terre, l'un tout à fait vautré dans l'herbe, le corps avachi, replié sur lui-même, le regard plein d'une provocation triste. Son laisser-aller détonne – on ne peut s'empêcher de se demander pourquoi on ne l'a pas réprimandé. Son voisin, un peu plus âgé, se tient droit mais son regard est plus noir encore, et ses mains grandes comme celles d'un homme.

Erik deviendra architecte, Sven, conservateur d'une galerie d'art, Tore, sculpteur. C'est lui qui concevra le monument funéraire de l'expédition au cimetière de Stockholm, une grande aiguille de pierre figurant la glace dont le modernisme fera scandale.

C'est lui qui, à l'hôpital de Tromsø, reconnaîtra le corps de Nils à sa dent ébréchée.

C'est lui, encore, qui enverra à Anna les lettres retrouvées à Kvitøya.

Plus tard, Tore aura un fils, Göran, qui, devenu directeur de la photographie de certains films de Bergman, recréera sur ces îles suédoises la même lumière implacable de l'été, éclairera des visages qui laisseront enfin se déverser leurs mots et leurs secrets.

Il faut parfois des années, des enfants nés et grandis, des générations entières pour ouvrir en deux un regard, pour qu'en sorte toute une vie d'attente et de désirs accumulés, pour qu'un gosse bravache, enfermé dans le deuil de son frère comme dans le cadre étroit des photos de famille, finisse par engendrer l'un de ceux qui sauront en élargir la focale, en perturber la pose, transformer pour de bon la mise en scène en fiction.

JOURNAL D'ANDRÉE

25 juillet 1897

Quatre hourras sérieux pour la fiancée de N… en ce jour du 25/7.
Mouette à poitrine rouge – ailes bleues dessus et dessous – collier foncé autour du cou.

CHUTE

L'espace d'un instant

Quand il tombe, les autres l'entendent à peine sombrer. Ils pourraient presque continuer leur route comme si de rien n'était tant tout cela semble irréel, et la banquise toujours identique à elle-même.

Mais Nils crie, s'agite. Knut et Salomon se retournent. L'eau coupe le souffle, paralyse les membres, c'est une question de secondes. Ils lâchent les traîneaux, ils courent, saisissent son corps déjà raide et le tirent sur la glace – il paraît qu'on se découvre dans ces cas-là des forces insoupçonnées, qu'on peut tenir par les cheveux du bout des doigts celui qui vient de chuter d'une falaise avant de le réanimer.

Ils l'allongent, le cajolent, le frictionnent.

Nils a perdu la voix, ses yeux sont grands ouverts, son teint blafard fait ressortir les plaques de crasse sur sa peau, sans doute le secouent-ils avec une énergie décuplée par la crainte d'être le prochain à sombrer, et il reprend vie entre leurs mains, les sons peu à peu lui remontent dans la gorge. Il jure. Il crache. Ils lui font boire de l'eau-de-vie puis du café.

Où était-il, dans cet instant livide où il ne pouvait ni voir ni parler ?

Peut-être occupait-il la place manquante, sur une île suédoise, au centre d'une photo de famille, au bras vacant de sa fiancée.

LETTRES DE NILS À ANNA

Extraits
24-25 juillet 1897

Je suis vraiment fatigué mais je tiens à échanger quelques mots avec toi. Avant toute chose, je dois te féliciter parce qu'aujourd'hui, c'est ton anniversaire. Oh, comme j'aimerais pouvoir te dire que je suis en excellente santé et que tu n'as rien à craindre pour nous.

Nous sommes sûrs de revenir à la maison bientôt, oui, cela occupe mes pensées toute la journée, j'ai beaucoup de temps pour penser et il est délicieux d'avoir de si agréables souvenirs et de si heureuses perspectives !

Nous montons la tente et Frænkel fait ses observations météorologiques. En ce moment même nous dégustons un caramel, c'est un vrai luxe. Tu peux imaginer que nous ne sommes pas trop délicats, ici. Hier soir, je leur ai servi (c'est que je m'occupe des tâches domestiques !) une soupe qui n'était vraiment pas bonne, à cause de la poudre de viande qui a très mauvais goût. Nous n'allons pas tarder à en avoir assez, mais nous avons quand même réussi à la manger.

Tout autour, il y a de la glace, de la glace dans toutes les directions. Tu as vu à quoi cette glace ressemble sur les images de Nansen. Tertres, murs et fissures dans la mer alternent avec la glace fondue, toujours la même. Pour l'instant, il neige un peu mais c'est calme et il ne fait pas spécialement froid. À la maison, je pense que tu as un temps d'été plus agréable.

Oui, il est étrange de penser que même pour ton prochain anniversaire, ce ne sera peut-être pas possible d'être à la maison. Peut-être que nous devrons hiverner ici une année de plus. Nous ne le savons pas encore. Nous nous déplaçons si lentement que nous n'atteindrons peut-être pas le cap Flora cet hiver, et, comme Nansen, nous serons peut-être obligés de passer l'hiver dans un trou creusé dans la terre. Pauvre petite Anna, dans quel désespoir seras-tu si nous devions ne pas être rentrés à la maison l'automne prochain. Sache que je suis aussi torturé par cette pensée, mais pas pour moi-même, peu m'importent les privations pourvu que je puisse finalement rentrer à la maison.

Maintenant, la tente est prête et nous rejoignons nos couchettes. Nous discutons de nos personnalités et de nos défauts, très instructif... je bavarde avec... Andrée a parlé de sa vie, de la façon dont il était entré à l'Office des brevets.

Frænkel et Andrée sont partis en reconnaissance. Je suis resté avec les traîneaux, et maintenant je suis assis à t'écrire. Oui, maintenant, tu passes la soirée à la maison et, comme la mienne, ta journée a été agréable et gaie.

EFFACEMENT

25 juillet 1897

Ils le regardent écrire. Ils ont installé leur campement sur un large terrain couvert de neige, sans trop de relief ou d'accident. Ils observent Nils qui trace soigneusement ses lettres en mâchonnant son caramel mou, noircit le papier comme un écolier concentré, s'applique à tout raconter, à tout faire pour que ses missives, qu'il lui sera pourtant impossible d'envoyer, aient l'air d'une conversation.

Salomon August et Knut se jettent des regards complices. Ils ne sont pas moqueurs, ils couvent comme une flamme la présence d'Anna, quelque part en Suède, qui semble les lester tous les trois.

Andrée n'a laissé à terre aucun amour. Sa vieille mère, Mina, lui a d'abord déconseillé de partir avant de s'en vouloir de priver son fils d'un destin héroïque et de l'encourager à s'envoler avec sa bénédiction.

Elle sera épargnée par la nouvelle de sa disparition : elle mourra juste avant le début de l'expédition, pendant ce laps de temps où l'attente du départ n'est pas encore tout à fait une inquiétude, s'accrochant jusqu'au bout à l'image de l'envol triomphal de son fils, acclamé par la foule, au-dessus de la mer.

Peut-être le visage sérieux de Nils penché sur sa lettre, la présence d'Anna qui s'y manifeste quand, pris dans leur conversation imaginaire, il laisse échapper un sourire, réactivent-ils aussi le visage de cette mère ou d'une femme inconnue, d'un homme peut-être, qui aurait passé sur la vie de Salomon August ou de Knut, y laissant une empreinte qui subitement, sur le fond blanc de leur marche, révèle sa profondeur.

En tout cas, ils y tiennent, encouragent son attachement, ce fil qui relie à la terre, sans se douter peut-être que ce qu'ils lui envient n'existe déjà plus tout à fait. Rien ne transparaît de cette difficulté qui pourtant ne cesse de grandir : garder intact le visage d'Anna. Sans doute Nils est-il parfois obligé de se retenir de l'imaginer, ce visage, dont la précision surprend quand il surgit par surprise mais qui de plus en plus se dérobe quand il tente de l'invoquer. Sans doute fait-il parfois l'effort de s'en priver pour ne pas l'user, le raboter, le blanchir, pour ne pas qu'il s'efface.

Souvent les visages perdus sont ravivés par ceux que l'on croise, même s'ils n'ont avec eux qu'une ressemblance lointaine. On observe un enfant dans la rue et c'est le sien qui surgit, saisi dans le même rire ou la même crise de larmes, un inconnu prête son visage à celui qu'on a perdu et qui soudain s'impose, et on se fige sur le trottoir, et on le regarde passer.

Ici, aucune silhouette, aucun regard pour accueillir celui d'Anna et le lui rendre vif. Il ne compte pas sur celui de ses compagnons, au contraire, il pense plutôt à la manière dont il tentera un jour de s'en défaire si jamais ils rentrent au pays, au temps que cela prendra d'oublier ces traits trop longtemps regardés, ces marques rouges dans leur chair, ces yeux qui coulent, ces lèvres fendues qu'il sera peut-être obligé de convoquer, sans cesse, dans sa mémoire, pour enfin les user, en faire des ombres, des trous noirs. Il voudrait quelqu'un d'autre, n'importe qui, un visage neuf qui lui rendrait, pour un instant, celui d'Anna.

Bien sûr, il reste les reliques, les images. Ses compagnons le voient parfois sortir une photographie ou un morceau de papier qu'il scrute avec une intensité un peu forcée, comme on frotte une lampe magique, tentant d'en faire surgir les traits de sa fiancée. Quand il surprend leur regard, il range les billets de l'exposition qu'ils sont allés voir ensemble avant son départ et qu'il garde précieusement à portée de sa main, referme le médaillon qui abrite son portrait, il le rouvrira plus tard, sous la tente, quand il sera seul, et alors il recommencera à forcer sa mémoire, mais chaque soir elle aura davantage de mal à apparaître, elle perdra quelque chose, un détail, plusieurs, qui s'accumulent, faisant de son visage un assemblage bancal, sans tenue ni vitalité, réduit à ce qu'il en sait – elle a des yeux marron, des sourcils droits, quelque chose dans l'arc de ses paupières tombe et se redresse tout aussi subitement quand elle rit, quand elle fait la moue, et sa bouche lui échappe, ses lèvres fines aux commissures profondes se réduisent à un trait qui ne peut plus s'ouvrir sur la chaleur du souffle, et son petit nez rond, blanc, une zone imprécise, un vide de l'image, plus rien n'articule entre eux ces éléments, ce qu'il sait ne se change plus en ce qu'il sent, il faudrait arrêter de penser à elle pendant plusieurs jours, plusieurs semaines et alors elle reviendrait se dresser devant lui, mais à quoi penser d'autre ?

Il lève les yeux vers ses compagnons. Il est l'heure de prendre leur repas, ils n'osaient pas l'interrompre, ils ont faim, ils l'attendent. Nils range soigneusement sa lettre entamée, il se lève, vient s'asseoir, sur l'appareil photographique, le coffre à allumettes ou la boîte à pharmacie, l'un des trois sièges dont ils disposent, chacun sans doute ayant le sien attitré, ce soir-là ils boivent du café et une bouteille de jus de fruits qui poussera Knut à s'éloigner des autres pour profiter, à l'abri des regards, des dernières gouttes, ils se moquent, ils trinquent, il arrive que l'un d'eux mette la main sur l'épaule de Nils pour le réconforter ou partager des bribes de ce qui reste d'elle.

À peine une semaine plus tard, Nils cessera d'écrire. Il se taira pour ne pas mentir ou pour ne plus noyer la présence d'Anna dans une conversation de plus en plus solitaire, artificielle, pour que s'ouvre encore sa bouche dans un rire ou un baiser, pour que subsiste le son neuf de sa voix au fond de son oreille.

Pour l'instant, ils se couchent, tous trois blottis dans leur sac de couchage en peau de renne, et sans doute il espère qu'elle renaisse, vivante, avant que le matin vienne, du cœur de son sommeil.

Nils oublie le visage d'Anna

JOURNAL D'ANDRÉE

30 juillet 1897

Mais ne t'inquiète pas.
Les poils de renne se fourrent partout, si tu en perds un, il t'en reste mille.
Fourchette d'argent.
Les contrées polaires sont le berceau des plus grands "embêtements".

ROSEAU

Un détour

Les images prises par Fridtjof Nansen l'année précédant leur périple, ces images que Nils mentionne dans sa lettre pour donner à Anna une idée du paysage qui l'entoure, leur ont offert un avant-goût de leur aventure comme le sentiment tenace que tout ce qu'ils verraient avait déjà été vu, qu'il était déjà tard pour être les premiers.

Sur ces photographies, d'autres hommes posent sur la banquise. D'autres hommes qui leur sont, de loin, tout à fait semblables – de loin seulement puisqu'en regardant mieux on les découvre hirsutes, la barbe longue et le regard hanté, aussi abîmés que Strindberg, Frænkel et Andrée semblent toujours vigoureux et intacts, comme si rien ne les entamait.

D'un tas de bois mort est sortie l'étincelle de l'aventure de Nansen : des fragments du navire de l'expédition Jeannette, broyé par les glaces près des îles de Nouvelle-Sibérie, débris de coque et d'étrave que la dérive de la banquise avait menés bien loin de là, jusqu'au Groenland. Si ces pauvres restes avaient fait un tel voyage, pourquoi pas lui ? s'est dit Nansen.

On est en 1884 et soudain, tout s'éclaire : la dérive lui ouvrira une voie qu'il n'aura plus qu'à suivre. Il accordera son mouvement à celui de la banquise dans l'espoir fou d'atteindre, sur le chemin, l'inaccessible pôle Nord.

Nansen travaille longtemps à la conception d'un navire unique, le *Fram*, qui, au lieu de briser la glace, se laissera mener par elle. En douceur, il retournera sa rudesse en sa faveur. La résistance, c'est la clé, il en est persuadé, ainsi qu'une certaine forme de souplesse, dont son expédition deviendra l'incarnation.

Contrairement à Andrée, Nansen est rompu à la survie en milieu hostile. Il a passé son enfance à courir, à nager, son adolescence à pêcher, à chasser, à dormir près d'un feu dans les hautes forêts norvégiennes, il a appris à connaître chaque feuille, chaque insecte, la saveur de chaque plante et aussi leurs dangers. Monté pour la première fois sur des skis à l'âge de deux ans, il a remporté très jeune le championnat national de ski de fond. Il est aussi sportif que doué en science : c'est un as du patinage, un spécialiste du système nerveux des animaux marins et un redoutable tueur de phoques. Il a déjà dirigé, pour traverser le Groenland, une expédition révolutionnaire de par la modestie des moyens et le petit nombre des hommes, tous revenus vivants et en bonne santé grâce à la légèreté de leur équipement et à l'attention portée aux méthodes de survie des Inuits et des Samis. Ses innombrables réussites lui ont en outre permis de briller dans les réceptions mondaines et de recevoir nombre de médailles : le moins qu'on puisse dire, c'est qu'il est bien préparé.

Le *Fram* quitte le port le 24 juin 1893. Comme prévu, il se trouve pris par les glaces, mais sa conception optimale lui permet de résister, longtemps, à la pression. Malgré cette première réussite technique, le navire avance bien trop lentement au goût de Nansen, qui n'a pas l'intention de passer son temps à disputer des parties de cartes et à boire des litres de rhum comme le feront plus tard les hommes de Shackleton.

Alors, il prend la décision un peu folle de laisser l'équipage continuer sa dérive et de se lancer dans la conquête du pôle en traîneau à chiens, seul, ou presque. Parmi les membres de l'équipage, il se choisit un acolyte, un certain Hjalmar Johansen, qui souhaitait si ardemment participer à l'expédition qu'il y a accepté un emploi sans rapport avec ses nombreuses qualifications : simple technicien dans la chaufferie du navire. Sans doute Nansen apprécie-t-il son enthousiasme, sa parfaite condition physique comme sa capacité d'abnégation qui en fera, c'est sûr, un parfait compagnon.

En mars 1895, deux ans après le départ, Nansen et Johansen quittent le *Fram* avec leurs vingt-sept chiens. Au bout d'une longue traversée de la banquise, ils gagnent le point le plus au nord jamais atteint, à une latitude nord de 86° 13' 6".

Mais cela ne leur suffit pas. Ils veulent atteindre le pôle, malgré un terrain de plus en plus accidenté, semé d'amas de blocs de glace. Le 13 avril, leurs montres s'arrêtent brutalement – le froid, sans doute, a eu raison de leur mécanisme compliqué. Sans savoir l'heure qu'il est, impossible d'en déduire la longitude à laquelle on se trouve et donc le chemin à suivre. Faute de repères dans le temps, ils perdent tout repère dans l'espace.

Ils finissent par se résoudre à établir leur campement sur un morceau de banquise à peu près stable, d'où ils repèrent une île de l'autre côté de la mer libre – un refuge possible.

Ils abattent un par un les chiens affaiblis pour nourrir les plus robustes.

Le 6 août, ils ont tué les dernières bêtes qui restaient.

Avec leurs deux kayaks et une voile, ils se sont bricolé un catamaran de fortune pour se lancer dans la traversée. Cet effort risque fort d'être leur dernier. Mais si les fées existent, les anges ou toute divinité susceptible de veiller sur les explorateurs téméraires, il faut croire qu'ils se sont tous penchés en même temps sur le berceau de Nansen, plusieurs fois miraculé. Non seulement les deux compagnons arrivent sur l'île, mais ils parviennent à s'y construire un abri solide, creusé dans la neige, renforcé par des murs de pierre et abrité par des peaux de morse. Ils s'y endorment. Ils s'y réveillent. Et la vie continue.

Ils restent dans leur trou tout l'hiver, attendant le retour de conditions plus favorables, à veiller ensemble sur la flamme fragile de leur vie exposée au vent et aux chutes de neige, dans un froid si terrible que même des hommes comme eux ne peuvent mettre le nez dehors sans risquer de le voir tomber. Ils restent là à se gêner, à s'être nécessaires, à tourner autour du pot avant d'oser se tutoyer, à manger, à la lueur d'une lampe à la graisse de baleine, des conserves du pays natal, à relire indéfiniment leur almanach, à attendre.

Pour le Nouvel An, ils se confectionnent des vêtements à l'aide d'un vieux sac de couchage et en mai, dans les habits neufs cousus par leur inépuisable patience, ils repartent, avec leurs skis et leurs kayaks.

Bien sûr, aucun des lieux traversés ne ressemble à la carte censée les représenter. Bien sûr, ils ne reconnaissent rien, ne cessent de se perdre, se font attaquer par des morses féroces qui abîment leurs embarcations, les réparent avec les moyens du bord, se demandent s'ils ne se seraient pas trompés d'île, sont à deux doigts de désespérer à l'instant où Nansen, parti seul en reconnaissance après avoir entendu ce qui ressemble à des aboiements, finit par croiser, par pur miracle, un autre explorateur.

Il faut imaginer la scène : Nansen marche sur le sol blanc, sous le ciel blanc. Il n'a parlé à personne hormis Johansen depuis des mois, s'ils se parlent encore. Il n'a croisé que des ours, des renards polaires, des morses et des mouettes des glaces, il est à bout de forces, et là, sur l'immensité pâle, il distingue au loin un point noir, indéniablement mouvant, indéniablement vivant, qui marche sur deux pattes, ne semble pas menaçant et se révèle vite pourvu d'une moustache et d'un petit chapeau charmant.

il a survécu

JOURNAL D'ANDRÉE

1er août 1897

Entrevu ce soir le dos d'un animal inconnu : une espèce de serpent, long de 10 à 12 mètres. D'un jaune sale, il semble rayé de bandes noires transversales.
Il souffle bruyamment comme une baleine. C'en est peut-être une.

La meilleure façon de sécher ses bas, c'est encore de les remettre à ses pieds.

MIRACLE

1896

Nansen ne rêve pas, il s'agit bien d'un homme, comme lui, quoiqu'on pourrait à cet instant douter qu'ils appartiennent à la même espèce tant le nouveau venu, avec ses vêtements élégants, ses bottes adaptées et ses joues bien rasées, est différent de l'ours qu'est devenu Nansen, sanglé dans son sac de couchage, le visage noir, la barbe et les cheveux confondus, et cette désagréable odeur de cambouis et de graisse de baleine qui traîne dans son sillage.

Pourtant, après quelques secondes d'hésitation, l'inconnu lui serre la main et lui demande : “Vous êtes Nansen, n'est-ce pas ?” “Oui, je suis Nansen”, répond Nansen.

Et voilà.

Comme si tout cela n'était pas suffisamment surréaliste, Nansen et l'inconnu, cet autre explorateur nommé Frederick George Jackson, décident, quelques heures plus tard, d'immortaliser leur rencontre et la rejouent consciencieusement pour l'appareil photo.

Sur l'image ainsi obtenue, on voit Nansen de dos, n'ayant sans doute pas jugé son visage assez présentable pour qu'on l'immortalise après des mois sans prendre un bain. On peut malgré tout juger de ses talents de tailleur à la façon dont ses vêtements épais enveloppent son corps massif – Nansen et Johansen ont pris respectivement dix et six kilos pendant leur retraite hivernale, trop de graisse d'ours, sans doute.

L'homme qui lui fait face lui serre courtoisement la main, longtemps, trop longtemps, à cause du temps de pose de l'appareil – on imagine que c'est Johansen, transi, fourbu, qui a dû rester tout ce temps immobile, son doigt gelé figé sur le déclencheur, pour la gloire de son compagnon.

En arrière-plan, on aperçoit une montagne striée de neige et un petit chien noir, sans doute celui dont les aboiements viennent de lui sauver la vie. Pour remercier Jackson, Nansen baptisera de son nom l'île dont ils se sont enfin échappés pour de bon.

Jackson les mène jusqu'au cap Flora, où il a établi son camp. C'est là qu'ont été prises les autres photographies, celles où on découvre Nansen et Johansen regardant l'objectif – clochards célestes au visage grave, brun, fermé.

Nansen a toujours eu un regard intense, même sur les clichés de sa jeunesse où il ressemble à une sorte de Rimbaud norvégien, altier et fier, avec au fond des yeux quelque chose de brûlé, d'incandescent. Là, sur ces images qui le montrent tout au bout de lui-même, la trouée qu'ouvrent dans son visage ses iris si pâles qu'ils semblent blancs devient presque inquiétante, éclairant au néon sa barbe de roi déchu.

Pour lui redonner figure humaine, on l'a affublé d'un drôle de chapeau qui paraît peu adapté à la rigueur polaire. Il se tient droit malgré ce qu'on devine de courbatures, de gelures, de souffrances. Il n'oublie jamais que la postérité est là, quelque part, embusquée derrière l'appareil.

Johansen a raconté dans son journal que, pendant leur retraite forcée sur l'île, le chef autoritaire qu'était son compagnon avait fini par faire place à *une personne silencieuse et courtoise, déterminée à ne plus jamais entreprendre ce genre d'expédition.*

Ce silence est là, tout entier, dans ce visage, ainsi que la ferme résolution de ne surtout plus jamais vivre ce dont il vient de s'extirper.

Johansen, lui, a quelque chose de désabusé. Le bâton qu'il serre dans sa main lui prête moins de prestance, il est plus long, moins bien proportionné à son grand corps. Ses vêtements sont plus informes, et une sorte de capuche lui donne l'air d'un vagabond. C'est un clochard moins céleste, un roi plus déchu encore. En arrière-plan, il n'a pas eu droit à la montagne qui donnait au corps de Nansen un point de fuite digne d'un tableau romantique. Si chacun a un attribut, celui de Johansen est plus humblement constitué du mur de la cabane, de ses courtes cheminées, des ouvertures rustiques de la porte et des fenêtres, d'un pauvre tas de planches.

Après tout ce temps passé à supporter l'odeur de l'autre, à subir les rumeurs de son corps, la hiérarchie, tranquille, entre eux reprend ses droits. Maintenant qu'ils sont de retour parmi les hommes, chacun retrouve le rôle qui lui est réservé. Certains s'y coulent avec l'élégance de ceux qui ont toujours su, quelque part, qu'une place au chaud les attendait, et cela soutient leur corps, même quand il a souffert comme a souffert Nansen, quand il s'est cru brisé. D'autres, comme Johansen, ont quelque chose qui penche – corps ébranlé par le triste retour des choses, la réapparition brutale de ce à quoi il avait cru échapper.

Pendant que Nansen et Johansen attendaient au fond de leur trou, les membres de l'équipage du *Fram*, toujours bloqué dans les glaces, tuaient le temps comme ils pouvaient. Mais l'été venant, les marins retrouvent la mer libre et parviennent, des années après leur départ, à rejoindre la Norvège.

Ils abordent dans le petit port de Vardø – des maisons sur pilotis, du bois, du bois, de l'eau – où ils croisent, touchés eux aussi par un nouveau miracle, le professeur Mohn, à qui l'on doit justement la théorie de la dérive des glaces qui a inspiré Nansen, comme si le Grand Nord se réduisait soudain à un glaçon où une poignée d'aventuriers se paient le luxe de se rencontrer par hasard, de se serrer la main et de partager, pour quelques heures, leurs projets fous avant de repartir comme si de rien n'était.

Nansen s'inquiète pour le *Fram* et le *Fram* s'inquiète pour Nansen, pourtant tous voguent, sans le savoir, dans la même direction. C'est sur le yacht de George Baden-Powell, où l'on célèbre son succès, que le nouveau héros des glaces reçoit un télégramme annonçant que son navire avance droit sur eux. Nansen et Johansen retrouvent l'équipage dans le port de Tromsø. Il y a des cris, des embrassades. Ils n'y croyaient plus, plus personne n'y croyait, comment aurait-on pu y croire ?

Partout, ils sont fêtés. Le récit de leur exploit, de leur survie puis de leurs retrouvailles enflamme le pays entier. Dans toutes les villes où ils passent, c'est la liesse, les cris, les lumières, les banquets. Grâce à eux, même si beaucoup refusent encore de s'y résoudre, on sait désormais que le pôle Nord ne se situe pas sur une terre mais sur la banquise flottante. Si on ne l'a pas atteint encore, on peut désormais deviner à quoi il ressemble – l'un des derniers pans du monde commence à s'éclairer.

À Oslo, que l'on nomme encore Christiania, le roi Oscar organise en leur honneur une réception grandiose. Ils marchent, légèrement incrédules, sous un arc de triomphe humain formé par deux cents gymnastes. Johansen écrit dans son journal : *Après tout, la vie réelle n'est pas aussi formidable que je me l'imaginais.*

Nansen tiendra sa promesse : il ne repartira jamais. Il se contentera de publier le récit de son voyage qui, comme tout ce qu'il entreprend, remportera un grand succès. Plus tard, il se consacrera à ceux pour qui le déplacement est une nécessité : Premier haut-commissaire pour les réfugiés, il créera le passeport qui portera son nom et donnera à ceux que l'on n'appelle pas encore les migrants une protection internationale, permettant aussi aux apatrides de passer les frontières. Il ne s'agit plus d'agrandir le monde mais de le rendre plus poreux, plus hospitalier. Comme il s'était servi de la glace pour avancer, Nansen use de la lumière allumée par son voyage pour en éclairer d'autres, de plus douloureux, de plus nécessaires – des milliers.

Après leur retour, Johansen, lui, entame sa descente aux enfers. Submergé par les dettes, englué dans l'alcool, il peine à se couler dans cette vie réelle si peu conforme à celle dont il rêvait au fond de son trou glacé.

Des années plus tard, Nansen use de son influence pour faire engager son ancien compagnon sur l'expédition d'Amundsen, le suivant à tenter l'aventure des pôles, cette fois en Antarctique. Mais Johansen peine à se plier aux ordres. Il en a trop vu, trop traversé. Quelque chose en lui, obstinément, résiste. Il voudrait faire profiter Amundsen de son expérience mais ce dernier ne l'écoute pas, s'entête et fait prendre à ses hommes des risques dont Johansen est l'une des premières victimes. Les conflits qui les opposent deviennent si violents qu'il finit par se faire évincer de l'expédition.

Lorsqu'Amundsen repartira, Johansen restera à terre, à ruminer la catastrophe qui certainement attend ce nouvel équipage, à imaginer les privations et l'hostilité des glaces, à se féliciter de ne pas s'être une fois de plus laissé entraîner dans une aventure dont il prévoit déjà l'échec, la déception.

Mais cette expédition-là réussira. Amundsen sera le premier à atteindre le pôle Sud.

Moins d'un an plus tard, Johansen se donnera la mort.

JOURNAL D'ANDRÉE

2 août 1897

En dix heures, nous n'avons pas, à mon avis, fait plus de deux kilomètres.
La hache est ébréchée.
Un stercoraire plane et deux mouettes tournoient autour des débris de l'ours.

Il semble évident qu'un bon terrain est plus fatigant qu'un médiocre.

RELIQUES

Un avenir

À Oslo où Johansen est mort, sur la péninsule de Bygdøy qui fait face à la ville de l'autre côté du fjord, se trouve aujourd'hui le musée consacré au *Fram*. Le bateau est toujours là, au cœur d'un bâtiment soigneusement éclairé, immense bijou dans un immense écrin, entouré de galeries où sont exposées les reliques des marins. On peut se tenir sur le pont, se glisser dans les cabines où traînent des vêtements jetés sur les bancs comme si leurs propriétaires pouvaient à tout moment faire irruption en bras de chemise et nous dévisager. Dehors, on prend de plein fouet l'air de la Baltique à laquelle font face les statues de bronze d'explorateurs victorieux.

Le musée qui retrace les aléas de l'expédition Andrée est loin d'être aussi spectaculaire. De Göteborg, un train mène en quelques heures dans le centre de la Suède, à Jönkoping, où l'on attend sur un quai de gare désert longeant un immense lac, dont l'eau ne se différencie du ciel que parce que le train suivant, qui va jusqu'à Gränna, en tracera la limite.

La ville natale d'Andrée est une petite bourgade de carte postale ancienne dont les façades de bois arborent des teintes pastel. La fabrication de sucres d'orge, pour laquelle elle est célèbre, répand dans les ruelles qui ploient vers le lac l'odeur du sucre chaud mêlée à l'eau stagnante. Derrière les carreaux des échoppes, les artisans façonnent les friandises devant les touristes, enroulant sur eux-mêmes de longs filaments translucides comme les serpents de verre des artisans vénitiens. Ils les tordent, mêlent les couleurs, jusqu'à obtenir de menues confiseries qu'ils tendent à des enfants aux yeux écarquillés.

Ici, nul besoin de remonter le temps : on se sent dans une enclave protégée, aimablement bordée par le rivage, en décalage certain avec le reste du monde. L'atmosphère irréelle est accentuée par le soleil radieux et la période estivale, rendant tout à fait insolites les silhouettes blanches des ours polaires en résine qui décorent les abords du musée Andrée.

Sur la pelouse, un panneau où l'on peut se faire photographier en plaçant sa tête à la place de celle, manquante, des explorateurs. Dans la boutique attenante, on vend des badges *"I Love Andrée"* et de petits ballons à suspendre.

C'est là que l'on découvre leurs vêtements dans des vitrines, c'est là que dorment les images. Les reliques exposées sont des choses simples, leurs vestes, leurs chaussures, leurs ustensiles quotidiens, pour certains presque intacts, abolissant le temps et la distance aussi sûrement que l'atmosphère de la ville, rappelant une fois de plus que les objets insolemment nous survivent et révélant, surtout, l'importance qu'ils prennent lorsque la vie s'échappe et leur redonne le poids qu'ils avaient dans l'enfance, leur pouvoir de viatique, de talismans.

On a choisi de mettre en valeur le côté fantasque de leur épopée, les à-côtés de l'histoire, comme le médaillon près duquel est retracée, sur un cartel qui n'a pas été traduit en français, l'histoire d'amour de Nils et Anna.

Dans le musée de Gränna, devant ces vestiges quotidiens et fragiles, on se repose du faste de celui du *Fram*, de son ode à des héros qui, ici, ressemblent encore à des hommes, accessibles et imparfaits.

S'ils étaient revenus, s'ils avaient atteint leur but, qui sait quel musée on leur aurait construit, quelle histoire on aurait substituée à celle qui aujourd'hui semble les définir, faite des bribes de leur quotidien, de leur inoxydable bonne humeur, de leurs chutes dans la neige, de leur errance glacée. Ces hommes-là n'auraient pas existé. On en aurait construit d'autres, dont la gloire aurait gommé les lacunes, donnant un autre tour à leurs visages. Même leurs silhouettes sur les images auraient paru plus droites et volontaires, moins perdues dans l'immensité.

Andrée aurait-il récolté à lui seul toute cette gloire, en aurait-il laissé pour les autres, pour leurs vieux jours, pour leurs souvenirs ?

Lequel de ses compagnons aurait le plus souffert de la place qu'en rentrant, il aurait retrouvée : Strindberg, si la *vie réelle* ne s'était pas montrée à la hauteur de celle à laquelle il s'était accroché, ou peut-être Frænkel, sans conteste celui qui échappe le plus à l'écriture, dont les contours sont les plus flous, la présence la plus incertaine ?

Celui dont on ne sait rien ou presque.

Celui qui reste à inventer.

JOURNAL D'ANDRÉE

3 août 1897

"Est-ce facile à traverser ? Très facile quand c'est fait."

J'ai fait une fourchette à Frænkel.
Les fourchettes ont été photographiées.

PORTRAITS

Une petite trentaine d'années

Knut Frænkel est né à Karlstad le 14 février 1870. De son enfance dans la nature sauvage du Jämtland, région montagneuse trouée de lacs, de forêts et de landes, il a gardé un goût prononcé pour les activités en extérieur et un corps robuste, rodé aux climats extrêmes.

Son père travaillant dans les chemins de fer, il a été, très jeune, habitué aux déplacements, qui ont nourri chez lui le goût de la découverte comme d'exceptionnelles aptitudes pour le sport. Les études sont moins son fort – il rate une première fois son baccalauréat, l'obtient l'année suivante, le prend avec philosophie : cela ne l'empêchera pas de découvrir le monde. Rester au chaud, assis, ce n'est pas pour lui.

Une névralgie l'oblige à renoncer à une carrière militaire : il sera ingénieur. Il se dévoue tout entier à la réussite, à l'exploit, à l'avancée. Curieux de toutes les innovations, il propose sa candidature à Andrée, qui comprend vite qu'il n'a pas affaire à un ambitieux mais à un homme d'un seul tenant, sans secret ni duplicité, à une âme téméraire dont son expédition ne saurait se priver.

Depuis le départ, Frænkel prend tous les risques : sans cesse, il est devant, supporte la neige et le vent, tire plus qu'il ne devrait tirer. Sérieux dans ses relevés météorologiques, efficace quand il s'agit de planter la tente, il effectue ses tâches sans se plaindre, toujours là quand ses compagnons ont besoin d'une épaule sur laquelle s'appuyer. Il s'abîme en silence, tout entier tendu vers le but qu'il s'est fixé. Jusqu'au bout, il sera l'éclaireur, le premier. Taiseux parce qu'il n'a pas d'énergie à perdre en bavardages, efficace et doué d'un bon sens un peu austère, celui sur qui on peut compter.

Ou plutôt : Knut Frænkel est né à Karlstad le 14 février 1870. De son enfance dans la nature sauvage du Jämtland, il a gardé le goût de la performance et de la solitude, aiguisé par son peu de tolérance à l'égard des autres. Son père travaillant dans les chemins de fer, il a été, très jeune, déplacé d'un endroit à un autre sans pouvoir, nulle part, s'attacher – en résulte un sentiment d'insécurité, d'impatience, menant à des expériences sans cesse plus extrêmes, sans que rien ne puisse l'apaiser.

Il rate une première fois son baccalauréat, en garde un profond sentiment d'échec que sa réussite, l'année suivante, ne saura tout à fait effacer. Une névralgie l'oblige à renoncer à une carrière militaire. Ingénieur par défaut, il se porte volontaire auprès d'Andrée, lequel a bien conscience que seule une tête brûlée prendra le risque de le suivre.

Depuis le départ, Frænkel tient à montrer qu'il est le plus robuste, le plus téméraire. Sans cesse, il est devant, ne se ménage jamais. Mais la tendance de ses compagnons à se reposer sur lui ne cesse de le miner. Son caractère ombrageux vire vite à la violence. Seul, il ne survivrait pas deux jours, alors il faut bien supporter les autres, éviter les éclats, ravaler sa bile. Jusqu'au bout, il sera l'éclaireur, le premier. Taiseux parce qu'aucun mot n'est dicible, marchant devant pour ne plus les entendre, espérant se perdre avant eux.

Quelque chose de Knut Frænkel se tient, peut-être, entre ces deux portraits. Quelque chose qui permet juste d'entrevoir un homme, de l'approcher par le frottement fortuit, le dosage incertain de quelques hypothèses.

Lui, il se glisse dans l'interstice qui entre elles s'est creusé.

Le temps de le saisir, il vient de s'échapper.

JOURNAL D'ANDRÉE

5 août 1897

Comme dans notre petite enfance, nous avons dû marcher à quatre pattes.
Pendant plus d'un kilomètre, nous flottons.

MÜNCHHAUSEN

Au début du mois d'août

Parfois, ils se regardent comme s'ils étaient de parfaits étrangers. Ils s'approchent, s'éloignent, sans cesse, les uns des autres, reliés par un fil invisible qui, comme la corde des alpinistes, se relâche quand ils s'arrêtent de marcher. Dans ces moments-là, chacun retrouve ce qu'il lui reste de caractère, cesse pour quelques heures d'appartenir à ce monstre à plusieurs bras, plusieurs jambes, une seule tête, qu'ils deviennent pour survivre.

Ils se détachent comme des fruits trop mûrs et alors ils retombent, chacun sur son pré carré de neige, ses quelques centimètres de tissu ou de ciel, en de rares instants rendus à eux-mêmes. Que garde-t-on de soi quand on est devenu le maillon d'une chaîne, un atome indifférencié ? Encore faudrait-il qu'ils se rappellent à quoi ils ressemblaient, qu'ils sachent réactiver ces signes distinctifs qu'on vous reconnaît dès l'enfance et desquels on s'efforce, toute sa vie, d'aiguiser les aspérités.

Ils se raccrochent à ce que l'on disait d'eux dans leur jeunesse, se répètent les quelques remarques qu'on leur a adressées et qui, sans qu'ils aient eu conscience de leur accorder de l'importance, quelque part les définissaient. Ils remâchent en solitaires les épisodes lors desquels ils se sont illustrés. Tout pour retrouver un relief, les lignes directrices qui dessinent ce qu'on appelle une personnalité.

Lors des dîners mondains qu'Andrée fréquentait avant tout pour se rappeler au bon souvenir des financiers, il avait pris l'habitude de marquer son auditoire par ses bons mots, son humour bravache et décontracté. Conscient de l'importance que revêtait, sur le chemin de la réussite, la faculté à se démarquer des autres, il s'était évertué à ressembler le plus possible au personnage que sa moustache, sa stature, son sourire, tendaient à esquisser.

Il se lançait dans des discussions enflammées, défendait avec ardeur les avancées technologiques, politiques et sociales, les droits des femmes et des ouvriers. Un homme engagé, murmurait-on dans les couloirs, un homme aux idées claires et au vrai franc-parler.

Ce n'était pas faux, et ça ne voulait rien dire, avait-il vite compris, dans ce panier de crabes de la haute société. Lui venait de cette petite ville qui sent toujours le sucre d'orge et l'eau stagnante, descendait par sa mère d'une vieille et respectable famille de pasteurs, avait vite appris à se débrouiller au milieu de ses six frères et sœurs. La science l'avait élevé, lui avait donné ces billes qu'il s'amusait, désormais, à lancer devant ses hôtes sur leur parquet ciré.

La science : la grande affaire d'Andrée, qu'il ne cessait de brandir quand le débat virait à la polémique face aux finasseries des poètes, ces délicatesses inutiles auxquelles il réservait un mépris détaché.

Invité à une soirée en l'honneur de l'écrivaine Selma Lagerlöf, il avait ainsi fait sensation en répondant, à qui lui demandait s'il avait aimé son livre, qu'il avait lu *Le Baron de Münchhausen* et que ce devait être à peu près la même chose.

On imagine les éclats de rire qui ont dû suivre cette réplique, comme les sourires gênés de ceux qui craignaient d'être entendus par la reine de la soirée. Cela faisait partie du personnage que l'anecdote viendrait nourrir, appuyer. Pour Andrée, tout se jouait ailleurs que dans les salons et les méandres des pages : sur le terrain, dans les actes.

Peut-être est-ce ce genre d'instants qu'il se remémore quand il regarde en biais le visage de ses compagnons, leurs vêtements identiques aux siens, priant de toutes ses forces pour ne pas leur ressembler – ces éclats qui faisaient de lui un homme différent des autres, un chef, en l'occurrence, ce qu'il n'est plus bien sûr d'être.

Elles lui tournent dans la tête, les phrases sorties des réceptions mondaines, doucement elles s'effilochent, se perdent dans le blanc épais. Tout ça pour ça, rabâchent-elles. Ces moments de gloire et de grâce, ces discussions, ces rires, toutes ces années à se construire pour se retrouver là, du givre dans la moustache, ahanant sans relâche sur la banquise déserte en pensant aux salons de bois sombre et aux cigares fumés dans les longs vestibules aux beaux meubles cirés, entouré de visages curieux pour qui il devait paraître aussi déconnecté de la réalité que l'étaient pour lui Selma Lagerlöf et son nouveau livre, aussi fou que le baron de Münchhausen propulsé dans le ciel par un boulet de canon.

Lui, le baron déchu qui n'a maintenant pour ciel qu'un glaçon sans limites. Lui si attaché au réel, si peu rêveur, voilà qu'il s'est glissé sans s'en rendre compte dans la peau de ces héros de roman qui le faisaient ricaner, et voilà que c'est justement son pragmatisme à toute épreuve, son bon sens tranquille qui, poussés à l'extrême, jamais remis en question, l'ont mené dans ce lieu si semblable à l'étendue de sa folie.

Ses compagnons voient-ils encore en lui des fragments de cet homme sûr de lui dont la voix résonnait quand, les fesses dans la neige, il soutient dans sa main sa longue figure tranquille de morse fatigué où les yeux dégringolent, où les moustaches s'emmêlent, avalées par le col de sa veste de drap ?

Salomon August voit-il encore en Knut le solide compagnon ? En Nils le jeune homme volontaire, travailleur, amoureux ?

Et s'il ne reste plus de certitude sur ce qui a été vécu, si cela paraît dérisoire, trompeur, artificiel, pourquoi ne pourraient-ils pas la reconstruire à leur guise, leur vie dont il ne subsiste aucune preuve si ce ne sont les lettres et les photographies, le médaillon au creux duquel repose le visage d'Anna ?

La hiérarchie, entre eux souvent gommée par la camaraderie, n'est plus décelable qu'à quelques détails – une façon de s'adresser aux autres, une position sur les images. Peut-être Frænkel et Strindberg sont-ils parfois tentés d'en créer une nouvelle, qui ne dépendrait pas de leur âge, de leurs diplômes ni de leur position sociale, mais des nouveaux critères qui font ici la loi, la force, la jeunesse : et alors, sans aucun doute, ils auraient le dessus.

Mais ils semblent garder leurs positions respectives, rester sous le commandement, même bienveillant, même peu autoritaire, de Salomon August Andrée. Ils prennent soin des quelques marqueurs de leurs conditions, des derniers signes qui les séparent. Peut-être tiennent-ils autant que leur chef à la place qu'ils occupent, comme à un fauteuil vide qui pourrait resservir. S'ils le laissent dehors, à prendre la neige, ils n'auront plus nulle part où s'asseoir s'il leur arrive un jour de retrouver leur vie.

À peine laissent-ils éclater quelques disputes comme pour s'assurer qu'il reste entre eux des lignes de faille, des désaccords, pour se rappeler qu'ils ne sont pas tous faits du même bois ou qu'il lui arrive de se rompre, révélant des nœuds et des cicatrices, des nervures profondes.

Sans doute, cela commence par un détail, comme dans les couples qui se chicanent, une bêtise qu'on ne peut pointer sans que l'autre la réfute, en dénie l'importance. Incapable de reconnaître ses torts, Andrée, se disent sans doute Strindberg et Frænkel, incapable d'admettre qu'il les a menés là en dépit de ce bon sens auquel il tenait tant, si seulement il prononçait un mot, un seul, pour exprimer ses regrets, ils pourraient s'octroyer le baume d'un sacrifice accompli en silence. Mais Andrée plaisante, relativise, sous-entend qu'ils ont toujours été dans le même bateau, toujours souhaité la même chose et bien sûr, ils le savent, Strindberg, Frænkel, qu'eux aussi les ont voulues, cette glace, cette immensité, cette fatigue qui les brise, et les disputes se dissolvent dans la marche ou bien dans la graisse d'ours à faire chauffer avant qu'elle fige.

À mesure qu'ils renoncent à défendre leur point de vue, à plaider leur propre cause, ils se fondent, de nouveau, dans ce corps collectif, à la fois neuf et archaïque, seul capable de survivre et dans lequel, ensemble, ils délaissent un peu plus les hommes qu'ils croyaient être.

Le baron de Münchhausen s'éloigne sur la banquise et on dirait qu'il a trois corps, trois visages, six pieds plantés dans la poudreuse, trois paires de mains vides et glacées.

JOURNAL D'ANDRÉE

8 août 1897

Le vent debout nous rafraîchit.
L'aspect des glaces n'a pas changé depuis trois jours.
Je n'emploie de lunettes que lorsque le soleil a trop d'éclat.
Je me contente habituellement de cligner des yeux.

RÊVE

Au cœur de la nuit ou peut-être en plein jour

Je prête ce rêve à Andrée :

Une maison. Elle est blanche, construite au bord d'un lac. Les feuilles des hauts arbres projettent des ombres qui glissent sur elle. Il les regarde s'allonger sur l'enduit clair des murs. C'est une maison petite, de l'extérieur. Pourtant, debout sur le seuil, on fait face à un long couloir qui dessert plusieurs pièces.

Andrée est de dos, en costume, un peu raide. L'arrière de ses cheveux semble légèrement poussiéreux, tel le pelage d'un vieil animal. Peut-on se voir de dos dans un rêve ?

Il est heureux d'avoir choisi cette maison. C'est comme une bonne surprise, ce couloir qu'il ne se rappelait pas si long. Il entre dans un bureau dont le soleil réchauffe le bois d'acajou. Les branches, à la fenêtre, se balancent. Il y a juste ce qu'il faut : une chaise, une bibliothèque, une pile de livres sur la table de travail. Au fond, une porte donnant sur un jardin clos envahi par les herbes.

Il ne se souvenait pas qu'il y ait eu un jardin. La porte, de l'autre côté, ouvre sur une chambre – il n'avait pas le souvenir, non plus, de cette chambre, de ces rideaux lourds filtrant une lumière qui s'amenuise à mesure qu'il avance. Derrière une autre porte, il découvre une autre chambre encore, nue, celle-ci, et puis une pièce plus vaste aux meubles cirés. La surprise est déjà moins douce, moins joyeuse, il commence à trouver étrange que toutes ces pièces s'imbriquent sans qu'il l'ait vu venir, se multiplient d'elles-mêmes sans son consentement.

Ses pas font un bruit mat sur le parquet qui craque. Une autre porte, une autre pièce, une odeur d'encaustique, puis l'étrange sensation que l'espace se penche, s'incline vers la terre, et il repense aux feuilles d'ombre sur la façade, et il n'y a plus d'ombre qui tienne, rien qu'une valeur unique, sans contrastes.

Il voudrait la revoir, cette façade, parce que c'est d'elle à présent qu'il ne parvient plus à se souvenir, la maison lui masque ce qui, à l'extérieur, persiste sans doute à exister.

Dehors, espère-t-il, il doit bien rester une ruelle, un jardin, un faubourg, des silhouettes anonymes, sans doute il y a encore une ville, dont la maison est l'épicentre. Mais il lui faut s'avouer qu'il n'est plus sûr de rien. La maison est une frontière, un écran. Il se pourrait qu'il n'y ait, en dehors d'elle, plus rien de vivant.

Chaque porte ouvre sur une autre porte, la maison n'en finit pas, elle sent le vent mauvais et les très vieux souvenirs, rien n'est fermé mais tout l'enferme, la maison le malmène et là où il s'éveille, plus aucun mur ne le protège.

JOURNAL D'ANDRÉE

9-11 août 1897

3 h 00, on met le fourneau en marche.
3 h 18, le rôti est cuit et on fait le café.
3 h 29, [ce] le rôti mangé.
3 h 48, le café préparé.
4 heures, le café bu.
5 h 30, départ.
Épaisseur de la glace, 1,60 mètre.

Frænkel croit apercevoir la terre et l'illusion est si complète qu'il nous faut changer notre direction.

DORMANCE

Voyages dans le temps

Ils n'ont jamais eu froid, avant. Quand il leur arrive de penser aux germes de cette sensation, ils ne peuvent rien saisir. Ni ce jour, à Stockholm, à attendre la nuit sous un réverbère, ni ce matin devant la maison de famille, dans l'odeur âcre des cheminées, à profiter de la mer encore jeune, épargnée par le jour. Ni cette nuit de beuverie à la sortie d'un restaurant, à marcher bras dessus, bras dessous, pas assez habillés pour l'hiver.

C'était le froid qu'on connaissait. Celui qui a un début et une fin, bordé d'un côté par la soirée au coin du feu, de l'autre par la tiédeur des draps, un froid à se frotter les mains sous le manteau, à accélérer l'allure, à se servir, à peine la porte refermée, une tasse de café.

Mais s'il n'y a plus de chaleur, que devient le froid ? Peut-on encore l'identifier ? Ici, le froid, comme le temps, n'a plus de bords. Peu de gens ont une idée de ce froid-là. C'est un secret qu'ils gardent, qu'on ne peut leur enlever.

La température la plus basse serait, théoriquement, le zéro absolu, mais il est impossible de l'atteindre. Le froid absolu n'existe pas. Il n'a pas de limite, pas de frontière, ils l'éprouvent tous les jours.

Alors, leur corps s'adapte. Leur sang se refroidit et aussi leurs organes. Il leur arrive même d'avoir trop chaud, quand ils tirent les traîneaux, quand le soleil tape sur la tente, quand ils mêlent leurs souffles brûlants autour du réchaud allumé. Leurs corps se sont mis à un tout autre diapason, telles ces plantes qui entrent en dormance à l'approche de l'hiver, bulbeuses qui stockent leurs réserves dans le sol, arbustes qui se débarrassent de leurs feuilles pour que la glace ne puisse les alourdir, les faire brûler sous la lumière, et éclater les veines du bois. La sève, alors, se réfugie dans la terre, vient nourrir les racines, et des écailles poussent à certaines plantes pour les protéger du gel, créant de minuscules alvéoles que l'on appelle les yeux dormants.

Le froid corrode autant qu'il conserve, nourrit les fantasmes de cryogénisation et de vie éternelle et c'est peut-être le genre de choses dont ils rêvent, dans leurs tristesses fugaces et leurs découragements, sombrer dans un très long sommeil, s'abandonner à cette drôle de chaleur qui paraît-il saisit quand le corps gèle, un brasier, et peut-être osent-ils même imaginer un miraculeux réveil, si un jour la science parvient à ressusciter les corps endormis.

Une fois leurs organes intacts miraculeusement ravivés, ils se remettraient debout et, dans cent ans, deux cents ans peut-être, ils ouvriraient les yeux sur un monde neuf où ils ne reconnaîtraient rien, où il n'y aurait personne pour leur rappeler ceux qu'ils avaient été, avec pour seul bagage leur corps à réactiver comme un moteur grippé et à lancer, une nouvelle fois, dans la vie.

Voilà comment le XIXe siècle imaginait l'Arctique : un vernis de glace recelant monstres et merveilles, hanté par les aventuriers de Jules Verne ou par la créature du Dr Frankenstein, où s'éclaire le secret de la force magnétique, où tout commence, où tout s'arrête, un lieu capable de renverser le monde, de le retourner comme une crêpe pour révéler sa face cachée – une bête pâle, immense et endormie, s'ébrouant d'un coup pour exhiber les abysses de son corps et, dans la chair rocailleuse de son ventre jamais offert aux regards, quelque chose comme le secret de la vie.

Ils savent que la nuit est immense sous ces latitudes et qu'elle dévorera tout dans quelques semaines. Ils se doutent, grâce à Nansen, que le pôle Nord n'est pas une terre, rien qu'un point à placer dans un océan de glace. Le rêve s'est effrité mais il reste assez dense, la bête assez vivace pour faire croire qu'un miracle pourrait survenir là, dans ce lieu qui semble toujours à la fois en sommeil et sur le point de s'éveiller.

À près de 500 kilomètres de là où ils marchent, sur l'île principale du Spitzberg, se produira ainsi l'une des transformations les plus brutales qui ait saisi un paysage : la poussée violente d'une ville, construite en dépit du bon sens en territoire hostile.

Elle s'appellera Pyramiden. Fondée par les Suédois en 1910, vendue aux Russes puis à une compagnie minière en 1931, elle sera abandonnée dès 1998 et laissera derrière elle la marque profonde des existences qui ne durent que quelques décennies.

Les montagnes retourneront à leur sommeil. L'apparition aura été brève, un sursaut de la bête, un clignement de paupière, juste le temps d'entrevoir le projet titanesque d'une cité construite sur le modèle de la voûte céleste, symbole de la puissance de l'Union soviétique, une idée folle qui aura percé la glace, bouleversé les sols, et sous les montagnes éventrées s'étoileront les galeries des mines. Des hommes auront travaillé là, des familles s'y seront installées, qui ne pouvaient imaginer l'imminence de son obsolescence programmée, son retour au silence aussi brutal que sa sortie de terre. La ville se videra, les exploitations péricliteront, les habitants quitteront leur rêve à peine entamé, la promesse d'une terre vierge à domestiquer, les soirées à boire de la vodka avec les mômes qui s'amusent dans la neige, qui grandissent et s'attachent malgré le froid, le profond de la nuit. Ils laisseront derrière eux l'herbe verte importée directement d'Ukraine, le climat qu'on supporte comme une preuve supplémentaire que l'endroit est taillé à la mesure du socialisme, la vie malgré tout quotidienne puis la nostalgie précoce, la faillite des industries et des espérances, le retour au monde d'avant, défriché, confortable, tellement moins vaste et absurde.

Il ne reste de Pyramiden qu'une relique, une ville fantôme où seuls les pas des touristes résonnent dans les couloirs vides. Si Strindberg, Frænkel et Andrée soudainement s'éveillaient, s'ils retrouvaient la terre et découvraient les abords de cette ville, ils lèveraient des yeux perplexes vers la statue de Lénine, dressée triomphale à la croisée des montagnes.

Que comprendraient-ils de ces restes cernés par une nature dans laquelle ils semblent peu à peu se dissoudre ? Dans les couloirs déserts du palais de la Culture, en compagnie d'une poignée de touristes avides de ruines, ils verraient, sur le rebord d'une fenêtre, traîner un accordéon, une balalaïka. Ils projetteraient leur ombre sur les murs bleu piscine et descendraient l'escalier monumental orné d'une mosaïque qui pourrait leur faire croire qu'ils touchent du doigt les ruines d'une autre Pompéi.

Les décors de Pyramiden rappellent les images de Tchernobyl. Les mêmes bâtiments vastes et utilitaires qui semblent mis en scène pour les yeux des fantômes, les mêmes chaises esseulées au milieu de salles nues. Celles et ceux qui vivaient là ont été évincés de leur rêve, détruit par les radiations ou la noirceur du fond des mines, et on déambule dans les travées comme aux lisières des zones contaminées, livrées aux espèces mystérieuses et à la trace des bêtes sauvages. C'est précisément ça que viennent chercher ceux qui s'y rendent aujourd'hui : l'empreinte du désir et de la perte, les vestiges des mondes disparus ou les présages des mondes à venir, comme si cela devenait en ces lieux la même chose.

Au pied des immeubles désertés où hurlent les mouettes arctiques, devant les balançoires qui oscillent dans le vent, les visiteurs tentent de le capturer, ce vide, de figer la désolation du paysage, de sentir l'épaisseur du silence qui ne régnera pourtant qu'en leur absence, à la fin du jour, quand le bateau sera parti.

Sur les photographies de Strindberg, Frænkel et Andrée, la banquise n'est qu'un décor, une toile de fond dont on distingue mal les nuances. Ce qu'ils tiennent à montrer, ce sont leurs corps dans le champ, leurs pieds sur le sol blanc. Ce Nord-là, c'est la réduction progressive de ce qui est donné à voir, alors on existe plus fort, il n'y a plus que soi à l'image.

Ils ne peuvent pas savoir qu'un jour, près d'ici, pousseront des villes, ni que ce vide auquel ils font écran de leurs corps fatigués sera précisément la rareté qu'un jour, dans l'Arctique, d'autres viendront chercher.

JOURNAL D'ANDRÉE

13 août 1897

À peine sommes-nous au lit que nous entendons de nouveau le souffle d'une baleine, mais nous ne l'avons pas vue.

SAUVAGES

13 août 1897

Le 13 août est un jour de pluie. Elle imprègne les vêtements, le permafrost déjà spongieux sous les mauvaises chaussures. Ils se couchent à 3 h 30. Recroquevillés sous la tente, ils entendent le souffle d'une baleine et la pluie tambouriner. Ils repartent, sous la même lumière, à 5 heures du soir.

"Trois ours !" crie soudain Strindberg.

Ils se figent, s'aplatissent dans la neige. Andrée s'avance à découvert : mieux vaut servir d'appât que mourir de faim. Il rampe. Pour attirer l'attention de l'ours, il sifflote puis se met, lui aussi, à marcher à quatre pattes – étrange scène burlesque que semble jouer cet homme aux habits élégants, dépenaillé déjà, portant beau encore, marchant comme une bête en miroir de la bête aux aguets.

C'est une femelle, accompagnée de ses deux oursons. Elle avance, de cette démarche particulière alliant une forme de gaucherie à une grâce presque arachnéenne quand elle sort de l'eau, pelage épais pendouillant le long des membres, révélant la finesse de ses muscles. Quand elle tourne la tête se dessine son mufle effilé, fouisseur, jusqu'à l'extrémité pointue et luisante de la truffe, noire comme le dessous des pattes.

Ces taches sombres sont les uniques accrocs sur l'étendue de la banquise. Andrée cligne des yeux. Il devrait mettre ses lunettes fumées, s'y refuse inexplicablement. En attendant, sa vue baisse, sa rétine est envahie par le blanc, même quand il dort il le sent qui efface peu à peu les détails de ses rêves et là, aux aguets, tentant vainement de garder les yeux ouverts, il assiste à l'effacement progressif des contours de l'ourse, presque plus rien ne la distingue de la glace et du ciel, rien que ces petits points noirs, mouvants, les yeux, la truffe, le dessous des pattes qui se lèvent une à une, se baladent dans le vide sous ses yeux impuissants.

Il passe une main gelée sur ses paupières. Il sait que ses compagnons le regardent, qu'ils attendent. Le fusil tremble entre ses bras. Il tend le cou, relève la tête que la fatigue, la lumière aveuglante abaissaient peu à peu contre sa poitrine.

Il essuie une goutte qui pend à son nez fort.

L'ourse tressaille, renifle elle aussi et soudain se déplie comme une marionnette creuse dans laquelle se serait glissée une main immense. Debout sur ses pattes arrière, elle balaie l'air de sa truffe mais ne flaire pas le danger et retombe, souple, sur la neige poudroyante.

Andrée s'approche, encore. Strindberg et Frænkel sont juste derrière lui. Soudain, ils échangent un regard, se lèvent, déplient leurs membres engourdis et tirent comme on sursaute. La stridence des détonations révèle l'épaisseur du silence. On voudrait mettre ses mains, à plat, sur ses oreilles.

Les deux oursons se tournent vers leur mère. Ils n'ont plus la rondeur duveteuse des très jeunes, plutôt une sorte de disproportion juvénile – longues pattes, corps trapu. Ils restent un moment immobiles puis se mettent à courir. Andrée fait feu une deuxième fois. La mère, stoppée net, se redresse, on dirait que l'impact de la balle la met une dernière fois debout, et quand il tire à nouveau, brusquement, elle retombe.

D'autres chasseurs ont décrit l'attitude, qu'ils qualifient d'étrange, de certains oursons dont on vient de tuer la mère. Souvent, disent-ils, ils s'enfuient après un mouvement de recul, surtout quand l'ourse, avant de mourir, a poussé des hurlements. Alors l'ourson a peur et très vite prend la fuite, en hurlant lui aussi jusqu'à ce qu'on le rattrape. Mais il arrive que la mère meure d'un coup, sans un bruit. Dans ces cas-là, précisent-ils, l'ourson se comporte comme si l'ourse était encore vivante, il se blottit entre ses pattes, lèche son sang, tête ses mamelles, cherche protection contre son flanc. Cela peut durer des jours si personne ne le capture, si l'on n'enlève pas le cadavre, si on n'a pas tué pour la viande mais pour le frisson, l'amusement.

Andrée n'aura pas le loisir de décrire ainsi le comportement de ces jeunes ours. Il abat d'un seul coup le plus proche qui s'affaisse doucement, comme s'il se couchait, comme s'il ne s'était jamais levé encore, comme si rien ne l'avait différencié de la neige jusqu'à ce qu'une flaque écarlate y dessine la forme de son corps. Strindberg et Frænkel s'occupent du second.

Le lendemain, après avoir goûté à la viande, tous trois se réjouiront que les oursons, contrairement à la mère, soient longtemps restés souples et tendres.

C'est déjà, pour eux, une forme de routine. *Voici plusieurs jours que nous rencontrons des traces d'ours*, écrit Andrée. *Nous pouvons donc dire que nous avons autour de nous une boucherie circulante.*

Chaque ours aperçu est si possible abattu. La plupart du temps, ils ne peuvent emporter toute la viande avec eux, ils sont bien trop chargés, alors ils se contentent de prendre les meilleurs morceaux, les plus légers, la cervelle, les rognons, le cœur, la langue, et pour ça, ils apprennent, eux les hommes délicats, les scientifiques, les ingénieurs, à plonger jusqu'au coude leurs bras dans les ventres tièdes, prenant un plaisir insoupçonné à jouer aux bouchers, puis se frictionnant de neige pour se défaire de la couleur et de l'odeur persistante du sang.

La caravane est en joie, écrit Andrée après une bonne prise. Ils utiliseront la graisse pour se protéger des gerçures, la peau pour doubler les sacs de couchage, privilégiant pour cet usage la fourrure des pattes, plus légère. Et quand il leur arrivera de manquer de viande, ils couperont ce qui reste en petits morceaux pour se donner l'illusion de l'abondance.

Le 18 août, c'est en raccommodant son caleçon qu'Andrée s'exclame : “Tiens, encore un ours”, avant de se remettre à son ouvrage et de laisser Frænkel l'abattre tranquillement.

Tout le long du chemin qu'ils tracent sur la banquise flottante, il y a ça : des taches rouges de diverses tailles, mêlées de caillots et d'entrailles, dessinant sur la neige la carte de leur parcours. Ce sont leurs marques à eux, ce sont leurs cailloux blancs, les carcasses béantes des ours et la trace de leur sang.

L'une des photographies montre Frænkel et Strindberg tout près d'une forme pâle. Ils regardent à terre, tiennent chacun un fusil. Dans la brume de l'image, un ours gît à leurs pieds – là où le grain est plus doux, la matière plus duveteuse, on discerne ses pattes repliées sur sa poitrine comme celles d'un chat au soleil, sa gueule entrouverte, le clou minuscule de son œil.

Ils ont soigné la mise en scène, tenté plusieurs poses, Frænkel tenant ferme sa carabine Remington. Cet ours-là est le premier qu'ils ont tué, sans nécessité particulière à ce moment précis, les provisions étant encore abondantes, la menace, lointaine. Ils l'ont tué pour l'entraînement, pour l'opportunité, pour que d'autres, plus tard, puissent être tués. Pour s'approprier ce lieu, pour l'occuper, avec l'émotion neuve de voir chuter une bête si grande, si féroce, si belle. Pour se prouver qu'ils restent au sommet de la chaîne alimentaire, qu'ils sont sur-vivants, plus vivants que les autres, tout en haut du monde et du règne des bêtes.

Ils ont capturé un oiseau, une jeune pagophile blanche : ils l'écartèlent pour la photo sur ce qui ressemble à une planche de bois comme on cloue les bêtes de mauvais augure aux portes des masures.

Le résultat est étrange. On croirait l'animal soigneusement détouré sur l'arrière-plan, arraché à la matière poudreuse d'un dessin au fusain. Aucun de leurs clichés n'a cette précision d'image pieuse, cette grâce abîmée. Les ailes, clouées, sont déployées. Sur les plumes, de petites taches rondes dessinent des motifs en pointillé.

On distingue mal la tête, le bec, les ailes prennent toute la place, c'est de vol qu'il s'agit, c'est lui qu'on veut saisir, et pour cela on le brise, par la balle du fusil puis par le déclencheur de l'appareil photo.

Un an plus tôt, à l'Institut de physique de Stockholm, Nils a pris une autre image : des teintes grises, mêlées comme par réfraction de la lumière, et au centre, une forme claire. Il faut passer la séduction immédiate de la surface, le velours des gris et la finesse des lignes pour discerner, sous le halo de blancheur, quelque chose comme des os : pour voir apparaître le squelette sous la chair.

C'est l'une des premières photographies aux rayons X prise en Suède. C'est une main d'homme aux doigts écartés, une vanité d'abord insoupçonnable. C'est la preuve que la photographie ne montre plus seulement la surface des choses, qu'elle est capable de capter ce que l'œil ne peut pas voir : les traces du temps comme l'intérieur du corps, tout ce qui va mourir, tout ce qui est vivant.

À cette époque se développe dans toute la Suède la vogue des animaux empaillés. S'ils avaient pu, sans doute auraient-ils rapporté l'oiseau abattu au pays, pour l'admirer dans une vitrine, pour vieillir à ses côtés.

Le monde est un œil grand ouvert, un gigantesque diorama où les animaux sont figés comme les indigènes des terres lointaines dans la reproduction de leurs gestes, devant les spectateurs des expositions universelles. La photographie, le cinéma ne sont que les manifestations techniques de cette ferveur du regard : il ne doit plus y avoir de nuit derrière les paupières.

Pour continuer à jouir de l'apparence majestueuse des bêtes après les avoir tuées, il faut inciser leur peau en des endroits précis – l'intérieur des pattes, le ventre –, la décoller avec d'infinies précautions et, surtout, bien la nettoyer. Rien ne doit rester vivant, aucun organisme, même microscopique, qui risquerait de saboter le travail, il faut la rendre tout à fait lisse, tout à fait morte, pour qu'elle recouvre harmonieusement les armatures de bois et de paille. Puis, il faut la tanner, la tremper dans les bains chimiques avec la même méticulosité que les pellicules photographiques, il faut déployer un savoir-faire semblable, au service de la conservation et du souvenir, pour révéler une peau immuable, imputrescible, à la teinte poudroyante mais qui, même impeccable, empeste la poussière.

Amasser des coquillages, des pelures, des dépouilles, des images. Dans les musées biologiques, les animaux empaillés sont installés dans la reconstitution soigneuse de leur environnement, dont ils semblent tirer leurs formes et leurs couleurs. Ainsi on comprendra que la teinte de leur ventre vient de la terre où ils se traînent, la densité de leurs plumes, de l'ombre où ils nichent.

Des rennes broutent, immobiles, dans des forêts artificielles, bois dressés vers le ciel. Au creux des roches peintes, des mouettes regardent de côté, revêches, méfiantes, et des centaines d'oiseaux sont exposés avec leurs nids et leurs oisillons à peine nés.

Les prédateurs sont arrêtés dans l'assaut, gueule ouverte, serres déployées.

La nature foisonne à l'intérieur des murs à mesure que, dehors, elle se raréfie. La Suède s'industrialise, les fumigations sourdes des usines, les lumières des réverbères font écran à la nuit et concurrence au ciel. Sans cesse, les scientifiques offrent de nouveaux spécimens aux habitants des villes, de plus en plus nombreux, de plus en plus coupés de leur présence. Les Suédois disputent aux Norvégiens le statut de peuple élu pour défricher les terres polaires. La nature sauvage est changée en refuge, en étendard. On l'exhibe, on la détruit en même temps qu'on la conserve, on en fait le creuset d'un nationalisme nordique dont les attributs seraient le froid, la pureté, la blancheur.

Les grands industriels peuvent continuer à exploiter les ressources naturelles puisqu'ils financent, à travers les musées biologiques, la célébration de celles qu'ils ont sélectionnées. Les pins effilés, les collines enneigées, les trouées des lacs deviennent des décors. Les animaux, des figurants.

Aujourd'hui, il est interdit de chasser les ours au Svalbard. Sur la vitre du supermarché de la ville de Longyearbyen, une affichette informe les visiteurs de la conduite à tenir en cas de rencontre avec un plantigrade, les avertissant qu'ils ne devront tirer qu'en dernier recours.

L'ours est la pépite que cherchent les touristes, la preuve que quelque chose, ici, est encore sauvage et qu'on peut le capturer, au moins par l'image. Beaucoup sont affamés. Maigres, ils se rapprochent des lumières. Leurs effigies hantent la ville – panneaux de bois peints, peluches en vitrine, bêtes empaillées qui décorent les hôtels, la petite église ou les salles sombres des bars. Dans le couloir d'un restaurant trône le torse d'un ours affublé de gants de boxe. On flatte son encolure jaunâtre, on effleure ses yeux de verre noir.

Andrée, Frænkel et Strindberg ont hésité à ouvrir, pour la photo, la gueule de l'ours, à la tenir pour montrer sa taille gigantesque dans leurs petites mains d'hommes. Ils ont finalement préféré laisser l'animal à terre et poser bien droits devant son corps couché.

L'ours est, en vérité, le meilleur ami de l'explorateur polaire, écrit Andrée. Toujours ce ton bonhomme, amusé. On dirait qu'ils ont rassemblé ce qui leur reste de raison et de forces pour aboutir à ces phrases maigres et joyeuses, qu'ils ont pressé leurs jours pour en extraire ces quelques gouttes présentables dont on ne peut s'empêcher de chercher l'envers : les mots hurlés sans témoins, les jurons, les insultes, la voix de l'ours qui leur monte à la gorge, leur ouvre grand la bouche, leur fait montrer les dents en miroir de ces bêtes pâles qui d'un coup se dressent sur leurs pattes et leur ressemblent.

Ou peut-être que le garrot serré sur les mots écrits les a aidés à bâillonner les autres, les cris de désespoir et les envies de meurtre, à juguler la voix de l'ours et à préserver celle qui doit rester la leur – celle de l'humour, de la pondération, de la distance.

Est-ce qu'ils se regardent parfois de biais, épiant leurs faiblesses, leurs blessures, est-ce qu'ils pensent à ces membres d'autres expéditions polaires qui, acculés par la faim et la maladie, ont fini par transgresser le tabou ultime en goûtant à la chair de leurs compagnons ?

Est-ce qu'il leur arrive de se demander s'ils en seraient capables, une fois venus à bout de leurs provisions ?

Mordraient-ils à même la peau gelée pour ne pas sentir le goût de ce qui leur rentre dans le corps où cuiraient-ils un bras, une jambe, sur un brasier ?

Se méfient-ils des autres à mesure que les jours passent, les semaines, les mois, gardent-ils toujours un œil ouvert à mesure qu'ils basculent vers la nuit ?

D'un revers de la main, ils éloignent les cauchemars. Ils ont des vestes de chasse, des pompons aux jambières, des casquettes à carreaux, le souvenir d'un amour ou d'une mère au foyer, ils écrivent des mots polis, droits comme des I : rien ne peut leur arriver.

Ils ne doivent jamais pencher du côté des bêtes, sans cesse leurs mots le martèlent, et leurs vêtements, et leurs manières. Voilà à quoi servent, aussi, les musées biologiques et les parties de chasse, davantage qu'à connaître : à se protéger, renforcer la frontière.

Nous sommes au-dessus de tout cela, disent les mots qu'ils couchent sur le papier, au-dessus de la souffrance et de la sauvagerie, nous ne sommes pas des animaux, aussi pouvons-nous les abattre et dévorer leur cœur, nous sommes au-delà des engelures et de la folie du paysage, nous écrivons pour reprendre de l'air, avant de retourner sous l'eau.

JOURNAL D'ANDRÉE

13 août 1897

Dans un canal évolue un petit poisson.
Il n'est pas craintif et semble fort surpris à notre vue.
D'un coup de pelle, je le tue.

DÉRIVE

Vers la fin de l'été

Il est temps de renoncer à atteindre la terre François-Joseph. L'été avance bien plus vite qu'eux, la nuit s'annonce, ils voient le jour faiblir, se franger de crêtes sombres. Ils n'en parlent pas, le moins possible, et se rabattent d'un commun accord sur le dépôt de vivres le plus proche : Sjuøyane, "les sept îles".

Mais ils n'avancent pas, ils reculent. En plus d'être un désert, en plus d'être glacé, le lieu qu'ils arpentent a la capacité de se mouvoir. Ce n'est pas une terre ferme mais un agglomérat de formes qui sans cesse se déplacent et dessinent autre chose, les conduisant le plus souvent dans la direction opposée à celle qu'ils voudraient prendre. Il faut imaginer ce puzzle, ces mille radeaux de glace qui voguent, s'entrechoquent, ce qui se crée entre eux d'alluvions, de failles, de falaises effondrées.

Ils ne peuvent jamais oublier qu'ils marchent sur une mer. L'eau est partout, sous leurs pas, sous leurs corps, elle gronde contre la glace, ils l'entendent s'arc-bouter, se tendre, la voient écarter les plaques et partout se glisser, sous forme de nervures rappelant celles que la mer dessine sur le sable des plages et qu'on enjambe en un rien de temps mais ces rigoles-là s'élargissent, se gonflent, deviennent crevasses que la neige dissimule aux yeux des marcheurs. Aucune eau n'est dormante.

Si le temps joue contre eux, le paysage l'imite, change sans cesse de visage, il suffit d'un moment d'inattention, de quelques heures de sommeil et, au réveil, tout autour d'eux s'est transformé, même l'horizon au loin semble s'être décalé. Il leur faut un moment pour acclimater leur regard, leur pas, et pour y croire : ce n'est pas un rêve, pas même un cauchemar. Ils sont plus loin encore de leur but dérisoire qu'ils ne l'étaient la veille, quand ils ont laissé leurs yeux se fermer. Depuis leur atterrissage, ils ne cessent de descendre vers le sud, de s'éloigner du pôle.

Ils s'affaiblissent. Frænkel est le plus atteint – un pied blessé, la vue qui baisse, des douleurs aux genoux. Il peine, les autres doivent l'aider à porter son traîneau. Il a été opéré d'une sciatique avant le départ : sa forte constitution se fissure et une fissure suffit pour tout laisser entrer.

Ils tentent de corriger la dérive par leur marche obstinée, leurs calculs, leurs relevés, leur déraisonnable bon sens, mais ils ont beau marcher, lutter, la banquise les renvoie en arrière comme le courant mène les nageurs au large, et ils s'épuisent contre ce lieu qui les mène par le bout du nez.

Plusieurs décennies plus tard, le 31 octobre 1968, dans un tout autre monde on dirait, un autre homme, le navigateur Donald Crowhurst, entamera son voyage impossible sur un autre océan. Son défi à lui, c'est un tour du monde à la voile. S'il gagne cette course, il pourra sauver son entreprise en faillite. L'enjeu est de taille mais, dès les préparatifs, il doit se rendre à l'évidence : il est très mal parti. Son équipement est dérisoire. Son ravitaillement, insuffisant. Son trimaran, le *Teignmouth Electron*, du nom de la petite ville de Cornouailles qui chante déjà sa gloire, bien qu'équipé d'une bouée gonflable sise au sommet du mât pour lui éviter de chavirer, est loin d'être optimal. Il n'a pas fini d'installer ses systèmes de sécurité. Sur ce type de bateau, il n'a jamais navigué. Il part trop vite, mû par une sorte de panique, de ces intuitions qui font agir en hâte de peur de se raviser.

Donald Crowhurst n'est pas fou, pas encore, mais une fois parti, plus question de regagner la terre, de renoncer à l'argent, de retrouver, surtout, sa vie qui fuit par tous les bouts. Quelques heures à peine après le départ, il sait qu'il ne gagnera pas la course mais ne se résignera pas non plus à la perdre. Il lui faut trouver, entre ces deux options, un troisième embranchement, une porte de sortie.

Sur la mer calme, sans plus aucune terre en vue, il reste là, au milieu de cette étendue infinie qui le balade, fait tanguer la coque du bateau à gauche, à droite. Il réfléchit. Il les regarde, ce roulis, ce tangage, cette faculté qu'a la mer d'imprimer à un corps son flux, sa force, sa direction. Et c'est cet instant-là, où il vogue minuscule au milieu de l'océan, qui paraît celui du basculement.

Il décide de la laisser faire, l'eau, de se laisser mener par le paysage, d'errer sur son bateau au beau milieu de l'Atlantique sud, à l'écart des couloirs maritimes, de rester caché dans cette étendue immense où personne ne viendra le chercher.

Il envoie par radio de fausses positions, écrit de faux livres de bord, s'invente une trajectoire. Peut-être a-t-il parfois réellement l'impression de la suivre, finit-il par y croire à force de voir toujours la même chose, cette mer à perte de vue sur laquelle il décrit des cercles, sans autre but qu'attendre, faire durer. Des jours à regarder les variations infimes des vagues, de la lumière, d'un ciel à rendre dingue parce que rien n'en protège.

En mars 1969, cinq mois après le début de la course, il fait une halte près du Rio Salado, sur la côte argentine, pour réparer un flotteur, pour voir enfin se dessiner une côte, quitter un peu cette folie de la mer. Et puis, il repart, n'envoie plus que de rares positions, pour la plupart difficilement crédibles. Il note dans son journal de fausses observations sur le ciel, les étoiles, dont la précision indique qu'elles lui ont demandé, sûrement, autant d'attention que des vraies.

Le mensonge devient son territoire, plus hospitalier que la quantité d'eau pressée contre la coque et les parois de son crâne. Il le peaufine, l'habite, le tisse patiemment, le peuple de détails – la position de la lune, les constellations, tout un univers qu'il dresse, par écrit, à rebours de ce qui l'entoure.

Puisque cette course est un tour du monde, un parcours circulaire, et qu'il est resté quasiment immobile, sa position fictive finit quasiment par coïncider avec sa position réelle. Peut-être n'est-il plus sûr, alors, d'avoir menti, son mensonge venant si parfaitement se coller à la réalité comme un tissu qu'on replie.

La dernière position qu'il a pris la peine d'indiquer, le 9 mars 1969, le place parmi les candidats susceptibles de gagner. Mais lui, il sait que s'il arrive le premier, ses journaux de bord seront examinés de près : il sera démasqué. Plus la victoire se rapproche, plus l'écart entre le mensonge et la réalité recommence à se creuser, les pans, à s'écarter.

Une faille, dans laquelle il pourrait bien tomber.

Alors, dans son journal, il s'évade. Il écrit des poèmes, des pensées, des calculs obsessionnels – sans cesse revient le chiffre 243, nombre de jours qu'il avait prévus pour effectuer son tour du monde, et qu'il atteindra en choisissant le deux cent quarante-troisième jour pour, très probablement, se donner la mort.

C'est la fin de mon jeu, écrit-il le 1er juillet.

Silence radio.

Le 10, un paquebot aperçoit le *Teignmouth Electron* qui vogue à la dérive.

Il est vide.

L'artiste Tacita Dean a consacré plusieurs textes et films à Donald Crowhurst. Elle s'est rendue à Teignmouth, a erré sur la digue, compris les enjeux qui ont relié l'apprenti navigateur et cette petite bourgade en mal de sensations – les largesses de ce qu'on appelle aujourd'hui les sponsors, les feux des projecteurs dont il a dû être friand avant d'en être aveuglé.

Seul sur son trimaran, au milieu de l'eau comme Andrée, Strindberg et Frænkel au milieu des glaces, Crowhurst a, davantage qu'eux, perçu le décalage entre les rêves de grandeur de toute une ville et sa condition misérable. Il n'a pas poussé de hourras ni levé de drapeau. Il s'est acharné à devenir le contraire de ce qu'on attendait de lui, un perdant immobile, au milieu de l'océan comme des quatre murs d'une chambre, écrivant des vers et des réflexions philosophiques, regardant le temps passer.

Question de caractère, peut-être, ou bien d'époque – sans doute des exemples antérieurs avaient-ils déjà préparé Crowhurst au cynisme dont ses contemporains se révéleraient capables, cynisme qui pousserait les notables de Teignmouth à se consoler rapidement de sa mort puisque cette histoire, dans sa rocambolesque absurdité, leur ferait finalement davantage de publicité qu'une victoire.

À Teignmouth, Tacita Dean visite la petite exposition consacrée au périple de Crowhurst. Elle observe les restes du bateau, échoué sur une île des Caraïbes puis vendu aux Antilles pour une bouchée de pain. Dans l'un des films qu'elle a tirés de cette histoire, *Disappearance at Sea*, on voit le visage de Crowhurst se dessiner sur la surface lumineuse d'un phare, comme on devine un visage d'homme en regardant la lune.

Dans les années 1960, ce ne sont plus les pôles qu'on cherche à atteindre. Les déserts sont connus et les cartes, affinées. C'est dans le ciel, maintenant, qu'il s'agit de marcher. La conquête de l'espace a remplacé celle des mers. Bientôt, un homme posera le pied sur la lune, juste après que Crowhurst s'est laissé sombrer.

Il y a ces deux visages, qui s'attirent et s'opposent. Celui de Neil Armstrong, invisible derrière son casque de cosmonaute, inondant les télévisions devant lesquelles se pressent les familles, cette nuit dont toutes se souviendront, dans le crachin du noir et blanc mêlé au grain de l'espace enfin offert aux regards, et celui qui repose quelque part au fond de la mer, dont une artiste donne à voir l'ombre, le récit.

Peut-être Crowhurst a-t-il entendu parler de la découverte des corps de Frænkel, Strindberg et Andrée et de leur expédition, plus de soixante-dix ans avant la sienne. Peut-être a-t-il pensé à eux, lancés dans leur course impossible. Eux qui ne connaissaient plus de nuit ni de jour et qui marquaient les dates, pour se faire une place dans le temps à défaut de l'espace, comme Robinson dessinait des bâtons sur son île.

Autour d'eux, le paysage se redouble lui-même. Une splendeur de miroir. Rien ne ressemble plus à une plaque de glace qu'une autre plaque de glace et tout bouge, donne le tournis. Même le ciel, il arrive qu'il se mire dans la neige, se confonde avec elle. Allongé, on ne fait plus, c'est sûr, la différence, on dirait que le monde n'a plus d'horizon ni de rupture, impossible d'imaginer que le blanc un jour finisse, il est comme un drap posé sur les yeux d'un mort.

C'est pour échapper à cela, peut-être, qu'Andrée décrit avec autant de finesse la tessiture des cris, la teinte des ailes des mouettes, les rayures qui partagent leurs plumes en deux mondes distincts, les anneaux de leurs pattes, le dégradé de leur bec.

À la lecture du journal fictif de Crowhurst, on peut se demander dans quelle mesure celui d'Andrée – les repas qu'il raconte par le menu, l'observation des oiseaux et des roches, les plaisanteries entre camarades – n'est pas, lui aussi, destiné à faire exister une autre histoire, à laquelle ils se seraient laissés aller à croire. Pas seulement à se raccrocher à leur statut d'hommes civilisés mais à graver dans le marbre une réalité qui peu à peu dévie, avec un acharnement de plus en plus désespéré à mesure que se creuse l'écart entre ce qu'ils vivent et ce qui est raconté.

Peut-être, dans cet écart impossible à mesurer, y a-t-il un autre récit dont nous ne saurons rien, jamais, que seule la relation précise, obsessionnelle, d'un quotidien de moins en moins réel parvient encore à adoucir, et le journal d'Andrée, peuplé de personnages de plus en plus détachés d'eux-mêmes, se lirait alors comme ce qu'est peut-être presque toujours un récit de survivant : un moyen d'échapper à l'insupportable, d'ordonner une vie qui s'affranchit chaque jour un peu plus de sa réalité.

Chaque passage d'oiseau est noté, chaque présence. Quand ils le peuvent, ils tuent, tout se mange, mais avant de manger, ils regardent, et peut-être, ils caressent, parce que leurs doigts cherchent autre chose que les textures quotidiennes, neige, glace, cordes, leurs mains sont noires, alors les plumes, c'est une douceur, quelque chose comme les cheveux d'une femme ou d'un enfant.

JOURNAL D'ANDRÉE

14 août 1897

La mouette des glaces a trois cris différents :
1. Piyrrrr terminé en trilles.
2. Pyott, Pyott.
3. Une sorte de croassement rappelant celui du corbeau.

La

NAISSANCE

20 août 1897, un peu plus au sud

Au cœur du jour blanc où ils marchent, un garçon voit le jour en Norvège, dans une ferme du Telemark. On le nomme Tarjei. Tarjei Vesaas. Bientôt, c'est un enfant tranquille qui, plus que tout, veut écrire. Jeune homme, il brûle son premier manuscrit refusé, s'acharne, finit par être publié. C'est un écrivain, déjà, cet homme né ce jour-là, à quelques centaines de kilomètres du lieu où errent les trois explorateurs. Un écrivain dont le chef-d'œuvre, *Le Palais de glace*, évoque une chute d'eau glacée, architecture complexe et miroitante, palais naturel où l'on peut se perdre et découvrir une succession de grottes lumineuses, les unes dans les autres enchâssées.

L'homme né cette nuit-là, cette nuit de lumière vive qui se penche vers la nuit, est celui qui érigera à la glace le plus fascinant des monuments, *un monde magique fait d'aiguilles et de dents, de dômes galbés et de coupoles givrées, de courbes douces et de guipures alambiquées.*

Cette cascade fascine une petite fille qui, pour la rejoindre, fait l'école buissonnière. Elle veut approcher ce lieu qui ressemble tant à un secret. Dans l'épaisseur translucide de la glace, elle observe les feuilles, les pierres, les courbures fines des fougères. Elle cherche son propre visage.

Se glissant dans une fissure, elle pénètre dans la chute gelée. Elle tâte les murs, écoute le silence. Elle appelle et reçoit, avec un frisson, l'écho de sa propre voix. Elle pénètre dans une véritable forêt où l'eau a *façonné des troncs et des branches de glace*. Elle n'a jamais rien vu de tel. Elle passe, ainsi, de grotte en grotte, se glisse dans des failles de plus en plus étroites mais aucune salle qui s'ouvre devant elle ne ressemble à la précédente. Croyant revenir sur ses pas, elle s'enfonce plus profond encore. Elle panique, tourne en rond, appelle, se refroidit, se décourage.

À mesure qu'elle avance dans les profondeurs de la glace, elle renonce à chercher à en sortir. Quelque chose en elle s'éteint, une flamme soufflée, une vigilance qui cède, et quelque chose d'autre s'ouvre, une énième porte menant à un cœur inaccessible, dans lequel elle sombre tout entière.

Elle ne cherche plus la fuite, n'oppose plus de résistance. Elle omet de regarder derrière elle, de tenter de comprendre la configuration des lieux, ne prête plus attention qu'à la lumière bleutée, au son des gouttes contre les parois, vaguement rassurant, vaguement familier, qui lui pénètrent le crâne et jouent à l'intérieur l'amorce d'une musique.

Elle retrouve sur cet écran blanc quelque chose d'une très vieille mémoire, qui la tient et la berce. Et puisque le froid anesthésie, puisqu'on dit qu'il insensibilise les sens et la conscience, on peut penser qu'elle meurt un peu comme on s'endort, au cœur de son désir devenu son tombeau qui ne cesse, jusqu'au bout, de l'émerveiller.

JOURNAL D'ANDRÉE

22 août 1897

Ici, il ne saurait être question de formations régulières soumises à quelque loi.
Un canal se transforme au moment même où nous venons de le traverser (cinq minutes plus tard, c'eût été impossible).
Le flack flottait à vive allure et tout craquait autour de nous.
C'est une grandiose et bien étrange impression.

La journée a été extrêmement belle ; c'est peut-être la plus belle que nous ayons encore eue. À l'horizon exceptionnellement clair, nous avons vainement cherché la terre de Gilles.

La limpidité de l'atmosphère a permis à Strindberg de prendre la hauteur de la lune.
Il observa sur la neige des halos dont l'intérieur avait un bord rouge nettement marqué.
Ces anneaux dessinaient sur le sol des ellipses aux foyers mobiles.
Un paysage vénitien, avec ses canaux bordés de toross, une place d'eau miroitante avec un puits de glace et des escaliers étincelants qui descendent aux canaux. Divin !*

* Sur la banquise, relief accidenté fait de murs, de crêtes, de failles.

AUBES

22 août 1897

Il arrive qu'ils se lèvent, marchent, et oublient, ce qu'ils ont déjà subi comme ce qui va advenir, oublient d'être raisonnables, cessent d'écouter leurs corps ou plutôt, modifient soudain l'écoute qu'ils lui prêtent, le paysage alors les ronge sans douleur, juste une main ferme qui leur serre le cœur, la sensation déjà lointaine de l'archet contre le violon.

Dans ces moments-là, ils ne sont plus des conquérants, même plus des explorateurs. Leur viennent des mots inattendus, émerveillés, pour décrire ce qui les entoure.

Ce matin, par exemple : écouter les craquements de la glace, se laisser mener par elle et d'un coup, tout est fluide, l'eau d'un bleu si dense qui court entre les plaques, une source vive et neuve, pure comme les cristaux de sel qui essaiment sur leur peau – ils sont lavés alors, jusqu'au tréfonds d'eux-mêmes.

Cela se produit plus souvent quand l'un d'entre eux est seul, quand il n'a plus sous les yeux les autres pour reconnaître dans leurs visages ses yeux fiévreux, son front brûlé.

Tous trois, maintenant, ils sont les mêmes.

Strindberg, ou Frænkel, ou Andrée, sort le premier du sac de couchage. Il hume l'air glacé comme un oiseau, comme un ours, seulement attentif aux sons, aux variations de température. Au sortir du campement, le froid le débarrasse des odeurs des autres, de la promiscuité de la nuit. Les couleurs semblent étroitement imbriquées à la sensation que le vent laisse sur sa peau, sur sa langue : ce n'est plus quelque chose qu'il regarde mais une présence qui le sidère.

Voilà aussi pourquoi les visages, sur les images, sont accessoires. Pourquoi ils sont si attentifs à la matière de la glace, au perlé de la neige. Pourquoi ils effectuent, jusqu'à la fin, tant de relevés, d'études, d'observations. Parce qu'au-delà de la fierté d'être les premiers comme du réconfort de maintenir un lien avec la terre, il y a, devant cette densité du paysage, leur curiosité jamais éteinte et leur désir fou d'apercevoir, à l'issue du voyage, le continent blanc qu'ils persistent à imaginer.

Il marche, Strindberg, ou Frænkel, ou Andrée, seul comme jamais – chacun aura vécu au moins un de ces moments-là et pourra l'accrocher à son cou comme une perle –, il s'éloigne et le monde n'a plus de contours, plus de direction, de route ou de chemin, il devient cette chose sans limite dont il ne perçoit même plus le blanc, cette couleur n'existe pas, non, sous ses yeux baissés par la lumière, il n'y a que des teintes qui s'affrontent ou se mêlent, menthe des eaux lentes, glace brune impossible à briser, jaune argile en surface, marine des profondeurs, soleil orange, ou ce bleu rabattu, d'ardoise claire et laiteuse, où tout se reflète et se mêle – la mer, la glace, la ligne d'horizon et l'étendue du ciel.

Il n'y a plus de montagnes, plus de murs nulle part, tout est comme lui, en mouvement. Et si c'est Andrée que l'on suit ainsi quand l'aube lui appartient, peut-être que fond en lui le regret d'avoir entraîné les autres jusque-là, la culpabilité de les mener à leur perte, peut-être que dans cette dimension que prend sa poitrine, ouverte par l'ampleur du paysage, il se sent soudain fier, heureux d'une manière insoupçonnée – ce bonheur-là tient en un instant, n'est nourri par aucun espoir, aucun projet, grossi au contraire par leur absence.

Il y a d'autres moments. Sentir la chaleur de la peau rendue à l'air libre. Elle fume. Les chairs se crispent comme un caillou.

S'arrêter quand le corps est perclus de fatigue. Se répartir les tâches quotidiennes – Strindberg fait la cuisine, Frænkel monte la tente, Andrée observe, note des relevés occultes, inspecte les alentours – et puis se glisser à l'intérieur des parois de toile, autour du réchaud, la température monte vite, 25 degrés, respirer le même air, écouter le vent siffler, sombrer dans le sommeil.

Parfois, sur le canot et quand la mer est vive, glisser comme sur une rivière rapide mais devant soi, aucun canyon, aucune cascade, juste le corps sans fin, à l'horizontale. Savoir que la nuit ne tombera pas, ni aujourd'hui, ni demain, et que rien ne peut finir, tant que la nuit n'est pas là.

JOURNAL D'ANDRÉE

23-24 août 1897

L'échantillon n° 11 est une épave que F. a trouvée enfouie dans la neige. Elle était pourrie et j'en emportai un morceau.

L'échantillon n° 15 est l'algue à potage.

L'échantillon n° 16, l'œil d'une mouette des glaces. Nous étudions sa conformation et ses moyens de défense contre la clarté aveuglante de la neige.

Sur une grande plaque de glace a été recueilli l'échantillon n° 17.
Cette trouvaille m'a permis de constater que la glace est criblée de petits trous et peuplée d'une infinité de choses qui justifieraient un voyage polaire spécial.
Le naturaliste pourra se convaincre que l'intérieur de la glace recèle des éléments d'étude aussi intéressants que la surface de la terre ou l'intérieur de la mer.

L'échantillon n° 17 a été recueilli à l'aide d'un passe-thé. À travers ce filtre une petite quantité (argile ?) a pu s'échapper mais nous avons conservé tout le reste. Les feuilles ont séché dans un "herbier" sur ma poitrine.

Nous avons aperçu plusieurs fois un petit oiseau noir. Comme le guillemot gryll, il a des ailes tachetées de blanc et son ventre, également blanc, est pareil à celui du guillemot nain. Il émet une sorte de gazouillement. Il plonge mais nous ne l'avons pas vu voler.

Comment se nomme cet oiseau ? pigeon ?

manchot

INSTANTANÉS

En pente douce

À quoi ressemblent-ils maintenant ? Plus ils avancent vers l'hiver, plus les images se taisent, plus l'écart se creuse entre ce que l'on voit et ce que l'on sait.

À aucun moment ils ne laissent l'appareil approcher leurs visages fatigués, enregistrer les stigmates de leur vie quotidienne. Prennent-ils le temps d'ajuster leur tenue pour l'objectif ou bien marchent-ils toute la journée ainsi, *gentlemen-farmers* de l'Arctique ? En tout cas, ils veillent à garder intacte leur prestance, s'immortalisent de loin, en action, toujours sous le bon angle, s'acharnant quoi qu'il arrive à respecter les codes des photographies du XIXe siècle – les mêmes poses, la même rigueur, la même distance.

Peu avant leur départ, un étudiant du nom de Carl Stormer, connu pour avoir étudié la formation des aurores boréales, a pris d'étranges images. Grâce à une petite caméra de la firme C. P. Stirn, que son boîtier rond et plat permettait de dissimuler sous sa veste, la lentille émergeant à travers un trou minuscule, il tirait le portrait de ses contemporains à leur insu, un cordon permettant de déclencher la prise de vue.

Il marchait dans les rues d'Oslo, saluait les passants pour obtenir un regard, un sourire, un instant de surprise. Les inconnus saisis par Stormer et leurs compatriotes des photographies officielles ont les mêmes vêtements, la même prestance, et pourtant, nous n'avons jamais vu ces postures, ces visages.

Cet homme au chapeau melon qui tend le doigt vers nous, méfiant.

Cette jeune femme qui nous toise en souriant et cette autre, les joues gonflées d'un rire, qui se tord les mains de timidité.

Ce sourire flou deviné sous l'ombrelle.

La lourdeur du corps de cette femme en blanc, la pesanteur de sa journée, sa main qui pend.

La silhouette légère de celle qui traverse les rails du tramway à petits pas pressés.

L'ombre de cette enfant dont les joues luisent de larmes.

L'odeur de poudre de riz qui, c'est sûr, nimbe ce profil harmonieux, décidé.

Cette autre femme encore, saisie de si près qu'on ne voit que le bas de son visage et la robe sombre contre laquelle elle presse un petit chat inquiet.

Sa bouche entrouverte et son grain de beauté.

La texture de sa peau.

Un reste de lumière perdu dans ses cheveux.

Dans la position fortuite de tous ces inconnus, les courbes de leurs corps, pourraient se loger celles des trois explorateurs, leurs dos qui ploient quand la journée s'achève, les gerçures de leurs mains à l'approche de l'automne, et ce ne sont plus des archives à faire parler, c'est une ligne qui s'incline, accepte de se tromper.

Il aurait fallu cela, un photographe clandestin, paparazzi avant l'heure, petite souris glissée dans leurs pas pour enfin : les voir. Saisir l'éclat de leurs yeux pleins de fièvre, leurs dents qui se gâtent et se montrent quand même quand ils s'esclaffent, quand ils ont mal. La métamorphose de leur peau, l'évolution de leur barbe. Ce qui penche dans leur regard.

Nous n'en verrons rien, jamais. Jusqu'au bout, ils réussiront à construire ça : cette autre vision d'eux-mêmes, jamais tout à fait atteints, jamais tout à fait par terre, et à la dresser, droite et reluisante, entre eux et notre imaginaire.

JOURNAL D'ANDRÉE

25 août 1897

Nous avons rencontré le serpent de mer mais sous un nouvel aspect.
Il semblait pourtant avoir toujours sa rayure noire sur un fond gris uni et, quand il plongea, on aperçut sa queue bifide.

Voici un oiseau qui ressemble plutôt à un stercoraire.
Il est presque entièrement noir.
Le ventre est brun foncé.
Il vole comme un canard et s'abat de temps en temps pour happer une proie.
Je tuai un de ces jeunes guillemots nains mystérieux.

RÉPLIQUE

1896

Une seule chose détonne dans leurs vêtements élégants, brouille légèrement l'image : un grain de sable, un caillou dans leurs chaussures qui parfois les ramène brusquement en arrière, et le visage d'Andrée se ferme, et il perd de son allant.

Sur le moindre revers de veste, la moindre caisse, le moindre outil, on peut lire cette inscription : *Andrees pol. exp. 1896.* Ces écussons estampillant jusqu'à l'objet le plus insignifiant, qui n'ont pas été changés depuis leur première tentative, l'année précédente, ne cessent de leur rappeler qu'ils ont un an de retard, que leur départ héroïque est déjà périmé.

En 1896, quand ils se sont rendus pour la première fois sur l'île des Danois, ils ont déjà attendu, festoyé, ils ont déjà vécu le brouillon de leur aventure, un coup pour rien où ont germé les frustrations, les rancœurs, où l'espoir s'est enraciné. C'était l'original, l'expérience première, dont la suite ne serait qu'une réplique impuissante à en dévier le cours.

Frænkel n'était pas encore du voyage. En compagnie de Strindberg et de leur premier coéquipier,

Gustaf Ekholm, Andrée déjà guettait le moment favorable, attendait un vent qui, cette année-là, ne souffla jamais.

Ce départ avorté, il ne l'a jamais digéré. Pour ne rien arranger, il a dû essuyer les critiques et les contrariétés, celles de la météo pour commencer puisqu'il comptait sur le vent du sud et ne cessait de se heurter à celui du nord, glacial, incontrôlable, soufflant si fort sur le hangar qu'il fallait vider le ballon et en faire, déjà, une enveloppe flasque, tristement prémonitoire.

Puis il lui a fallu tenter de convaincre Ekholm, un homme mûr, expérimenté, qui avait été son supérieur hiérarchique et gardait sur lui un certain ascendant, Ekholm qui persistait à répéter que le ballon aurait des fuites, qu'il ne tiendrait pas l'air, qu'un aérostat, si perfectionné soit-il, n'était pas un objet d'un seul tenant, non, martelait-il, c'était un patchwork complexe de pièces cousues entre elles et ces lambeaux, dans des conditions extrêmes, révéleraient forcément des fissures, des trous infimes qui finiraient, malgré le vernis au caoutchouc et tous leurs efforts pour colmater les brèches, par laisser s'échapper l'hydrogène et le rendre vulnérable.

Andrée ravalait son inquiétude, sa colère et la rage qu'on devine pourtant dans son journal : *Aujourd'hui*, a-t-il un jour écrit, *nous avons aiguisé les ciseaux pour crever notre ballon.*

À l'envers des mots d'Ekholm, à leur insupportable revers, il pouvait lire dans ses pensées : le ballon était un bricolage précaire, comme leur expédition, comme son rêve tout entier. Ekholm, devenu un obstacle, a fini par annoncer qu'il ne serait pas de la prochaine expédition – Frænkel ferait un compagnon plus aveugle, plus tenace.

Pour couronner le tout, Andrée a dû assister au retour triomphal de l'équipage du *Fram* qui faisait escale au Svalbard avant de filer vers la Norvège, ignorant que Nansen, leur capitaine, était lui aussi en route vers le même port. Leur peau était tannée, leur fatigue immense, comme leur bonheur de retrouver enfin la terre ferme. Ils étaient allés si loin au nord. Ils étaient rentrés. Ils portaient sur le visage les stigmates des héros qu'Andrée, avec son teint pâle et ses joues fraîches, ne pouvait que leur envier, serrant mécaniquement leurs mains devant la sphère inutile de son ballon mal regonflé.

Le retour héroïque de Nansen a au moins eu la vertu d'éclipser leur échec. À l'abri de la gloire de leur rival, ils ont plié bagage, remballé bouteilles et réchaud, traîneau et tentes, champagne et foulards de soie, bien ficelés avec leurs regrets et toute leur énergie inutilisée.

Comme Donald Crowhurst dans sa traversée en solitaire, comme Franz Reichelt en haut de la tour Eiffel, comme Pilâtre de Rozier s'apprêtant à traverser la Manche dans le mauvais sens, ils étaient désormais liés par les investissements considérables que toute la Suède leur avait alloués comme à leurs corps impatients, empêchés, qui n'attendaient qu'une chose : la prochaine tentative.

Mais ce que Strindberg ne savait pas, ce que Frænkel et lui continuent d'ignorer, c'est qu'avant leur envol, il arrivait à Andrée de se lever la nuit. Comme un voleur, il se glissait jusqu'au hangar. Autour de lui pendaient les cordes, traînaient les caisses, ces silencieux vestiges de leur activité diurne. Une rafale de vent frappait sa joue froide, le cri d'un oiseau crevait le son mat du ressac.

Le ballon trônait là, ventre monstrueux lesté de dizaines de sacs de sable, soutenu par l'immense échafaudage du haut duquel on surplombait la mer, les montagnes. Andrée, sur la pointe des pieds, apposait sa paume encore lisse sur la peau rose, tendue, dans la lumière éclatante de la nuit invisible. Il en sentait la vibration – nerveuse, une claque contre sa paume – et d'un coup, il percevait les failles qu'Ekholm ne cessait de pointer, ces interstices minuscules que l'on devinait à l'infime souffle d'air qui par endroits chatouillait la pulpe du doigt. Le ballon, si majestueux mais si fragile, perdait son souffle contre sa main. Il le sentait s'affaiblir, tressaillir : petit à petit, se dégonfler.

Ekholm avait raison, Andrée le savait, qui voyait désormais son ballon comme une multitude de gouffres reliés entre eux par ce qui restait de soie : un trou mal enrobé de morceaux de tissu.

Ce n'était pas contre les ours qu'il fallait le garder, ni contre les becs acérés des oiseaux des tempêtes. C'était contre lui-même, chef impatient et inquiet qui, protégé par la nuit, profitant du sommeil de celui qu'on avait désigné pour monter la garde, remplissait en secret le ballon d'hydrogène pour compenser les fuites, pour que les autres le retrouvent au matin intact, fier et bombé comme sa poitrine, et une fois le ballon regonflé, l'illusion réparée, retournait veiller sur le sommeil confiant de ses compagnons.

JOURNAL D'ANDRÉE

29 août 1897

Cette nuit, j'ai pour la première fois songé à toutes les bonnes choses dont on jouit au pays natal.
S… et F… en parlent cependant, depuis longtemps.
La tente est maintenant toujours revêtue de givre à l'intérieur.

COURSE

Au cœur d'une nuit semblable

Nils rêve. Plus tard, il le racontera à Anna dans une lettre, comme une excuse, comme une prière, mais pour l'instant, il rêve. Le soir tombe, il fait doux, il est au chaud derrière les vitres de son appartement de Stockholm. Il passe en revue les détails de la nuit à venir. Il se détend, la journée a été longue, fatigante, son pied lui fait mal, il le frotte, longuement.

Il sombre, un peu plus profond. Le rêve endort la douleur, fait de ses courbatures la promesse d'un repos bien mérité, le désir fou d'un édredon. Mais quelque chose perce la membrane du songe, lui agace l'épiderme, d'un coup lui troue le ventre : un regret, un remords. Nils a oublié quelque chose, il n'arrive pas à mettre la main dessus, ça ne le torture pas encore mais quand même, ça le gêne. C'est dimanche, jour de repos, de tranquillité. Qu'a-t-il bien pu oublier qui lui revienne ainsi, de manière lancinante ?

Il tente de les chasser, ce regret, cette gêne, il regarde par la fenêtre et soudain, alors qu'il allait enfin se glisser dans ses draps, il se souvient : Anna. Ils avaient rendez-vous. Elle devait le rejoindre pour qu'ils passent le dimanche ensemble. Elle doit l'attendre depuis plusieurs heures.

Ce n'est pas grave, c'est un rêve, et contre un rêve, on peut se battre, alors Nils s'habille en hâte, sort de l'appartement, le froid le prend pour de bon, un froid étrange pour une fin d'été en Suède, il enfouit ses mains dans ses poches, quelque chose brûle ses joues et ses pieds douloureux, une panique plus grande que lui le submerge. Il va être en retard. Elle l'attend depuis des heures, peut-être est-elle déjà partie.

On a tous fait ces rêves où on court alors qu'il n'y a plus d'espoir, où on attrape des trains, des taxis, des bus, tout en sachant au fond de soi que c'est trop tard. Pourtant, on court. Pourtant, Nils court, descend vers la mer, se précipite vers Vasagatan, l'avenue de Stockholm où ils ont rendez-vous, bouscule les passants, slalome entre les arbres.

Pardon, dit-il en courant.

Pardon, pense-t-il en courant.

C'est ça qu'il veut faire : implorer son pardon.

C'est plus important encore que d'être à l'heure, que de saisir son poignet avant qu'elle ne s'en aille.

Pardon.

Il avait oublié le dimanche qu'ils devaient passer ensemble, à marcher côte à côte, à se parler dans l'été, il avait oublié son bras à glisser sous le sien, sa main qui s'accroche à sa manche, il avait oublié le souffle qu'elle a et comme il s'accélère quand leurs corps s'approchent l'un de l'autre.

Ce souffle. Dans son oreille.

Il court vers le quai, vers la mer, dévale la rue qui penche, une rue verticale, une montagne, il voudrait voler mais il tombe, et il sursaute dans son sommeil. Il ne ralentit pas pour autant, tant pis si ses jambes s'emmêlent et tant pis s'il tombe, c'est sans doute ça qu'on appelle l'énergie du désespoir.

À chaque tronçon de rue où elle n'est pas, Anna semble reculer devant sa main tendue, petite figurine sur un plateau d'échecs. Minuscule. Elle recule. Il tend la main. Elle est plus loin, encore plus loin, peut-être à ce croisement, devant ces façades ouvragées, penchée à ce balcon, au fond de cette boutique obscure, il entre, il sort, tourne la tête. Perdu.

Elle est là, quelque part, au fond de sa chaussure, un caillou, il se penche, il va perdre du temps, alors il se relève, continue à courir.

Cette douleur, dans son pied, dans ses os.

Mais où est-elle passée ? Par ici sans doute, vers cet endroit où la ville plonge.

Il s'arrête net.

Le bleu est là, devant.

Le souffle.

Les vagues.

L'absence, à sombrer vers le fond, à se dissoudre à l'intérieur.

La rue plonge dans la mer.

Plus de Vasagatan.

Il se réveille.

Bon, c'était idiot, écrira-t-il à Anna.

JOURNAL D'ANDRÉE

2 septembre

Ces dernières nuits, j'ai mis des chaussons de feutre, et cette nuit je vais, pour la première fois, coucher la tête couverte.

CRÉPUSCULE

12 septembre 1897

L'automne polaire est venu, celui qui ne dure pas. Après la lumière sans fin de l'été arctique, l'automne est une parenthèse. Les jours, les nuits retrouvent leur alternance et c'est étrange, si près de la fin, déjà aimantés par elle, de renouer avec cette partition du temps, si ancienne, si ordinaire, presque gommée pourtant par le jour dont ils peinent à sortir.

L'intensité lumineuse qu'ils ont traversée comme sa lente dissolution dans le noir pourraient faire croire qu'ils n'ont vécu qu'une seule journée immense, dont les mois qui viennent de passer auraient été la matinée puis le midi ensoleillé et dont l'automne qui vient serait le crépuscule.

Nous n'avons pas d'images du retour de la nuit. Tout au plus pouvons-nous fouiller la surface des photographies les plus sombres. Quand on ne regarde qu'elles, et puis quand elles s'enchaînent, on dirait que de leur rythme va naître un mouvement, s'animer une silhouette, comme dans ces petits livres dont le feuilletage rapide fait apparaître une scène. On peut alors sentir leur présence, qui n'est plus la trace de leur corps mais du peu qu'on en sait.

Ils sont là, près du réchaud, tous les trois rassemblés. Ils retrouvent l'ombre du soir et les souvenirs qui y sommeillent. Tous les souvenirs. Parions qu'on puisse avoir les mêmes. Qu'il en existe de communs, qu'on partagerait sans le savoir avec des Suédois d'un autre siècle. Parions que nous soyons tous faits des mêmes instants, à peine déclinés, baignés par une lumière légèrement différente, et sur leur langue à eux ce goût aigre-doux auquel nous ne sommes pas habitués.

La Suède, quelque part, nous aurait alors toujours été familière, comme tous les pays lointains à invoquer comme le spectre de très anciens souvenirs, du temps où nous ne reconnaissions rien, où nous ne savions rien nommer. Les premiers rivages, les premières plaines, les premiers corps touchés sans doute se ressemblent et pourraient nous revenir comme ils leur reviennent, à eux qui tendent leurs mains vers le réchaud quand la nuit reprend ses droits.

Ils se récitent des poèmes, parodiques de préférence, ce qui compte, c'est qu'ils maintiennent en éveil, suscitent des discussions, des rires. Ils roulent les mots dans leur bouche pâteuse, les tournent en plaisanteries.

Quand ils se dévisagent, de chaque côté de la flamme qui fait le visage rouge à moitié, une joue chaude, l'autre glacée, comme à la lueur d'un feu des cow-boys fatigués, quand ils voient leurs yeux luire, sans doute pouvons-nous toucher du doigt ce qui leur revient de la maison, de la chambre, d'une main sur leur front chaud de fièvre, des premières nuits passées dehors, sous les lampadaires éclairant leurs marches pressées, de leurs courses d'enfants vers le port de Stockholm ou l'immense lac illuminé de Gränna.

Le temps tourne sur lui-même, on dirait, il y a des mois comme des heures, des heures comme des années, vers la fin de la vie il arrive que le passé prenne toute la place, aussi net et tranchant que le présent s'effiloche, tient dans un verre à dents.

Après ces mois étirés à l'extrême, ces mois couchés sur leurs souvenirs, à leur faire oublier qu'il y avait eu une vie avant ce blanc, ce froid, leur triangle infernal, il se peut qu'ils aient l'impression que quelque chose les ramène à toute blinde en arrière, vers les images d'avant, celles qui pouvaient encore se détacher les unes des autres, qu'on pouvait isoler comme des cartes dans un jeu de tarot alors que le présent s'étale à l'infini.

Le jour polaire, l'activité permanente avaient eu le pouvoir de les éloigner d'eux, ces réminiscences, de leur ôter leur consistance. Sans doute leur faut-il, pour reprendre chair, une odeur, un toucher, une lumière. Dans le jour polaire, elles n'avaient rien à quoi s'accrocher, aucune arête saillante, aucune poche d'obscurité.

Maintenant que leurs corps se coulent de nouveau chacun dans son rythme, ils ne peuvent plus fournir les efforts surhumains jusque-là dépensés. Ils cessent de se vouloir héros en retrouvant leur mémoire d'hommes.

Dans la nuit du 12 au 13 septembre, celle où apparaissent les premières étoiles, ils se résignent à passer l'hiver sur la glace.

Allongés sous le ciel, ils reconnaissent les constellations : la casserole naïve de la Grande Ourse dont il faut suivre le bord extérieur pour trouver, au bout d'une ligne droite imaginaire, l'étoile polaire et, juste en dessous, le W de Cassiopée.

Ils retracent la forme du corps de Pégase et celle, disparue, du Triangle d'été.

En germe dans la Voie lactée, il y a, quelque part, la ville de Pyramiden qui attend encore de surgir et avec elle, les bouleversements du monde laissé derrière eux. Elle se prépare, cette ville, il se prépare, le monde, et ils l'ignorent, ne voyant plus dans le ciel que le réservoir de leurs souvenirs, leur immense et intime boîte de Pandore.

Quelques jours plus tôt, ils ont résolu un mystère : ce qu'ils prenaient depuis leur ballon pour des serpents de mer ne sont que des morses qui cachaient bien leur jeu. Ils ne croient plus au serpent de mer. Ils sont, pour de bon, redescendus sur terre. Quelque chose est perdu, et quelque chose est retrouvé.

Devant les feux, ils reconnaissent des teintes oubliées, ce gris basalte que prend la glace frangée de noir et le mauve tout en bas du ciel avant le crépuscule.

Sous la tente, ils font brûler une à une leurs dernières bougies. Ils n'ont pas pensé à en emporter davantage. Peut-être ne comptaient-ils pas tant que cela tenir jusqu'au retour de la nuit.

C'est une boucle singulière, qui plaque leur fin si proche contre le tout début de leur vie.

Le 4 septembre, Nils a été réveillé par les voix de ses compagnons. C'était son anniversaire, il avait vingt-cinq ans, et comme dernier cadeau, sortir du sommeil avec le jour qui se lève et là, tout près du sien, des visages, des souvenirs et des chants.

JOURNAL D'ANDRÉE

4 septembre

Anniversaire de Strindberg. Jour de fête. Je l'éveille en lui remettant des lettres de sa fiancée et de ses proches. C'est touchant de voir sa joie. À cause de la solennité de la journée, nous avons un menu extraordinaire.
Déjeuner : viande d'ours, pain, potage aux petits pois avec viande et graisse d'ours.
Dîner : rôti d'ours, tenu au chaud sous le gilet.
Souper : viande d'ours, pain, pâté de foie gras, gâteau de Stauffer et jus de fruits ; boisson : jus de fruit et eau. Toast pour Nils, chocolat lacté.

S… célébra sa fête en se jetant dans une fondrière avec son traîneau. On dut dresser la tente après une marche de trois heures et l'on eut beaucoup de peine à le sécher, lui, ses habits et tout son chargement.

Un voyage, comme celui que nous accomplissons, développe en nous le sens des grandes et des petites choses : la Grande Nature, les petites recettes culinaires et autres détails infimes.

ÎLE

Septembre 1897

Le soleil ne brille plus que quelques heures par jour, offrant parfois des phénomènes spectaculaires, comme celui aperçu par le lieutenant Greely, parti en expédition sur la terre de Grinnell une quinzaine d'années plus tôt, et qui avait vu apparaître jusqu'à six soleils, *presque aussi lumineux que le vrai*, qui le narguaient avant de disparaître tout à fait. La lumière lance ses derniers feux, ses dernières couleurs.

Les plus vives commencent souvent par une infime lueur, à peine différente du noir, à peine plus miroitante, qui s'étend et frissonne, une onde, comme si le vent soudain prenait une teinte et une matière, comme si on pouvait le voir traverser le ciel, lumineux, matériel. En tendant haut la main, on pourrait l'attraper.

Quand l'aurore boréale est faible, elle est rouge : elle flambe. Plus intense, elle devient verte, un vert électrique, extraterrestre puisque ce n'est pas le vent, c'est le soleil : des poussières de soleil projetées dans l'espace.

Plusieurs jours auparavant, une éruption a éjecté des particules éclatantes provenant du brasier de l'astre, poudroiement de lave incandescente lancé à plus de 400 kilomètres par seconde, scintillant comme jamais avant de venir embraser la haute atmosphère terrestre et de se répandre au-dessus de leurs têtes.

Juste avant de disparaître, le soleil crache, projette ces gerbes d'étincelles devenues nuées liquides d'un vert phosphorescent qui dansent dans les nuées, il n'y a pas d'autre mot, elles dansent, à une vitesse folle, trop rapides pour leurs yeux ou pour que leur cerveau imprime leur trajectoire, déjà elles sont ailleurs, spectres aériens, aveuglement.

Vent, vagues, cyclones, tornades, trous noirs : ça englobe tous les phénomènes connus, toutes les visions amassées, ça les dépasse, les électrise, leur ouvre grand les yeux.

Plus tard la glace est neuve et rouge. Andrée écrit : *Le paysage est en feu. La neige semble un brasier.*

Autour de ces éclats qui rythment leurs journées, ils laissent la nuit les envelopper. Ils vont s'arrêter là, au seuil de leur hiver. Pour la première fois, ils s'installent, ils s'arrêtent, sans se rendre compte encore de ce que cette halte a de définitif. Pour l'instant, ils ne songent qu'à sa douceur : ne plus marcher, ne plus courir, ne plus avoir à fuir.

Pour construire leur abri, ils choisissent une plaque de glace plus stable que les autres dont, régulièrement, ils mesurent l'épaisseur – 1,10 mètre dans ses parties les plus fines au 29 septembre.

Ils ne peuvent jamais tout à fait oublier qu'ils ne sont pas sur la terre ferme, que sous leurs corps s'agitent des courants, des flux, toute la puissance contenue de l'océan Arctique. Malgré tout, ils s'installent. Comme ils ont renoué avec les étoiles, ils réapprennent à se réveiller le matin au même endroit que la veille, à faire de ce décor leur nouveau territoire, dont la moindre perturbation est très vite remarquée.

Au début, c'est une forme vague. Peut-être est-ce Strindberg qui la voit en premier et peut-être la confond-il avec les illusions créées par les dernières manifestations de la lumière. Peut-être est-ce Frænkel qui, sorti de la tente pour se soulager, observant, distrait, les méandres jaunes de l'urine sur la neige, devine au loin sa silhouette. Peut-être est-ce Andrée.

Celui qui l'a aperçue a d'abord cligné des yeux puis s'est déplacé de quelques mètres, pour être sûr de ne pas se tromper. Il a rouvert les yeux : elle était toujours là. Alors, il a appelé les autres, et dans sa voix ils ont senti une excitation nouvelle. Ils se précipitent, regardent dans la direction qu'il pointe du doigt : "Là, je vous jure, il y a quelque chose."

Ils plissent les yeux et soudain la distinguent, cette forme qui ne se dissout pas tout à fait comme le reste dans la nuit. La forme d'une île. Une vraie, une immobile, zone grise émergeant de l'eau grise, du mercure qui a pris la mer depuis que la nuit s'étend.

L'île Blanche. Kvitøya.

Seul point fixe qu'il leur ait été donné de voir depuis des mois d'errance, dressée comme un miracle alors qu'ils n'en peuvent plus, alors qu'ils sont glacés, brisés, fourbus. Comme les marins qui mettent pied à terre ont l'impression que le sol tangue, ils jureraient d'abord que c'est elle qui se déplace. L'île, fermement ancrée, souligne leur tangage, leur instabilité.

Ils croyaient s'approcher de ce qui, sur les cartes, s'appelait la "terre de Gilles", mais il leur faut se rendre à l'évidence : la terre de Gilles n'existe pas, à moins que ce ne soit cette île polie, minérale, aux murailles translucides. La nuit, ce calot d'obsidienne.

Chaque matin, en se réveillant, ils craignent qu'elle ait disparu, mais elle est toujours là. Très vite, elle devient une compagne, un soutien. On ne mesure pas toujours l'importance des reliefs qui nous creusent dans le monde une place – les montagnes, les forêts, jusqu'aux immeubles qui découpent des morceaux de ciel suffisamment modestes pour ne pas qu'il nous écrase. On oublie à quel point ces repères nous arriment au sol, nous fabriquent des chemins. Quand on habite les villes, les montagnes, les forêts, rien ne nous prépare à vivre là où rien ne dépasse, rien pour arrêter le regard. Le point de fuite de l'île recrée un paysage comme ils les connaissaient.

Ils profitent des dernières heures de lumière pour la regarder, la décrire. Andrée la dessine dans son journal, sous forme d'une ellipse approximative. Strindberg la photographie. Pourtant, ils ne la considèrent pas comme un point de chute, un espoir. Elle est trop acérée, trop inhospitalière. Ils savent, déjà, qu'elle ne leur sera d'aucun secours. Mais sa simple présence les ancre dans l'espace.

Il y a une île : ils se trouvent quelque part.

En miroir de cette terre qui se profile, ils construisent leur abri. Il aura plusieurs pièces, une chambre à coucher, une salle commune, un office où entreposer la nourriture. Il ne reste plus que quelques blocs de neige à tasser pour terminer les murs. Strindberg et Frænkel y consacrent leurs dernières forces, les maçonnant un à un pour les souder à l'eau glacée.

Ils prennent leur temps, ils ne sont pas pressés. Devant eux, ils n'ont que la perspective de ces mois dans le noir à passer les uns face aux autres, dans un huis clos qui fait ressortir les tensions, les rancœurs. Ils n'ont que les abcès aux pieds, la raideur de leurs corps. L'essentiel de leurs journées était consacré à la marche : il leur faut désormais redevenir sédentaires, retrouver des gestes quotidiens, domestiques.

Leur réchaud à pétrole donne des signes de faiblesse. Il s'allume, s'éteint, sans cesse. Personne n'a pensé à prendre des pièces de rechange. Sans oser se le dire peut-être, ils craignent de n'avoir bientôt plus aucune flamme pour réchauffer leur nuit.

JOURNAL D'ANDRÉE

17-19 septembre 1897

Chose curieuse, les oiseaux des tempêtes semblent avoir disparu.

Peut-être pourrions-nous flotter assez vite pour descendre plus au sud et tirer notre nourriture de la mer ? Peut-être ne fera-t-il pas aussi froid en mer que sur terre ? Qui vivra verra !

Ce jour doit être mentionné : pour la première fois depuis le 11 juillet, nous avons aperçu la terre.

L'île offre au soleil une vue charmante. Le glacier du rivage et la coupole semblent faits d'un cristal transparent. Le glacier a un bord de glace d'un bleu vif, semé de taches brunes. Ce sont des ombres qui indiquent que le fond doit être tout à fait uni.
Il n'est pas question d'atterrir dans cette île qui semble un seul bloc de glace avec sa ceinture de glaciers.

BOMBANCE

18 septembre 1897

C'est le jour du jubilé royal et pour fêter ça, Nils réveille ses compagnons en soufflant de toutes ses forces dans un cor de chasse. Ils sortent de la tente, joyeux, mal réveillés. À défaut de planter leur drapeau aussi loin qu'ils l'auraient voulu, ils le hissent devant le ciel lisse et se contentent de regarder bouger dans le vent les couleurs de ses croix imbriquées, bleu profond et jaune vif pour la Suède, rouge sang de bœuf pour la Norvège, ces teintes vives auxquelles leurs yeux ne sont plus habitués.

En ce jour de jubilé, la salle de la chapelle royale de Stockholm bruisse de frôlements, de chuchotements, d'attente. Les costumes noirs des hommes forment un étrange jeu de miroirs, comme si la même personne, dans cette salle immense ornée de fresques et de colonnades, était à l'infini multipliée.

La lumière du soleil est aussi forte que sur la banquise mais plus dorée, un miel qui perce le vitrail et découpe l'espace en larges bandes de clarté. Sur le trône, Oscar II, descendant de Jean-Baptiste Bernadotte, soldat originaire de Pau, adopté en 1818 par le roi de Suède à défaut d'héritier, perpétue le règne de la dynastie française qui tient toujours, aujourd'hui, les rênes de la société suédoise. Ils se succèdent, les Bernadotte, et ce jour-là fêtent en bonne compagnie leur puissance sans cesse renouvelée, toujours incarnée par de nouveaux visages.

Le matin même, Andrée a tué un phoque à bout portant d'une nuée de petits plombs dans le dos et noté dans son journal la nature fragile de sa boîte crânienne, *guère plus épaisse qu'une coquille d'œuf*.

Une fois le phoque dépecé, découpé, ils ont goûté à la cervelle, aux poumons, au cœur, aux rognons et au foie, aux intestins, à l'estomac, sans oublier la graisse et le sang. Andrée l'a consigné comme à son habitude en observateur curieux, gourmet, comme il décrit le jour de liesse qu'est pour eux ce jubilé.

Ils chantent en chœur l'hymne national, à tue-tête, dans le grand silence. Leurs jambes ne les portent plus. La barbe leur mange le visage. Ils ont mis leurs vêtements les uns sur les autres, leurs chaussettes sont dépareillées, leurs chaussures, fourrées de foin, sans doute ne prennent-ils plus d'images, ne cherchent-ils plus à avoir de l'allure, sans doute ont-ils fini par ressembler à l'ours qu'était devenu Nansen, dans son pantalon cousu main au fond de son trou creusé dans l'hiver, leurs lèvres sont indolores à force d'être gercées mais ils sont là, à deviser comme de bons amis conviés à un dîner.

Une mouette des glaces mijote dans le vin, ça sent la viande, la sauce, ils humeut le filet de fumée qui s'échappe du réchaud et se perd dans l'air glacé. En amuse-bouche, ils prennent du fromage de Boström, du beurre et des biscuits, du pain de Schumacher, ils boivent du vin et du porto, portent un toast, chantent, encore, la voix de plus en plus traînante, poussent au milieu de la banquise des hourras en l'honneur du roi qui festoie dans la grande ville, sentent le flux raide de l'alcool dans leur sang, la crispation des muscles juste avant la détente et sans doute, ils sont ivres, c'est si rare, ils plaisantent et puis quelque chose lâche, *nous nous laissons aller à la joie de vivre*, écrit Andrée, joie brute qui se loge aussi dans la surprise qu'elle puisse encore advenir, même ici, sur l'écran blanc où ils projettent le pays natal, la fête fastueuse de ses classes dirigeantes, la gloire dont ils persistent à rêver.

Même s'il y a fort à parier qu'il ne restera rien de ce qui a été accompli et rien de ce moment, malgré tout, ils chantent, et terminent leur repas par un gâteau aux raisins de Stauffer nappé d'une sauce au jus de fruits et par du chocolat. Repus, pris par la douce rêverie de l'alcool, ils recréent autour d'eux quelque chose d'une maison dont les fenêtres ouvertes laisseraient entrer le froid.

Jusqu'au bout ou presque, leurs récits tranchent sur ceux des autres explorateurs qui rationnent, prévoient, économisent. Eux, ils s'octroient des festins, se régalent du cœur d'un ours et sabrent le champagne. Pour cela, ils ont traîné jusque-là leurs traîneaux surchargés parce qu'il faut bien se donner des prétextes, des excuses, des perspectives. Alors, il est bien temps d'en profiter. Il faut avoir parfois le ventre plein à s'en faire péter la ceinture. Il faut tout faire pour qu'il reste des dates, des contrastes, des repas.

Ils ont préparé pendant plusieurs jours un jambon d'ours qu'ils jugent délectable et se montrent experts en conseils culinaires : *Il faut recommander de mettre un peu de poil de renne dans la nourriture pour vous empêcher de manger trop ou trop vite*, écrit Andrée.

Ils parlent et parfois s'assoupissent sur la fin traînante de leur phrase. C'est un banquet lascif, effiloché et troué de silences, d'où ressortent les bruits d'une bouche qui mastique, un soupir.

À Stockholm et bien au-delà, en attendant les nouveaux héros à qui confier un nouveau drapeau, on a longtemps continué à inventer les vies fabuleuses que pouvaient vivre Andrée et ses compagnons, à les imaginer fuyards, Robinsons, aventuriers, découvrant une île habitable, des indigènes accueillants avec lesquels bâtir des igloos tout confort, se réchauffant aux feux et dévorant les rennes, à se demander s'ils ne seraient pas revenus à l'état sauvage ou s'ils n'auraient pas délaissé le Nord pour un Sud rêvé – trois lurons solitaires narguant le monde entier, se trempant les orteils dans une mer tiède, entourés de fruits mûrs et de vahinés.

Les vies qu'on leur a inventées se sont dissoutes dans le temps qui a passé, ont perdu de leur superbe, de leurs couleurs exotiques, désormais on se désole d'un malheur qu'on estime soudain tristement prévisible, on jure n'avoir jamais cru aux scénarios plus optimistes, on se repaît de l'idée partagée que cette folle entreprise a toujours été sans espoir. Personne ne sait encore qu'en 1926 Amundsen et Nobile survoleront les premiers le pôle Nord en ballon dirigeable, prouvant, trop tard, que le plan d'Andrée n'était pas si absurde. Il sera bien temps, alors, de louer l'audace des nouveaux explorateurs, leurs compétences techniques, leur raison et leur clairvoyance. Pour l'instant l'heure est au désastre, qu'on préfère toujours se féliciter d'avoir vu venir.

Quelqu'un d'autre, c'est sûr, reprendra le flambeau, d'autres hommes se bousculeront bientôt pour repousser les limites du territoire, Oscar II le sait bien, qu'on acclame dans la chapelle royale, il peut avoir l'esprit tranquille, ils ne manqueront pas, ceux qui donneront leur vie pour quelques mètres de plus à mettre au compte de leur nation, la fête peut battre son plein.

À Stockholm, le 18 septembre, personne ne peut imaginer que le drapeau de Strindberg, de Frænkel et d'Andrée flotte encore dans le soleil, et que ceux qui le traînent cherchent toujours à élargir les frontières d'un monde qui désespère déjà de les revoir vivants.

JOURNAL D'ANDRÉE

1er-2 octobre 1897

Journée magnifique.
Le soir est aussi divinement beau qu'il est possible de le souhaiter.
L'eau fourmille de petits animaux et un groupe de sept guillemots gryll, noir et blanc, s'y ébattent.
On aperçoit même quelques phoques.

La construction de la hutte progressait et nous espérions que le 2, l'extérieur serait terminé.
Mais il en alla tout autrement.

M

2 octobre 1897

Au cœur de cette nuit-là, ils dorment, tous trois blottis dans leur sac de couchage en peau de renne doublé de fourrure d'ours, abrités par l'igloo qu'ils viennent de terminer et qu'ils ont appelé *"home"*. Pour la première fois depuis des mois, ils ont autour d'eux des murs, au-dessus de leur tête, un toit. Penchée sur leurs corps fatigués, la silhouette fantôme, translucide, de leurs maisons laissées.

Au cœur de cette nuit-là, ils rêvent. Bien sûr, ils se gênent, ils ronflent, reniflent, toussent, bougent leurs pieds malades et leurs doigts gelés, mais malgré tout il y a des moments où ils sombrent, où plus rien n'existe, des plages de noir complet, rares et précieuses, prémonitoires, où ils pénètrent dans un lieu connu d'eux seuls, auquel le sommeil les prépare.

Soudain, un craquement les tire du sommeil. Un bruit mat, rampant, une fissure sonore. Ils ont à peine le temps de se redresser que l'eau trempe leurs vêtements, leurs chaussures. Précipités dehors par la violence du choc, ahuris, endormis, ils tentent de se tenir debout sur leur plaque de glace qui vient de se rompre, au seuil de leur "maison" coupée en deux.

Ils s'interrogent du regard. Strindberg, Frænkel attendent une injonction, un encouragement, un ordre. Mais Andrée se tait. Alors, pour la première fois, pris par le découragement ou juste par une fatigue impérieuse qui balaie la peur et les lendemains qui vont avec, ils ne tentent pas d'endiguer le désastre. Ils se regardent, c'est vrai, mais ce regard n'entraîne aucun cri, aucun geste, aucun reste de courage, à moins que ce soit précisément en cela que le courage consiste : retourner se coucher, se rendormir à même le sol, pour quelques heures émiettées, corps lourds attirés par la mer, si près de l'eau, si près du vide, dans leur abri brisé.

Ils se réveillent dans un cauchemar que rien n'arrête, sous leur toit de glace duquel pend un reste de mur. Ils font quelques pas d'hommes ivres. Devant eux, le noir criblé de taches blafardes et le froid comme une pierre qui leur cogne les membres. Ils tentent de rassembler leurs affaires qui flottent sur les glaçons disloqués, regardant, impuissants, dériver les restes des deux ours qu'ils venaient de chasser. Les fragments comme une carte, continent éclaté.

C'est là que leur revient l'île. Même acérée, même impossible, elle est toujours là, faite de pierre et de glace, peut-être, mais la pierre et la glace, c'est déjà quelque chose, quelque chose de tangible. Un sol pour allonger leur corps et espérer qu'on les retrouve un jour. Une terre, aussi hostile soit-elle.

Ils vont tenter de l'atteindre, il n'y a que cela à faire et c'est une certitude, déjà, un épuisement. L'île est une clôture, fichée droit devant.

Ils tirent de nouveau canot et traîneaux sur la banquise, ils se dirigent vers le rivage. Mais quel rivage quand tout s'inverse, quand on marche sur la mer ?

Au loin, de hautes roches lisses et le sol, comme le ciel, une purée de pois noire. L'air semble aussi dense que l'eau qui affleure entre les plaques de glace, en longues nappes bleu pétrole opaques et insondables. Mieux vaut ne pas se demander ce qui agite l'échine luisante de ces profondeurs-là, quels calamars géants, quels poissons des abysses, rien ne peut survivre, vaudrait-il mieux se dire, dans cette eau aussi froide qu'elle est épaisse et sombre.

Ils avancent, comme dans un rêve lourd, lent, et finissent par distinguer quelque chose qui ressemble, sinon à une plage, du moins à un amas de pierres moins abrupt que les autres. Ils abordent par la pointe sud, trébuchent, se traînent, récupèrent leurs affaires.

Ils se laissent tomber, enfin, sur la terre ferme.

Le soulagement est de courte durée. Il faut avancer, s'éloigner des vagues qui roulent les pierres, frappent les mollets. La lumière a changé, pas seulement parce que la nuit polaire grignote ce qui reste de jour mais parce qu'elle ne se reflète plus sur les mêmes surfaces. Le blanc de la banquise, encore, l'adoucissait, lui donnait ce scintillement qui fait de la moindre lueur un halo irréel. Sur l'île, elle se heurte au gris mat des pierres que la neige a épargnées et ces teintes rabattues l'absorbent, enferment son rayonnement – à peine les hauteurs sont-elles encore nimbées d'une phosphorescence sourde.

L'odeur de la mer est plus forte ici que sur la glace, il y a davantage d'algues, de vie entre les rocs et les moraines, dans les langues d'eau qui lèchent la grève.

Mettre pied à terre, c'est retrouver un peu de celle qui les a vus partir, le rivage de l'île des Danois et, plus loin encore, celui de Göteborg, le vent sur le visage quand le bateau s'est éloigné. Mais cette terre-là est minuscule, cernée par l'océan glacé. Une réplique inhabitable de celle qu'ils ont quittée.

Ils ne marchent plus, ils rampent, se fraient un chemin sur la grève, gagnent peu à peu les hauteurs. Les roches blessent leurs mains. À tâtons, ils cherchent des remparts qui protègent de la neige et du vent. Ils veulent être au sec, dans ce qui se rapproche le plus d'un lieu sûr. Sur le terrain le plus plat, le plus abrité qu'ils parviennent à trouver, ils plantent leur tente à l'aveugle, la stabilisent avec du bois flotté et des os de baleine.

Entre le 3 et le 4 octobre, Nils note : *Situation excitante.*

Puis : *Bourrasque de neige, voyage de reconnaissance.*

Et enfin : *Déménagement.*

Ils ont encore des réserves de viande, pêchent à l'épuisette des zoophytes et des algues. Ils ont suffisamment de matériel et de vivres pour survivre à un hivernage, mais ils semblent avoir perdu trop de terrain et d'espoir. Une fois qu'ils ont atteint l'île, ils s'arrêtent. Pour de bon. Leur arrivée sur la terre ferme correspond quasiment à la fin de leurs traces. Comme si le caractère instable des lieux jusque-là parcourus avait entretenu une forme de mise en mouvement, comme si seule la stabilité tant cherchée pouvait avoir raison d'eux.

Dans les fragments du journal d'Andrée, on apprend qu'ils ont donné un nom au dernier endroit où ils se sont tenus, à ce recoin de l'île où ils ont cherché refuge. Il n'en reste qu'une lettre : "M".

Ils ont donc passé, dans ce lieu qui ressemble tant à ce qu'on serait tenté d'appeler nulle part, du temps à réfléchir, à débattre peut-être, pour convenir d'un nom qu'on ne connaîtra jamais. Peut-être une forme d'hommage à un lieu traversé, un qualificatif pour la terre qu'ils viennent d'aborder, une gigantesque plaisanterie, pourquoi pas, la dernière, qu'eux seuls ont pu comprendre.

Il y a certainement, dans ce geste de nommer, un reste de ce qui fait d'eux des explorateurs, s'acharnant à posséder un lieu qui les possède déjà tout entiers. Mais il y a sans doute, aussi, la simple force d'attraction d'une terre, d'un temps perdu où se tenir quelque part n'était pas une question.

Le vent frappe la toile qui les protège encore, la rabat contre leur corps. Est-ce qu'ils s'endorment, est-ce qu'on peut s'endormir ?

Ils sont dans un ventre noir, sonore, blottis dans la fourrure mêlée des ours et des rennes, sous la tente qu'arriment au sol les os des baleines, et au-dessus d'eux, hors de portée de leur regard, le dôme de l'île Blanche, plus clair et mat que le ciel, plus translucide que la neige, irradiant de tout l'été absorbé par la glace, immense veilleuse dernière éclairant la nuit bleue.

JOURNAL D'ANDRÉE

2 octobre 1897

Nous n'avons pas perdu courage.
Avec de bons camarades, on doit pouvoir se sauver quelles que soient les circonstances.

NUIT

Vers l'hiver

Le 8 octobre, ils cessent d'écrire. Les pages de leurs journaux d'expédition sont laissées blanches. Après les derniers lambeaux de phrases encore lisibles, c'est le silence. Il n'y a plus de mots pour ce qui va suivre. Aucun récit ne témoigne de la façon dont ils ont rejoint l'île. Il a fallu l'inventer.

Sans doute Nils se trouve-t-il à ce moment-là à l'écart des autres. Peut-être vient-il de se lever, encore englué de sommeil, pour accomplir la plus simple des tâches, la plus quotidienne, tenter d'allumer le réchaud, protéger la flamme du vent, mettre ses mains en coupe autour de la chaleur et là, dans la fente qui palpite entre les deux pans de la tente, peut-être perçoit-il un mouvement, une présence. Il se lève. Il a oublié la prudence. Ils ont occulté, sans doute, qu'eux aussi sont des proies, de plus en plus vulnérables à mesure qu'ils s'affaiblissent, faciles à repérer maintenant qu'ils se sont sédentarisés. Leur foyer, leur tente, la flamme qu'ils entretiennent, tout cela attire les bêtes, la faim, les convoitises. Sans doute Nils n'a-t-il pas son fusil sur lui, il l'a laissé dans le bateau, à quelques mètres, oui, il a oublié la prudence. Et soudain la bête est là, immense.

Ou bien il est ailleurs. Quelque part sur le rivage, à marcher pour ne pas devenir fou, à faire les cent pas sur la grève. La lumière, même en plein midi, n'est plus la même. Chaque anfractuosité de la roche crée des ombres plus longues qui brouillent la vue et la distance, sans compter la brûlure de ses yeux et la fatigue immense. Il pourrait presque marcher les yeux fermés tant s'est réduit ce qui reste net, tangible. L'ours, alors, tapi dans l'une de ces ombres qui ne cessent de s'étirer, semblable de loin à un rocher, à un trou dans le sol, se déplierait à une vitesse folle, serait déjà sur lui, à moins que ce qui l'attaque ait une tout autre forme, surgi du vent, de l'air, de l'intérieur de l'île ou du fond de son ventre, quelque chose de plus lent, de plus sournois que la bête blanche, se frayant un chemin sans qu'il y ait pris garde alors qu'il mordait dans de la viande crue, souillée, avariée, une bactérie colonisant une à une la moindre de ses cellules ou alors un grand vide qui s'étend peu à peu et le dévore, un creux, une carence, un manque qui brûle ses dernières forces, un vide violent comme un poison ou bien un trop-plein de bile noire, cette forme médicale de la mélancolie.

Quelque chose l'a laissé là, couché sur la banquise. Et au fond de lui, tout au fond, autre chose vacille, s'interrompt, puis reprend, un battement, une pulsation, et si ses yeux sont grands ouverts, peut-être y distingue-t-on, si on se penche tout contre son visage, cette oscillation minuscule, cette pulsation dans sa pupille qui se dilate, accueillant des images invisibles, enfin soulagées du paysage avant d'être à leur tour avalées par la nuit, des images secrètes, monstrueuses et profondes, que les mots ne peuvent circonscrire, des images qu'aucun appareil ne peut produire puisqu'elles enveloppent et creusent dans le même écrasement, forent l'intérieur du corps qui s'y fond tout entier, les battements ralentissent, de moins en moins sonores, et les images se taisent, s'amenuisent, s'enfoncent, et ce qu'il porte en lui, ce qui reste vivant, s'y fraie un chemin de plus en plus étroit, une fente qui se referme, un trait qui disparaît, et ses pupilles se figent, ne laissant qu'un très fin cercle bleu en souligner le noir.

C'est fini.

Sa montre s'est arrêtée à 12 h 10, on ne sait pas quel jour. Sans doute, Andrée et Frænkel se penchent, s'agenouillent près de lui. Leur jeune compagnon. Ils peuvent à peine y croire, osent à peine le toucher. C'est fini. Pour de bon.

Peut-être sont-ils atteints par la même menace, peut-être l'un d'entre eux est-il blessé ou malade mais ils sont encore là, à cet instant précis, même s'ils semblent amputés d'une bonne partie d'eux-mêmes. Avec Nils disparaît l'attachement qui les amarrait à la terre et sans doute prononcent-ils ensemble une prière quand ils lui ôtent sa veste, quand ils y trouvent le médaillon contenant la photo d'Anna. Andrée l'enfouit dans sa poche, avec un pendentif figurant un sanglier, la clé d'un cadenas, un chronomètre, un crayon, quelques pièces.

Nils est mort le premier alors que, des trois, il était celui dont l'avenir semblait le plus chargé de promesses, comme si ce poids des possibles, capable d'amarrer solidement à la vie, l'était aussi de plaquer à terre une fois tout espoir perdu. Les choses dont on est privé parfois pèsent bien trop lourd, les choses et les détails, la maison, le bosquet, le sourire, et le jeune homme s'écroule avant les autres, et ce qui le tenait le tue.

Ils traînent son corps sur plusieurs mètres, soulèvent des pierres dont ils recouvrent sa poitrine, ses jambes, son ventre, et d'abord son visage pour ne plus soutenir ce qui lui reste de regard, cette noirceur dure, fixe, qui lui ressemble si peu.

Ils tentent de reprendre leur souffle, le corps encore tendu par l'effroi, par l'effort. Tout est allé si vite. Il a fallu enchaîner les gestes, sans réfléchir encore, sans réaliser. L'un peut-être soutient l'autre, je ne sais pas lequel, Frænkel réconfortant Andrée qui se laisse enfin submerger par tout ce qu'il retenait, chagrin, colère contre son propre aveuglement, Frænkel qui fond en insultes rageuses, ou alors rien que le silence, tous deux les lèvres serrées.

En tout cas ils se ressaisissent, suffisamment pour prendre le soin d'enrouler la veste de Nils et de la maintenir avec une corde, parce qu'elle peut encore leur servir ou pour que quelqu'un, un jour, en déduise quelque chose de la fin de cette vie qu'ils ne songent plus à écrire.

Nils est le seul à avoir eu droit à un tas de pierres sur son corps, à une manière de sépulture : une sorte de tertre, un mausolée. Il a eu un endroit, quand même, où reposer. En l'enterrant ainsi, ils nous adressent aussi un message : quand il est mort, ils étaient toujours là.

Andrée et Frænkel restent seuls et on peut imaginer que c'est là que quelque chose en eux finit par se briser. Jusqu'à ce jour, malgré les diarrhées et les engelures, la peau de leur visage attaquée par le froid et le soleil – cette peau qui n'était plus une peau, une blessure jamais cicatrisée –, minés par la monotonie des jours et l'infini du paysage, ils étaient toujours là, tous les trois, donc tout était encore possible. Ils pouvaient se réveiller le matin avec, au bout du tunnel encombré du sommeil, l'humble perspective d'une nouvelle journée.

La mort de Strindberg fait voler tout cela en éclats. Les jours cessent de s'enchaîner, le ruban est cassé. Au réveil, désormais, il y a cela qui se dresse – dans l'angle mort de leur champ de vision, ce mausolée de fortune dont sortent les pieds de leur jeune compagnon.

On peut penser qu'Andrée et Frænkel cessent alors de lutter, ou qu'ils n'y emploient plus la même énergie, la même confiance, et que cela suffit. Il leur a fallu, pour continuer, une coordination rare de tous les rouages des membres et de l'esprit, étonnamment aptes, ils l'ont prouvé, à s'accorder. Il a fallu que tout s'imbrique, que les muscles se mettent en marche ensemble, chacun entraînant les autres, et les nerfs, et les humeurs retenues du corps. Juguler les pensées ou les laisser couler quand il fallait avec, peut-être, des larmes dont leurs journaux n'ont gardé aucune trace. Mais on devine que le moindre doute pouvait suffire à révéler ce qu'ils étaient déjà, des carcasses à peine animées par la merveilleuse machinerie de leurs espoirs.

Pour l'instant, ils sont là, tous les deux. De plus en plus, ils se ressemblent : deux vieillards jumeaux, mêmement épuisés. À mesure que la fin approche, leurs visages prennent une même teinte brique, une même texture de roche, assourdie par la nuit qui, peu à peu, noie le ciel et la glace, à peine zébrés de minces trouées de lumière. Ils n'auront pas le temps de connaître la complète nuit polaire, ils s'arrêteront sur son seuil. Leur fin précédera de peu celle du jour.

Dans le film *Gerry* de Gus Van Sant, deux amis jeunes, beaux, robustes, vont marcher dans le désert américain. Ils portent le même prénom, Gerry. Ça commence comme une balade, et puis ils ne savent plus par où ils sont passés, vers où il faut aller. Ils ne le disent jamais : ils sont perdus.

Les jours, les nuits s'enchaînent, on ne sait pas leur nombre. Les visages de Gerry et Gerry changent, imperceptiblement. Leur peau rougit, leur voix s'enroue, leurs lèvres se craquellent. Ils parlent de moins en moins. À la fin, le désert de sel semble de glace et une frontière s'abolit, dans le temps comme dans l'espace : les étendues brûlantes se mettent à ressembler aux banquises de l'Arctique et ces teenagers américains, à de très vieux explorateurs.

Du blanc à terre, du bleu trop pâle, violent, au-dessus de leurs têtes.

Ils se couchent.

L'un, qui se sent partir, touche le bras de l'autre qui, par charité ou par désespoir, l'achève. Il n'y a plus qu'un seul Gerry. Celui qui est mort, poignet replié comme une serre sur sa poitrine, a déjà l'aspect fossile des squelettes de Kvitøya.

Soudain, le Gerry resté seul entend un bruit. Il se lève. Il est faible, il marche comme un vieillard, avec ses vingt ans. Et puis, il rassemble ses dernières forces, parce que sur le trait flou de l'horizon flottent de petits points noirs. Il marche plus vite, il court presque, vers la route où filent des voitures.

Le dernier plan le montre à l'arrière d'un véhicule. Son visage est abîmé mais il est vivant. La voiture roule, tout est normal. Le désert, à travers la vitre, est rendu aux dimensions auxquelles les routes, les voies aériennes, les rails, les différentes formes de quadrillage de l'espace ramènent tous les paysages. Il est redevenu inoffensif. Les quelques jours qu'ils viennent d'y vivre sont déjà inimaginables. Gerry a fait l'erreur de sortir de sa vie, de nos vies familières avec leurs règles, leurs cartes, leurs frontières. Il s'est livré à un monde sauvage le temps d'un clignement de paupières. Et la moitié de lui en est morte.

Au temps lointain où ils vivent, où bientôt ils mourront, il reste encore des zones blanches. Il ne suffit pas de retrouver son chemin pour que la civilisation soit là, intacte, au détour d'une montagne, dans le flux tendu des voitures.

Ces chemins qui mènent aujourd'hui d'un bout à l'autre de la terre, Andrée, Strindberg et Frænkel font partie de ceux qui les ont ébauchés, ont amorcé un trait, une route, une cartographie que d'autres reprendront après eux, puisqu'il faut être nombreux pour dessiner le monde et, peu à peu, le posséder. Ils ont participé à cette grande entreprise d'apprivoisement du paysage sans savoir qu'une fois menée à son terme, elle compromettrait ce qu'ils avaient cherché avec tant de ferveur – la possibilité de l'aventure.

Mais ils ne sont pas assez nombreux, ces chemins, pas assez denses encore pour être leur salut, alors ils restent là, tout au bout de la route, avalés par les marges d'un désir inachevé.

Est-ce qu'ils se parlent ? Est-ce qu'Andrée tente de rassurer son compagnon, de lui dire la mer libre sur laquelle se lancer au printemps, dans leur canot qui disparaît sous la neige comme jadis la toile de leur ballon ?

Est-ce qu'il lui rappelle l'histoire de Nansen, de Johansen, survivant tout l'hiver dans leur trou, faisant de la couture à la lumière des lampes, de tous ces hommes avant eux et des miracles qui les ont extirpés de la glace où ils s'étaient eux-mêmes plongés avec tant d'ardeur et d'enthousiasme, ou bien de ce qu'il pourra retrouver au pays, ces visages dont on ne saura rien, que Frænkel emportera avec lui mais dont, peut-être, il leur reste le partage ?

Est-ce que lui vient aux lèvres quelque chose comme les chansons douces, désarticulées de fatigue et de nuit, qu'on chante aux tout petits enfants, mêlées au souffle court de l'autre avant qu'il cède, est-ce qu'il lui ferme les paupières, pose une main sur son front, ou est-ce qu'il feint de ne pas voir, de ne pas entendre, pour faire durer encore un peu leur dernier compagnonnage ?

Assis sur le bord d'un rocher, son fusil à portée de main, des munitions dans sa poche, assis bien droit comme dans ce train qui les menait vers le nord, Andrée devra s'avouer que tout est bien fini.

Peut-être s'est-il saisi du médaillon en forme de cœur contenant le portrait et la mèche de cheveux d'Anna dans l'espoir de le ramener à la famille de Nils ou pour des raisons moins nobles, des motifs plus étranges : là, sur son bout de rocher, au fond de sa nuit noire, il ouvrirait la charnière délicate de ses doigts gourds et il regarderait cette photographie d'une presque inconnue, pour qui il n'a jamais été rien d'autre qu'une menace planant sur son amour, une femme qui, en ce début du mois d'octobre, apprend elle aussi à perdre jusqu'au dernier de ses espoirs. Il regarderait ce visage qu'il n'a jamais touché, juste parce qu'il a besoin, sentant la mort venir, de tenir dans sa main l'ovale d'un visage, l'odeur perdue d'une chevelure. Et puis il refermerait le médaillon, soigneusement, comme il a empaqueté son journal dans un pull-over bourré avec du foin, le tout emballé dans un fragment de la toile du ballon. La boucle se boucle, les lambeaux de cet engin volant qui les a menés là, cette sphère gonflée à bloc au beau milieu du ciel, protègent l'unique chose qui reste : leur histoire.

En hiver, au Svalbard, la lune ne se couche jamais. Elle est là, quelque part, seule forme vaguement familière reflétée par la mer, par la glace. Plus aucun souffle ne résonne sur le campement à part celui des ours qui viendront bientôt prendre ce qu'il y a à prendre.

Peut-être qu'Andrée avale d'un coup tout ce qui reste de morphine.

Peut-être se contente-t-il d'attendre, de regarder.

Peut-être que la banquise a brûlé sa rétine avant de brûler sa peau, que cela fait des semaines qu'il est aveugle. Peut-être qu'elle a fermé ces yeux si avides de la voir, qu'elle a eu raison de lui.

Est-ce qu'il s'avoue enfin, même à demi-mot, l'échec de son entreprise ? À moins qu'il continue, jusqu'au bout, à admirer l'île Blanche, dans le silence troublé par les cris des mouettes et des bernaches, heureux jusqu'au bout d'être arrivé là où si peu d'hommes avaient marché.

JOURNAL D'ANDRÉE

Fragments des dernières pages
Octobre 1897

.... *897*
.... *avec dépeçage*
.... *commencement d'un*
.... *la hutte était suspendue*
.... *jour se passa*

.... *car terre basse : question*
.... *y arriver avec tout*

.... *seulement*...... *nous sur*
.... *l'île*

le long du glacier..................
venant du glacier..................
pas notre dur................
tard dans la nuit................
le travail énergique de la journée.........
au milieu de la nuit et..................
car en dehors dans..................
l'aurore boréale ni.....................
chauffait : le fourneau..................

.... *vent violent*.........
.... *ne pouvions pas beaucoup*

.... entrepris pourtant un bref
.... ensuite nous
.... Suédois
.... que c'étaient les...
.... glacial

.... de la mer sortis
.... Tout le sol
.... gravier de moraine

.... dans l'obscurité
.... sur la neige
hutte...... quand...... transport des biens

avec.....................................
et réciproque.................. jalousie
maintenant donnent l'impression......... d'une
[blancheur d'innocence
pigeons....................................
mais de............................. a
oiseaux nécrophages :

.... temps dur et nous craignions
.... nous tenir dans la tente toute la journée
.... de sorte que nous puissions
.... près de la hutte
.... de lâcher...... comme
.... sur la mer
.... craquement, grincement
.... et épaves
.... nous donner un peu de mouvement
.... est [pos]sible.

III

CE QUI RESTE

CONSTELLATIONS

De la terre jusqu'au ciel

La nuit mange le métal.

La nuit et tout ce qui la peuple : air, lumière des astres, humidité des vents, particules invisibles, peur, attente, espoir.

Alcool.

De quoi est faite la nuit ? C'est ce qu'il veut savoir. Depuis plusieurs jours, il laisse des plaques sensibles reposer sous les étoiles. Peu à peu, elles s'oxydent, bouffées par l'humidité, la rouille – le ciel, peut-être. Elles finissent par ressembler à ses nuits blanches, à ses désirs, à ses cauchemars.

Est-ce qu'on peut encore appeler ça une image ?

On est en 1894, trois ans avant le départ de l'expédition. C'est un autre Strindberg qui se penche sur les plaques exposées à la nuit, suit du doigt leurs méandres et dénombre leurs traces. C'est le cousin du père de Nils, un dramaturge célèbre, un poète, un artiste : August Strindberg, aux yeux transparents, fous, à la moustache de faune.

Dans les taches, il devine la forme des constellations, l'immensité du cosmos, le crépitement des lumières. August est satisfait. Il nomme ses plaques

Célestographies et leur donne, du même coup, le statut d'œuvres d'art.

Il veut dépasser le pouvoir de l'œil, figer directement la nature sur le papier. Il veut saisir les nuages, les spectres, les cristaux de glace qui maculent la vitre de son appartement de Stockholm, leurs fines nervures semblables à celles d'une feuille ou au tracé des fleuves sur une carte.

Les motifs se répètent, il en a toujours été sûr, dans l'infiniment grand comme dans l'infiniment petit, ce fragment neigeux qui fond dans sa main soudain semblable à l'archipel qui s'étale sous ses yeux quand il s'attarde, le soir, sur la terrasse du cabaret Mosebacke de Stockholm avec, sous son corps chargé d'alcool, le dessin miraculeux de la ville devenu essaim de lumières.

On retrouve sur le cratère d'une planète les motifs qui ornent le ventre d'un insecte et cela l'a toujours fasciné, August, cette répétition mystérieuse des signes dans laquelle il voit aussi le présage de sa propre chute. Certains le traitent de fou, de savant fou, pour être exact. D'autres disent, bah, c'est un artiste.

Sur une feuille de papier qu'il décolle avec soin de sa vitre, la glace a formé comme des vagues, oui, on dirait la mer que peint, en ces mêmes années, à quelques kilomètres au nord, Edvard Munch, cette mer faussement calme aux vagues lourdes de fiel, on la devine dans la matière fabriquée par la glace elle-même – c'est bien que les signes existent et qu'il y a, toujours, quelque chose de commun entre ce qu'on regarde et ce qui nous obsède.

La nature, dans les mains d'August, est apparue. Il ne s'est pas contenté de la reproduire, il l'a engendrée, seule faculté qu'il reconnaît aux femmes et qui, jusque-là, lui avait toujours manqué. Pour fêter ça, il vide une bouteille d'aquavit.

Ces étendues lointaines, cette neige, ce ciel, ces arbres immenses, alors cette nuit, ces éclats, ces aurores boréales lui deviennent matériaux, ingrédients, et dans l'acte artistique comme dans l'exploration se trace cette même flèche à l'unique direction : que tout vienne des mains des hommes, qu'ils en soient les créateurs et les propriétaires – jusqu'à ce que le mouvement initié les dépasse.

La plupart des plaques exposées au ciel par August Strindberg ont continué à s'oxyder jusqu'à ce que le cosmos n'y soit plus qu'un souvenir, un espoir déçu. Sans le savoir, il a obtenu un résultat étonnamment semblable aux images que Nils laissera derrière lui, ces images qui voulaient montrer les confins de la terre et qui, à son insu, ont fini par former une étrange Voie lactée – une constellation qui ne vient pas du ciel, qui ne dit pas la nuit, une écriture en braille qui obstinément échappe à la pulpe des doigts.

Ce qu'on voit n'est pas si facile à saisir mais ce qu'on ne voudrait pas voir risque bien d'envahir la surface de la photographie. Peu à peu, l'invisible reprend ses droits.

Sur le campement de l'île Blanche, quelque chose est à l'œuvre, à l'intérieur d'eux-mêmes comme au cœur des images. À mesure que le temps fait de leur corps un amas sec et froid, elles aussi se transformer. Dans les rouleaux de cuivre et dans le ventre de l'appareil, elles entament leur seconde vie – voilées par les eaux souterraines, oxydées, effacées, ne copiant plus mais formant empreinte, marquées à leur tour par le froid, le temps, le paysage.

Sans doute, ils se sont inquiétés des conditions de leur conservation, Nils, surtout, qui tenait à adresser, en plus de ce que tous trois destinaient au monde entier, un message à Anna. Il les a protégées avec autant de soin qu'August Strindberg livrait les siennes au ciel, au dehors, à la nuit. Il a tenté jusqu'au bout de les préserver, avant d'accepter qu'elles soient comme eux mordues, trempées, prises dans la glace qui impose ses zones grises, ses griffures et ses traces.

À rebours des récits héroïques, quelque chose tombe et s'enracine, quelque chose mute, dans la lenteur. Bientôt, plus rien ne sera lisible sur certaines de leurs photographies. Miroirs émoussés où ils se seront brièvement reflétés, elles ne raconteront rien mais elles capteront tout, le moindre dépôt de sable, la moindre baisse de température, ce qui échappe à l'optique pourtant précise de l'appareil : l'ombre des nuits, les vides massés entre les clichés, le silence de la mer gelée, ce qui active le nerf optique, les nerfs tout court – la matière meuble des histoires.

Ces images-là sont un message qu'ils ne cesseront jamais de nous adresser puisque, si nous n'avons rien pour le lire, nous n'avons rien non plus pour le circonscrire, et rien pour l'arrêter. Il persiste à nous parvenir, comme à nous échapper, un liquide qui se renverse, une tache d'encre qui se répand, face obscure des images nettes, des vêtements vides, des relevés des vents et des étoiles.

Alors qu'ils voulaient faire de chacune un instant de bravoure, petit trait oblitérant leurs jours et leur donnant du sens, elles se déformeront, plastiques, mouvantes, insaisissables comme ce lieu qui les a aimantés et perdus.

On ne saura plus si les formes qu'on y devine sont la trace d'une lumière d'août ou d'une main sur l'objectif, si cette zone plus claire est ce qui reste d'un visage ou la forme de la pierre contre laquelle il reposait.

Effacés, leurs efforts, leurs prises de chasse, leurs fiertés. Il ne restera plus que la matière même de leur aventure, l'empreinte de ce qui est passé sur elles en même temps que sur eux, dans la même nuit qui vient.

Ils n'y pourront rien : un jour, elles se mettront à dire ce qu'ils n'auraient osé dire, à faire d'eux, ainsi noyés dans la brume argentique, les spectres qu'ils craignaient de devenir. Elles porteront le récit de l'aventure puis de la perte, celui d'un lieu encore capable d'avaler les hommes acharnés à l'atteindre, le plus secret des pôles, le dernier paysage – tombeau et chambre noire.

MAUSOLÉE

1947

D'elle, nous ne connaissons qu'une tête sculptée par son père, Tore, quand elle était enfant, frange et coupe au carré, petit visage rond, lèvre inférieure mordue, grands yeux vides. Quand Ulla Strindberg, la nièce de Nils, pénètre au domicile d'Anna à Torquay, elle a trente-quatre ans. Anna en a soixante-seize. Elles ne se sont pas vues depuis des années.

Sans doute Ulla ôte-t-elle son chapeau, Anna la prend-elle dans ses bras – après tout, la famille de Nils, qu'elle fréquente encore cinquante ans après sa disparition, doit bien être devenue un peu la sienne, alors elle serre la jeune femme contre sa poitrine, son corsage de dentelle.

Ulla fait quelques pas. Partout, sur les murs, des photographies soigneusement encadrées de son oncle Nils et devant elle, la silhouette de la vieille dame qu'est devenue Anna, s'enfonçant dans sa maison, se retournant, lui proposant de s'asseoir dans cet intérieur britannique dont l'impeccable soin va de pair avec un ferme sentiment d'ennui, aussi douillet que sans espoir.

Anna semble toujours résolument ailleurs, le coin des lèvres marqué mais le sourire avenant, les sourcils épaissis ombrant ses yeux d'un beau brun vague. Elles parlent. De temps en temps, le mari d'Anna, Gilbert Henry, entre dans la pièce, presque timidement il balaie du regard les plantes vertes, les bibelots, les visages de ces deux femmes qui s'animent, se transforment, celui d'Anna surtout, qu'il n'a pas l'habitude de voir ainsi éclairé par une très ancienne lumière, et ses mains baguées se lèvent et glissent devant son visage. Il s'éclipse, comme s'il craignait de rompre un charme, de faire irruption dans un temps qui n'appartient qu'à elle, sa femme qui d'un coup lui semble une inconnue assise dans son fauteuil, souriante, vive, imposante soudain quand elle prononce les mots qui lui importent, retourne d'où elle vient.

Bientôt, Ulla empruntera le couloir dans l'autre sens, refermera la porte, quittera la maison, un peu soulagée peut-être d'y laisser entre eux ces trois fantômes qui se partagent l'espace, Anna, Gilbert Henry et le visage de Nils sur les photographies. Les mains d'Anna retourneront à leurs rares occupations, et on n'en parlera plus.

À son retour en Suède, Ulla saluera l'humanité tendre et résolue du mari d'Anna comme elle constatera chez elle l'impossibilité sans appel de l'oubli sous sa forme commune, cette résignation qu'on appelle le deuil. Surtout, elle racontera ça : quelque chose d'Anna, la majeure partie d'elle-même peut-être, se promène toujours à Stockholm, en 1897.

Anna est une vieille femme, maintenant. Une vieille femme qui aime un jeune homme auquel les images prêtent toujours des traits réguliers, des joues pleines, une moustache fière. Si elle s'imagine encore à ses côtés, se voit-elle avec son corps d'avant, maintenue comme lui dans leur jeunesse artificielle, ou visualise-t-elle le drôle de couple qu'ils formeraient à présent, lui si jeune et elle portant la trace des années qu'il n'a pas vécues ?

Nils et Anna sont maintenant l'un et l'autre presque aussi détachés du monde et dans cet abandon, il y a peut-être un lieu où ils se retrouvent, un lieu où son mari, tous les soirs, la regarde se rendre.

Deux guerres ont coulé sur elle et l'ont laissée là, étonnamment identique à elle-même, le corps à peine plus épais, sur le haut de son crâne de grands chapeaux noirs ornés de plumes dressées, le regard plus dur même si on y discerne encore, à travers le filtre des photographies, comme une surépaisseur, un repli intérieur où se projettent d'autres images.

Dix-sept ans plus tôt, elle a reçu les lettres écrites là-bas, sur la banquise, où Nils lui parle de la douceur de ses soirées à elle, de la clémence du temps qui doit régner en Suède, de son anniversaire, de sa patience, ces lettres délicates, attentives, où il s'enquiert avant tout de ce qu'elle peut ressentir.

Avec plus de trente ans de retard, elle a suivi son périple, regardé les images, lu, sans doute, les journaux d'expédition, recoupé d'heure en heure les plus minuscules des faits, deviné la saveur des galettes de sang d'ours et des dernières bulles de champagne sur la langue, tremblé quand il tombait dans les failles de la glace, elle a recousu le fil, tissé ce qui manquait, elle a caressé son corps, mille fois, en pensées, d'abord pour tarir son désir et puis plus tard pour le veiller, l'apaiser de ses mains patientes, lointaines, inlassables. Presque tout s'est éclairé sauf l'instant de sa mort qui lui demeure obscur, il n'y a rien pour arrêter le film qui tourne en boucle autour des trous noirs, rien qui permette de dire quelle scène est la bonne, où a eu lieu son dernier souffle, dans quelle position, quelle douleur, sans cesse elle est passée d'une version à l'autre, espérant que de l'incertitude naisse par intermittence une lueur supportable, à moins qu'elle n'ait fini par en choisir une seule, pour arrêter enfin la prolifération des images, une mort apaisée, brève, une mort comme un sommeil qui l'emporte sans qu'il le sente, sans qu'il le sache. Un souffle. Plus rien.

À la lecture des lettres, sûrement, autre chose en elle s'est affûté, de suffisamment vif pour se muer en acte, en projet. Une fois épuisés les méandres de ses visions, devant les zones blanches qui restaient, elle a choisi ce qu'elle pouvait encore choisir, et rien ne l'en a fait dévier.

Ce choix a sans doute quelque chose à voir avec le premier sommeil pris la tête au creux du bras de l'autre, quand la poitrine de Nils a accueilli son visage, lui donnant du même coup le ferme sentiment qu'elle venait de quelque part par-là, du voisinage de son cou et de l'odeur de ses cheveux, qu'elle y avait toujours vécu sans tout à fait le savoir, comme si renouer avec cette très ancienne mémoire lui mettait pour la première fois le corps à l'aplomb du paysage. À ses côtés, elle s'était sentie droite, elle s'était sentie à sa place, alors il n'y a qu'une chose à faire pour renouer avec cette certitude : s'assurer qu'une partie d'elle-même finira auprès de lui un jour, et qu'importe que cela arrive après sa mort – ce simple savoir suffit à lui lester le corps, à le garder sur terre jusqu'à ce que son cœur s'arrête.

Qui a-t-elle réussi à convaincre, quel médecin de famille, quel inconnu peut-être, d'ouvrir son corps de vieille dame pour accomplir ce rituel que l'on faisait jadis subir aux cadavres de certaines reines, dont le cœur était extrait et embaumé, plongé dans la térébenthine, glissé dans une urne avant qu'on leur recouse soigneusement la poitrine ?

De sa mort en 1949, personne n'a archivé les traces. Tout au plus a-t-on écrit cette phrase qui veut tout et rien dire : elle s'est éteinte des suites d'une longue maladie. Elle est revenue mourir dans sa région natale, entourée du décor familier de l'enfance alors qu'en elle la banquise persistait à s'étendre, accidentée, brutale, invisible aux yeux de ceux qui ont posé une main sur son front et fermé ses yeux bruns, éteignant avec elle le reflet persistant de l'aventure mille fois vécue, et le froid qui lui a pris les membres, elle l'a tout de suite reconnu.

Après sa mort, les frères de Nils, qui n'ont jamais été bien loin, reviennent tenir l'engagement pris envers cette femme qui posait à leur côté sur les images du début du XXe siècle, comme eux le regard farouche, recomposant une fratrie amputée mais fière.

Ce sont maintenant des hommes mûrs, venant exaucer un souhait qui vient du fond de leur jeunesse commune, de ce creuset lointain où ils ont tous appris à perdre, à se séparer. Ils redeviennent pour l'occasion les gamins butés qui posaient, au cœur de l'été 1897, sur la photo de famille où leur grand frère manquait.

Peut-être ont-ils le même regard noir, la même posture lascive et décidée quand ils se glissent dans le cimetière, l'un d'eux serrant contre lui l'urne d'argent, quand ils ouvrent, sans avoir pris la moindre disposition officielle, la tombe de Nils et quand ils glissent, tout contre son urne funéraire, le petit coffre d'argent où repose le cœur réduit en cendres d'Anna.

Ils s'éloignent. Ils ont fait ce qu'ils avaient à faire. Sur eux se referment les allées de buis taillées en labyrinthe et l'ombre bleue des arbres centenaires. J'aimerais savoir quel regard ils réservent à la tombe d'Andrée toute proche, s'ils lui rendent hommage, s'ils lui gardent rancune, si, après toutes ces années, ils persistent à croire à son projet ou s'ils l'ont toujours vu comme une folie, un caprice dans lequel il les a tous entraînés.

Ils vont reprendre leur vie là où ils l'ont laissée. Et bien loin de là, en Angleterre, dans le petit cimetière du Devon qui borde la mer où la rejoindra bientôt son mari, reposera ce qui reste d'Anna, son corps cousu autour d'une poitrine vide.

RHIZOME

1990-2013

Il y a des histoires qui réveillent quelque chose dont on ignorait jusqu'à la présence. Un appétit, un désir, un manque, un processus qu'on ne peut arrêter, sans qu'on comprenne toujours à quoi elles font écho. Peut-être sont-elles plus neuves qu'elles n'en ont l'air, tout à fait déconnectées de nos vies mais fermement liées à d'autres, que nous n'avons pas vécues mais dont nous nourrissons la crainte ou le regret.

Au début des années 1990, dans les vapeurs d'alcool et les rires d'une fête où elle s'ennuie un peu, une jeune Suédoise nommée Bea Uusma attrape sans y penser un livre sur une table. Elle y découvre l'expédition Andrée. Elle ne lâchera plus ce livre, cette histoire. Pendant plus de quinze ans, elle va se donner les moyens de répondre à cette question : de quoi sont-ils morts ?

Elle utilise le savoir acquis lors de ses études de médecine pour décortiquer les rapports d'autopsie, étudier les photographies des corps, examiner les indices avec un technicien spécialiste des investigations sur des scènes de crime. Avec cent ans de retard, elle va décoder les signes, et de chaque fragment d'os, de l'emplacement précis du moindre objet, faire surgir des gestes, des luttes, des épuisements.

Quelques décennies après qu'Hertzberg a décollé les pellicules, plongé les films dans les bains révélateurs, Bea Uusma déplie avec précaution ce qui reste de leurs vêtements, trouvant parfois, dans les replis de la laine, des lambeaux d'ongles ou de peau, des traces de sang. Cela ne s'arrêtera jamais, on dirait. Dans dix ans, cent ans peut-être, quelqu'un d'autre trouvera d'autres vestiges, les interrogera avec la même patience, rattrapera par le col d'autres aventuriers prêts à se jeter à pieds joints dans des gouffres pourvu qu'il y ait quelqu'un au bord pour les regarder tomber.

Rien n'a changé depuis leur disparition : il faut percer les mystères, inventer des vies, chercher au fond des mers les boîtes noires englouties, et il faut être nombreux pour le faire, une autre chaîne, qui ne s'élève pas vers le ciel mais creuse dans les profondeurs, une chaîne souterraine faite de scientifiques, d'internautes, d'écrivains, de curieux qui trouvent dans l'enquête un moyen détourné de fouiller en eux-mêmes, de gratter là où ils ne savaient pas qu'il y avait eu une plaie.

De l'observation attentive des vêtements de Nils, des déchirures, des traces sombres, Bea Uusma déduit le sang, le coup de griffe ou de dent. Découvrant un trou dans l'os de son front, elle pense d'abord à l'impact d'une balle qui l'aurait achevé à bout portant avant d'en mesurer le diamètre et de balayer cette hypothèse. Elles sont faites pour ça, les hypothèses, pour rassurer d'abord, trouver la réponse tant cherchée, puis pour être écartées quand tous les détails refusent de s'inscrire dans l'engrenage qu'ils devraient constituer pour qu'elles se confirment, et alors elles s'étoilent, se perdent en embranchements, bifurcations : métamorphoses.

De la chaîne aux trois médailles – l'ancre, la croix, le cœur –, retrouvée à l'intérieur de l'un de ses caleçons longs, elle tire la blessure qui rompt en même temps que le cou les maillons délicats, et la chaîne glisse le long de la poitrine de Nils, de son ventre, pour venir se loger là, entre ses jambes. Pour elle, ça ne peut signifier qu'une chose : il a été victime d'une attaque d'ours et surtout, il est mort debout.

Elle a tout examiné, expertisé, inventorié. Elle a passé plus de la moitié de sa vie d'adulte à tenter de revivre cette expédition. Elle est allée jusqu'à se faire envoyer par la Poste l'os qu'un photographe avait dérobé sur le campement dans les années 1930, espérant y trouver des fragments de tissus humains qui n'avaient pas encore été analysés. Elle s'est retrouvée à faire la queue au guichet, comme des dizaines d'autres Suédois venant chercher un colis, dans l'attente fébrile, un peu incrédule, du fragment d'un homme qui l'obsédait. Elle a ouvert le paquet, fait expertiser l'os, tout cela pour découvrir qu'il avait appartenu à un ours d'une taille inhabituelle, peut-être un vague cousin de l'abominable homme des neiges.

Ayant épuisé les ressources des méthodes scientifiques, elle pourtant plutôt cartésienne s'est résolue à consulter une spirite qui lui a conseillé de chercher la dernière lettre jetée par Nils depuis l'aérostat – dans cette lettre manquante dormait peut-être un fragment de la clé du mystère. Elle a financé sa propre expédition, affrété un bateau, chaque jour elle a scruté les couleurs des zones tracées sur les cartes pour connaître la proportion de mer libre jusqu'au feu vert du départ. Elle a découvert l'Arctique, la glace, le mal de mer. Elle n'a pas trouvé la lettre mais, à des milliers de kilomètres de tout arbre, dans le dépôt de vivres de Sjuøyane, un morceau de bois avec un ongle à l'intérieur. Elle a accumulé les signes tout aussi illisibles, attendant que de leur frottement naisse l'amorce d'un sens.

Et puis, elle est repartie. Encore plus loin cette fois. À l'approche de l'île, elle est d'abord restée enfouie sous des couvertures, trop nerveuse pour en sortir. Cela faisait quinze ans qu'elle attendait ce moment. Quelque chose de trop grand pour elle semblait fondre vers la proue du navire.

L'île Blanche. Kvitøya.

Elle a marché vers la proue, face à la lumière aveuglante. Elle a décrit ce lieu qu'elle portait en elle depuis si longtemps : le mur blanc du glacier, le vent chargé de particules de sable, l'impression de marcher à l'intérieur d'elle-même.

Elle s'est étonnée, d'abord, du lieu choisi pour établir leur dernier campement – il y en avait sur le chemin de bien mieux abrités. Puis, elle a émis une hypothèse : l'affleurement rocheux où ils s'étaient installés était le seul à offrir une protection contre le vent du sud. C'était donc, sans doute, ce vent-là qui soufflait. Elle a déterminé jusqu'à l'ultime vent qui a balayé leur visage : ce même vent du sud dont l'arrivée providentielle avait permis le départ du ballon.

Elle s'est assise à l'endroit précis où Andrée s'était assis pour mourir, sur le même rocher, et elle a vu, alors, ce qu'il voyait : la tombe de Strindberg.

Le fusil à portée de sa main, c'est elle qu'il regardait.

Bea Uusma n'a pas cherché d'explication à son obsession. L'énigme de leur aventure, de leur errance puis de leur mort, s'est sans doute révélée assez vaste pour englober jusqu'aux échos qu'elle aurait dans l'avenir, les mystérieux moteurs de celles et ceux qui s'acharneraient à en déchiffrer les traces. Elle s'est tout entière dévouée à décrypter les images, à comprendre les cartes, à examiner les os, à arpenter le désert blanc, et sans doute ses propres désirs, ses propres peurs, se sont-ils à la fois dissous et révélés, pour elle seule, dans l'onde de choc que propage toute disparition.

Celle de Frænkel, Strindberg et Andrée traîne derrière elle mille échos et répliques, pertes de repères, attraction du vide, vertige devant l'écart qui sépare de l'époque où leur aventure était possible, où elle semblait avoir un sens, et c'est aussi ce décalage, cette absence que l'on sonde. Leur monde est mort bien après eux, mais il est mort dans leur sillage – et ce monde a été le nôtre. Celui qui vient n'a rien à voir, quelque chose s'est brisé.

ÉBLOUISSEMENT

2016

Le 23 juillet, j'arrive au Svalbard. À travers les vitres du petit aéroport de Longyearbyen, l'échancrure démesurée du fjord, ce redoublement de lignes droites : la mer, le ciel, les montagnes arasées, striées de blanc, de noir.

J'arpente la rue principale, artère tranchée net dans l'immensité du paysage, où subsistent encore les rails qu'empruntaient les wagonnets pour pénétrer sous la terre. Tenant ferme la laisse de ses chiens de traîneau, une jeune fille aux cheveux blond paille disparaît dans l'une des petites maisons toutes semblables, financées par la compagnie minière.

L'été, ici, n'a jamais autant ressemblé à un été. À 3 heures du matin, le soleil brille comme en plein jour et ce n'est pas une lueur étrange, malade, c'est une vaste lumière d'après-midi en plein cœur de la nuit.

Je ne cherche la clé d'aucune énigme, juste un point de contact : le seuil du lieu où leur histoire a commencé à se dissoudre dans le paysage, à s'y fondre au point de devenir la lumière trop forte qui révèle les détails avant de les noyer.

En 1906, un certain John Munro Longyear, originaire du Massachusetts, arrive devant le même fjord, sur le même arpent de terre cerné par les montagnes. Il a l'idée d'y exploiter le charbon et, sur sa lancée, d'y fonder une ville. En l'absence de peuples autochtones, aucun phonème ne traînait sur les reliefs alentour. Il eut donc la satisfaction de baptiser de son nom une terre vierge, qui depuis a toujours été vendue au plus offrant – Américains, Russes, aujourd'hui Norvégiens.

Longtemps, on y venait pour la mine, pour extraire les ressources et se vider, à mesure qu'on creusait la montagne, des forces rassemblées pour le voyage. On y venait pour s'approcher du pôle, deviner le rivage du dernier continent : maintenant, nous savons que ce lieu n'existe pas, que là où nous avons situé le pôle Nord, il n'y a rien.

Depuis que la plupart des mines ont fermé, on y vient pour la recherche scientifique, pour élever des chiens de traîneau, tenter un hivernage, pour retrouver un temps lointain, lisse comme une enfance, dans lequel on pourrait encore miraculeusement se rendre. Sur cette terre où il est interdit de naître et de mourir se côtoient des ressortissants de multiples pays, souvent en rupture avec leur vie d'avant, à la recherche de cette densité particulière que prend ici le temps. Le Svalbard est l'une des rares terres d'élection qui restent, le laboratoire d'une autre forme d'occupation du territoire, d'un attachement qui ne serait pas celui de la lignée mais du fantasme encore vif qu'il reste sur les cartes des points de fuite.

C'est donc d'ici qu'ils sont partis, d'ici ou presque – l'île des Danois est un peu plus loin au nord. Je reconnais la forme des montagnes, ce paysage à l'os, réduit à l'essentiel, comme si on en avait arraché tout ce qui ailleurs fait partie du décor pour en dénuder la matrice, l'armature.

Vers la sortie de la ville, je longe le mur de béton dont un pan scintillant réfléchit la lumière et signale la réserve mondiale de semences du Svalbard. Bien sûr, il est impossible d'y pénétrer. On ne peut que se tenir sur le seuil de cette chambre forte souterraine, dans l'odeur de varech, de terre et d'essence, surplombant l'océan qui entoure l'archipel.

Ce chapelet d'îles longtemps recouvertes par la mer se serait déplacé depuis les zones équatoriales vers les tropiques, avant d'échouer ici, au sommet glacé du monde, découvrant, à vif, les traces de toutes les bêtes qui y ont vécu et qui y sont mortes, iguanodons, allosaures, reptiles marins du Trias, poissons cuirassés, algues bleues primitives, une vie qui a pris racine loin du regard des hommes, déposant à même le paysage les signes d'un temps sans échelle, d'une profondeur d'énigme.

Longtemps, le soleil s'est réfléchi sur la glace, qui renvoyait son rayonnement dans l'espace. Mais la glace fond, et le fjord s'assombrit, le sol et l'océan absorbent les rayons du soleil, leur chaleur, leur lumière, leur énergie, qui les réchauffent encore davantage.

L'absence de végétation fait du Svalbard un livre ouvert, et ce livre est de plus en plus lisible à mesure que la glace se fait rare, laissant peu à peu voir les couches les plus profondes. Comme une image exposée à la lumière, il se révèle en même temps qu'il entame son processus de disparition. C'est une archéologie involontaire qui nous ouvre la mémoire de la terre à mesure qu'elle nous prépare à ses transformations, et les détails affleurent, les fossiles, les empreintes, les nuances colorées que la glace recouvrait, et plus la destruction devient irréversible, plus nous sommes éveillés à la perte de ce qui vient à peine de nous apparaître.

Je croyais être venue là pour retrouver quelque chose d'eux mais ce qui me frappe, ce qui me tient, c'est autre chose : la force d'attraction de ce lieu et ses métamorphoses exposées au grand jour.

Un vertige saisit, là, à l'idée de tout ce que la roche révèle, des états qu'elle a traversés, qui sont passés sur elle, et d'un coup, tout ce qui peuple le paysage paraît également en sursis, en suspens, comme si une marée immense refluait très lentement, engloutissant les uns après les autres les signes qu'y a déposés la précédente, les engins de chantier, les gigantesques rouleaux de câbles, les containers Evergreen, les motoneiges laissées là dans le regret du dernier hiver ou l'espoir du prochain, la terre retournée par les roues des 4×4, le bitume défoncé, la montagne grevée par les infrastructures des mines qui en formaient l'exosquelette, les rambardes, les pylônes, les maisons sang de bœuf, bleues, ocre et vertes, quatre couleurs, toujours les mêmes, rien de disparate qui indiquerait une urbanisation progressive mais au contraire les traces d'un ordre qui peu à peu aurait perdu son sens, les triangles que découpent les toits de bois sur un ciel qui tranche le sommet des montagnes, ce ciel déjà nuage, brume, buée, souvenir de la neige, les ravines qu'elle laisse au plus près des sommets, ce dessin en creux, le dessin de la neige absente, et en bas, dans les plaines, les flots de boue qu'elle devient, le lit de la rivière sans cesse creusé par les machines et cette eau qui déferle, se répand sous nos pieds.

On a longtemps cru que l'absence était blanche, qu'elle ressemblait à la banquise, aux draps des spectres, à la lumière qui déferle quand la vie se termine, c'est ainsi qu'on a imaginé tout ce qu'on ne connaissait pas et tout ce qui nous manquait, les disparus, les êtres qu'on a aimés et les continents inaccessibles, mais on dirait bien que le blanc se perd, qu'à son tour il disparaît. L'absence a changé de couleur, elle en a désormais plusieurs, ce camaïeu de gris virant au bistre, au fauve, ce noir charbon, ces teintes de tourbe et de fougère, le brun rouille de cette peau secrète, rétive au grand jour, que la neige a laissée derrière elle.

À bien y regarder, quelque chose se devine, déjà, sur les photographies de l'expédition. Si elles recèlent un tel pouvoir d'urgence et de mélancolie, c'est qu'on n'y voit pas seulement Strindberg, Frænkel et Andrée en train de s'évanouir mais qu'on devine aussi, dans leur gélatine détruite, l'effritement du lieu où ils marchent, ce lieu lointain qu'on croyait intouchable et dont les métamorphoses fragilisent, par capillarité, tous nos lieux connus, nos images amassées.

Chaque bloc de glace qui chute préfigure l'effritement de la montagne, chaque goutte tombée dans la mer lisse, le recul des eaux et les feux des forêts. Ce que l'on a pris pour un lieu loin de tout et surtout de nous-mêmes est devenu une manière d'oracle, un miroir, raccrochant leur errance, ce temps lointain qui leur appartient et les porte, à ce qui vient après elle, ce lent ruban à l'extrémité duquel nous nous tenons.

Le pont qui nous relie peu à peu se disloque, alors il faut accélérer le pas, courir avant qu'il ne s'effondre, ou au contraire, s'arrêter, prendre acte, et à son tour : photographier. Du peu qu'il reste, garder trace.

Il n'y a plus d'hommes sur ces images. Plus de silhouettes fières qui font écran au lieu tout juste découvert. Il y a la matière noire qui couvre les montagnes, les planches qui traînent aux abords des maisons, la lumière qui déferle et soudain, tout se fige, quelque chose s'est éteint de leur éblouissement devant le moindre détail, les plumes, les algues, les plantes qui sèchent à même la peau, l'herbier que devenait leur poitrine, nous ne connaissons plus la soif de découvrir mais la terreur de perdre qui pourtant nous pousse au même geste, à la même urgence, regarder, capturer, inventorier, appuyer une nouvelle fois sur le déclencheur, sans savoir davantage ce que diront ces images dans l'avenir, ce qu'on y lira de l'époque où elles ont été prises, du désir de garder encore un peu près de soi ces montagnes écorchées, cette mer de mercure, ce sol de pierraille, d'y répandre une lumière que rien n'arrête, une clarté sans refuge, et à force d'éclairer, d'écarquiller les yeux, les détails se perdent, cette baie, cette échancrure, ce rivage, tout est surexposé, d'une clarté acérée et dangereuse, il faudrait fermer les yeux pendant des années, des siècles, jusqu'à ce que le monde se repose de notre regard, que les lieux redeviennent des mythes qui revivraient en nous à l'état de souvenirs ou d'illusions possibles, jusqu'à ce qu'on ne soit plus sûrs qu'ils ont existé.

AMÉRIQUES

Novembre 1876

Andrée a vingt-trois ans. Sans doute porte-il déjà la moustache, sans doute ses yeux sont-ils déjà plissés, malicieux, étirés, et ses cheveux plus blonds bien coiffés en arrière. Il y a des visages qui ne changent pas, des enfants qui portent déjà leur figure de vieillard.

C'est la nuit. Andrée veille. Autour de lui, un drôle de monde de carton-pâte – des monuments, des statues ont poussé comme des plantes vivaces sur le terrain de Fairmount Park, au nord de Philadelphie : une ville fausse et spectaculaire, éclairée toute la nuit. Les ombres glissent sur le visage d'Andrée. Il lutte contre le sommeil. Parfois, sa tête penche, son menton heurte sa poitrine.

Il a traversé l'Atlantique, laissé l'Europe derrière lui. Trop petite, l'Europe, trop serrée, la Suède, il lui faut plus, plus grand, à l'échelle de sa jeunesse. C'est un brouillon, l'Amérique, une pochade du Grand Nord, l'amorce de l'aventure.

Dans les nuits lourdes de la traversée, sur l'océan étiré, vaste poche d'ennui qui respire sous la coque et fait saillir le cœur quand on se penche par-dessus bord, il s'est plongé dans la lecture d'un livre sur les vents. Il s'est mis à les sentir autrement sur son visage. Chacun d'entre eux prenait une odeur, une force distinctes. Il aurait aimé être capable de les nommer, déterminer leur direction, leur provenance, connaître la poussière qu'ils charriaient dans leur souffle, deviner d'où venaient les particules de fraîcheur qui piquetaient ses joues, humectaient sa moustache – de l'Europe désormais lointaine, de l'Orient, peut-être, de l'Amérique déjà, droit devant.

Andrée n'a pas encore tout à fait l'âge qu'auront Strindberg et Frænkel lorsqu'ils s'envoleront à ses côtés. Il ne sait pas qu'il a déjà vécu un peu plus de la moitié de sa vie.

À l'Exposition universelle de Philadelphie, dans cette immense cité reconstituée pour les curieux du monde entier, il a décroché un emploi de concierge et de veilleur de nuit. Il balaie les trottoirs de toutes les villes, les emblèmes de toutes les civilisations. Il astique, surveille, entretient ce rêve qui est aussi le sien : concentrer, en miniature, les merveilles de la Terre.

Ici, en seulement quelques heures, on peut traverser toutes les mers, explorer tous les continents, admirer une tour de fer que n'aurait pas reniée Eiffel, des armes sophistiquées sous de hauts plafonds de verre, des animaux étranges et de splendides machines de guerre. Il y a des matières précieuses, des tissus délicats, des verreries et des parures, des clochers, des rosaces, des pavillons chinois.

Andrée aime tenir ainsi, même débutant et maniant le balai, jour et nuit, sans faillir, le monde dans sa main.

À Philadelphie, il a rencontré l'aéronaute John Wise, l'un de ceux qui ont fait du ballon un instrument de surveillance des batailles pendant la guerre de Sécession et qui lui aussi disparaîtra mystérieusement, quelques années plus tard, en plein vol, au-dessus du lac Michigan.

Balayant la poussière, surveillant les artères vides de la cité nocturne, le jeune Andrée aime faire défiler dans sa tête, comme dans les films hollywoodiens qui emprunteront leurs couleurs à ces rêveries de jeune homme, les images de la grande bataille de Bull Run : ces guerriers rendus inoffensifs – des chiffres, des aiguilles sur les cartes d'état-major – par la hauteur qu'offre le ballon de Wise. Les grands espaces américains réduits à l'état de maquettes, de dessins. Andrée marche dans son rêve de hauteur comme dans ces rues bien plus belles que les vraies, ces halls scintillants comme des vitrines de Noël qu'il traverse tandis qu'il contemple, en dedans, ses conquêtes à venir.

Au sortir de l'une de ces nuits, il rencontre un autre aéronaute qui organise des vols en montgolfière. Cette fois, c'est du concret : Andrée est décidé à lâcher son balai et son emploi de concierge. Il veut quitter la terre.

Le vol coûte 75 dollars. Il n'en a que 50 en poche. Inflexible, l'aéronaute s'envole, et Andrée reste là, les deux pieds sur le sol factice de l'Exposition universelle. Là où le ballon s'élève sans lui, il y a le monde inaccessible qui pourtant pulse déjà au creux de son poing serré, il y a l'étendue de son désir, sa hâte qui se fait rage, tout cela pressé dans cet instant qui, comme un papier trop longtemps chiffonné, ne cessera plus de se déplier, bien après, bien au-delà, impossible à arrêter, ce désir qu'on se passe comme une balle, et tandis qu'il grandit, qu'il commence juste à se répandre, Andrée peste et regarde la montgolfière s'élever.

SOURCES

Ce livre, nourri des sources disponibles sur l'expédition Andrée, en est une libre interprétation.

Les extraits du journal d'Andrée, tous authentiques bien que coupés et assemblés, ont été initialement publiés dans : *En ballon vers le pôle. Le Drame de l'expédition Andrée*, d'après les notes et documents retrouvés à l'île Blanche, Société suédoise d'anthropologie et de géographie, traduit du suédois par Cécilie Lund et Jules Bernard, avant-propos de Charles Rabot, Librairie Plon, 1931.

Les lettres de Nils Strindberg à Anna Charlier ont été initialement publiées en anglais dans *The Andrée Diaries*, The Bodley Head Ltd, Londres, 1931.

Elles ont été traduites de l'anglais au français par l'autrice de ce livre.

Le livre passionnant de Bea Uusma, *The Expedition*, publié en suédois par Norstedts Forlägsgrupp en 2013 et en anglais par Head of Zeus en 2014, a été une importante source d'information et de réflexion. Il n'a pas encore été traduit en français.

BIBLIOGRAPHIE ET PISTES

Arctic, catalogue de l'exposition du même nom au Louisiana Museum of Modern Art de Copenhague (septembre 2013-février 2014), curateurs : Poul Erik Tøjner et Mathias Ussing Seeberg.

Ninety Degrees North, Fergus Fleming, Londres, Granta Books, 2002.

Chasse et chasseurs arctiques, duc d'Orléans, Librairie Plon, 1911.

L'Odyssée de l'Endurance, Sir Ernest Shackleton, Libretto, 2015.

Voyage d'une femme au Spitzberg, Léonie d'Aunet, Actes Sud, Babel n° 149, 1995.

Le Palais de glace, Tarjei Vesaas, traduit du néo-norvégien par Jean-Baptiste Coursaud, Cambourakis, 2014.

With Nansen in the North: A Record of the Fram Expedition in 1893-96, Hjalmar Johansen, Cambridge University Press, 2011.

Les Vies multiples de Jeremiah Reynolds, Christian Garcin, Stock, 2016.

Pyramiden, Portrait d'une utopie abandonnée, Kjartan Fløgstad, Actes Sud, "Aventure", 2009.

Les Effrois de la glace et des ténèbres, Christoph Ransmayr, Points, 1991.

Les Fusils, William T. Vollman, traduit de l'américain par Claro, Actes Sud, Babel n° 832, 2007.

L'Instant et son ombre, Jean-Christophe Bailly, Seuil, "Fiction & Cie", 2008.

Le Voyage de l'ingénieur Andrée, Per Olof Sundman, Gallimard, "Du monde entier", 1967.

L'Expérience photographique d'August Strindberg, Clément Chéroux, Actes Sud, 1994.

Message from Andrée, Joachim Koester, The Danish Arts Agency, Lukas & Sternberg, Pork Salad Press, 2005.

Zones blanches. Récits d'exploration, collectif coordonné par Hélène Gaudy, Le Bec en l'air, 2018.

REMERCIEMENTS

Merci à Håkan Jorikson, du Grenna Museum, pour l'envoi des photographies et la traduction du suédois à l'anglais de certaines lettres de Nils à Anna.

Merci à mon éditrice, Marie Desmeures, pour son accompagnement tout au long de l'écriture, émaillé de partages d'images, de livres et de films sur diverses expéditions polaires.

Merci à la Maison Gueffier, pôle littérature du Grand R, scène nationale de La Roche-sur-Yon, pour les deux années de résidence en tant qu'autrice associée qui m'ont permis de chercher pour ce livre des formes diverses et partagées.

Merci au musée de La Roche-sur-Yon et plus particulièrement à Hélène Jagot pour le commissariat partagé de l'exposition "Zones blanches", réunissant des artistes contemporains sur la question du voyage d'exploration à partir des photographies de l'expédition Andrée. Merci à Fabienne Pavia et aux éditions Le Bec en l'air pour l'édition du livre éponyme rassemblant des textes d'écrivains à partir des œuvres de l'exposition.

Merci à l'association Villa La Brugère à Arromanches, et plus particulièrement à Marie-Thérèse Champesme et Daniel Foucard.

Merci au CNL pour son aide précieuse.

Merci à Xavier Mussat, pour tant de choses, et pour avoir donné à ce texte son versant sonore, lors de lectures musicales qui m'ont aidée à approcher, dans le travail en commun autour des mots, des sons et des images, certaines ambiances et textures du Grand Nord.

TABLE

OUVRAGE RÉALISÉ
PAR L'ATELIER GRAPHIQUE ACTES SUD
ACHEVÉ D'IMPRIMER
EN JUIN 2022
PAR NORMANDIE ROTO IMPRESSION S.A.S.
À LONRAI
POUR LE COMPTE DES ÉDITIONS
ACTES SUD
LE MÉJAN
PLACE NINA-BERBEROVA
13200 ARLES

DÉPÔT LÉGAL
1re ÉDITION : AOÛT 2021
N° impr. : 2203457
(Imprimé en France)